Denis Langlois

Les dossiers noirs de la police française

Éditions du Seuil

Sur la couverture
photo Daniel Lapied, France-Soir-Scoop

ISBN 2-02-000678-2

De la police, on ne retient souvent que son aspect extérieur. Pour ceux qui ont une certaine sympathie pour cette institution, c'est le visage souriant de l'agent qui renseigne le passant ou celui du motard de la route qui veille comme un saint-bernard sur les automobilistes. Pour ceux, au contraire, qui ne portent pas dans leur cœur la gent casquée et bottée, c'est le souvenir de Charonne et la répression sanglante des manifestations étudiantes et ouvrières. Il est un rôle qui est trop souvent perdu de vue ou épisodiquement entrevu au gré de l'actualité, c'est le rôle judiciaire de la police et de la gendarmerie.

« Comme les Arabes montrent volontiers leur sexe, mais se croient déshonorés s'ils montrent leur derrière, le pouvoir exhibe sa justice pénale, mais cache sa police. » Cette remarque de Casamayor traduit bien ce rôle souterrain et trop souvent inavouable de la police lorsqu'elle se fait l'auxiliaire de la justice.

Deshayes, Ben Barka, Mehyaoui, Jean-Marie Deveaux, ce sont autant de noms qui montrent à l'évidence que cette collaboration entre policiers et magistrats ne va pas toujours sans anicroches, ni surtout sans violation des libertés individuelles.

Si l'on admet la nécessité d'une répression des délits et des crimes, force est bien d'accorder à la police quelques pouvoirs judiciaires, ne serait-ce que pour arrêter celui qui est censé avoir violé la loi et l'amener devant le juge. Ce seul fait d'arrêter quelqu'un est déjà une sorte de jugement avant la lettre, un peu de pourpre et d'hermine jeté sur le revers d'un uniforme. Que dire lorsqu'il s'agit du droit de retenir prisonnier et d'interroger un suspect ?

Cela ne se traduira pas forcément par un énorme titre à la première page de France-Soir. *Ce sera peut-être plus simplement le fait divers relégué en fin de colonne, celui qui passera inaperçu mais n'en constituera pas moins un drame humain.*

Un meurtre vient d'être commis, un vol vient d'être découvert ; un suspect est entendu par la police. C'est presque trop banal, trop quotidien pour imaginer qu'un homme se trouve seul, face à deux énormes machines prêtes à le broyer : la police et la justice.

Entre ces deux machines va commencer une collaboration inégale, mais complice. Leurs actions vont s'entremêler et finir par tourner cette règle : la police est subordonnée à la justice, elle n'est que son auxiliaire, son bras séculier. Or, dans les faits, il en va souvent tout autrement. En devenant judiciaire, la police s'impose surtout à la justice.

Le rôle de cette police judiciaire, les textes le délimitent pourtant avec précision. Dans le cadre de l'enquête préliminaire, il s'agit de la constatation de l'infraction (du cambriolage ou de l'assassinat par exemple) avec la collaboration de médecins légistes ou de photographes ; puis vient la recherche des indices et des coupables. Là le danger se précise, car cette recherche implique l'interrogatoire de témoins, l'interpellation de suspects, leur garde à vue, des perquisitions et des saisies.

Certes, le pouvoir judiciaire peut toujours exercer son contrôle, puisque d'après les textes tout est fait sous la houlette du procureur de la République. Certes, lorsqu'un juge d'instruction est saisi de l'affaire, il ne s'agit plus que de commissions rogatoires confiées aux policiers ou aux gendarmes, mais ces commissions deviennent trop souvent une carte blanche laissée par la justice, la possibilité — selon l'expression consacrée — de prendre « toutes les mesures nécessaires à la manifestation de la vérité ».

A partir de quand un témoin devient-il un suspect ? A partir de quand un suspect devient-il un coupable ? Ce sont là des notions à manier avec la plus grande précaution, une sorte d'alchimie judiciaire. L'interrogatoire mené par le policier doit normalement cesser lorsqu'il a réuni contre un suspect des « indices graves et concordants de nature à motiver son inculpation ». Il n'est pas dans son rôle, tel qu'il est défini par le Code de procédure pénale, de pousser le suspect dans ses derniers retranchements; malheureusement, il est parfois trop tentant d'arracher la reine des preuves, l'aveu, et de l'apporter toute palpitante sur le bureau du procureur ou du juge d'instruction, surtout lorsque l'on sait qu'on ne sera pas sanctionné pour cet abus de pouvoir, mais au contraire félicité.

C'est ainsi que, dans la pratique, le policier accomplit la majeure partie du travail de recherche de la vérité et ce n'est pas trop forcer la réalité que de dire que le juge sans le policier n'est rien, alors que le policier sans le juge est tout. Ne serait-ce que parce que le juge ne peut juger si personne n'est arrêté. La position dominante de la police vis-à-vis de la justice se traduit aussi par des chiffres: 1 policier pour 300 habitants, 1 magistrat pour 35 policiers.

Par ailleurs, la formation policière des juges est trop souvent insuffisante pour qu'ils puissent toujours vérifier le travail des policiers et le remettre en cause, quand du moins ils le souhaitent.

Conséquence de tout cela: la plupart du temps, lorsque le juge d'instruction procède à son premier interrogatoire, l'affaire est déjà en grande partie jouée. Le rapport de police qui figure au dossier prendra aux yeux du magistrat valeur de preuve. Entre les dénégations d'un présumé coupable et les affirmations d'un policier, il aura tendance à croire les secondes. Le plus souvent, il n'aura d'ailleurs pas la possibilité matérielle de vérifier certains faits, certains témoignages. Il démissionnera en quelque sorte de son rôle de juge d'instruction et, sans même en avoir toujours conscience, il se fiera aveuglément à la police.

Il faut analyser en détail le rôle judiciaire de la police pour démonter ce mécanisme, cet engrenage particulièrement dangereux pour nos libertés individuelles et la bonne marche de la justice.

Un suspect arrêté peut être gardé à vue dans les locaux de la police ou de la gendarmerie. On a beaucoup parlé ces derniers temps de la garde à vue pour demander sa suppression, le maintien de sa durée actuelle ou son allongement. De quoi s'agit-il exactement ? D'une mesure par laquelle la police maintient à sa disposition une personne qui n'est pas encore inculpée et ne fait l'objet d'aucun mandat de justice.

Cette personne suspecte peut être interrogée pendant une durée de 24 heures sans l'assistance d'un avocat, sans le moindre contact avec l'extérieur, bref sans aucune garantie. Cette garde à vue peut même être renouvelée pour une seconde période de 24 heures sur autorisation écrite du procureur ou du juge d'instruction. En fait, cette autorisation est le plus souvent automatique et s'apparente à un blanc-seing. Il en est de même des garanties prévues par le Code de procédure pénale qui restent souvent lettre morte. Quelle possibilité un individu seul et exténué a-t-il de faire respecter les temps de repos que les policiers doivent lui accorder entre les interrogatoires ? Comment peut-il exiger l'examen médical qui est pourtant de droit après 24 heures, s'il est demandé ? Comment peut-il tout simplement refuser de répondre à toute question ainsi qu'il en a le droit, lorsque, autour de lui, se relayent plusieurs équipes de policiers ?

De toute façon, une prolongation illégale de la garde à vue n'est pas une cause de nullité absolue de la procédure. D'avance, l'éponge est donc passée sur ce type d'irrégularités.

Malheureusement il ne s'agit pas toujours de simples irrégularités, mais de sévices et de brutalités. Une récente affaire a remis le problème à l'ordre du jour. Trois jeunes cambrioleurs ont été torturés au Quai des Orfèvres selon des méthodes qui, nous le verrons, n'ont rien à envier à l'occupation nazie ou à la guerre d'Algérie (voir page 100).

Tout le mal provient de cette recherche d'efficacité qui risque de passer bien avant le respect des droits de celui que l'on interroge. Les policiers tiennent entre leurs mains pendant 48 heures un suspect, il s'agit de lui faire avouer le plus de choses possible. A cela se mêle parfois une rivalité entre polices. Un service de police qui craint de se voir « voler » une affaire par un service concurrent fera le maximum pour obtenir des aveux avant d'être dessaisi. Il s'agit alors de « l'honneur » du service ou du commissariat et tous les moyens peuvent être bons.

L'arsenal de moyens dont dispose la police est infini. Il est lié au degré de résistance de l'individu. Il suffira parfois de menacer le témoin d'une piqûre de sérum de vérité, comme dans l'affaire Jean-Marie Deveaux, ou de lui retirer son enfant pour le placer à l'Assistance publique, dans le cas d'une fille-mère. Parfois même, on passera des menaces aux fausses promesses d'impunité ou de clémence, ce qui finalement revient au même.

Mais trop souvent on en arrivera aux brutalités et là aussi la gamme est infinie, de la simple gifle aux véritables sévices. Il suffit de voir arriver dans les prisons les « arrêtés » de la veille pour se rendre compte que le « passage à tabac » est une pratique communément admise.

Dans nombre de cas, la police y est singulièrement encouragée par la bienveillante complicité de la magistrature et parfois même des avocats qui déconseillent à leurs clients de porter plainte. Il est assez exceptionnel qu'un juge d'instruction, comme dans le cas des trois cambrioleurs torturés, constate dans son cabinet les traces de sévices et ouvre une information pour coups et blessures. Le plus souvent, le juge fera semblant de ne pas remarquer un œil poché ou une lèvre fendue. Si l'intéressé proteste, on mettra cela sur le compte d'une bagarre entre détenus et on classera l'affaire.

Cette politique de l'autruche que pratiquent bon nombre de magistrats, il serait injuste de leur en faire porter la totale responsabilité. Les conditions difficiles dans lesquelles ils travaillent les incitent tout naturellement à fermer les yeux sur les irrégularités pour ne pas risquer d'accroître encore leur travail. Et puis, qui se plaindrait de voir son travail « mâché » ?

« Il y a, disait un magistrat en veine de sincérité, des choses que nous aimons voir faire par les policiers sans être obligés de leur en donner l'ordre. » De là découle un soutien inconditionnel de la justice à la police. Les deux institutions font d'ailleurs partie du même système répressif et l'on voit mal pourquoi elles se gêneraient mutuellement.

Il faut bien reconnaître que lorsqu'ils sont traduits devant un tribunal pour coups et blessures ou homicide, les policiers bénéficient d'une impunité presque totale, alors que les coups et blessures à agents ou même les simples outrages sont punis avec la plus grande sévérité. Nous n'en voulons pour illustration que la retentissante affaire des policiers de Bordeaux que nous développerons plus loin.

L'influence exercée par la police sur les témoins n'est pas non plus négligeable. Au nom de cette fameuse efficacité, les menaces, les pressions ne sont pas toujours écartées. On n'a pas oublié l'affaire Arancio qui vit deux jeunes Marseillais condamnés à la prison à vie, à la suite d'une dénonciation anonyme et sur le témoignage d'une prostituée de 16 ans qui était inculpée dans une autre affaire. Il arrive que les indicateurs, recrutés notamment parmi les souteneurs, soient également mis à contribution lorsque l'accusation se révèle un peu faible. Il est des cas où l'on ne néglige pas non plus la provocation pour amener des suspects à se rendre coupables de délits qu'ils n'auraient peut-être pas commis. Cela donne parfois de fructueux coups de filets. Mais est-ce vraiment la justice ?

On a vu aussi des policiers fausser volontairement les témoignages qu'ils avaient recueillis. Au cours de l'enquête qui suivit l'assassinat, en novembre 1965, d'un employé de banque à la Guerche dans le Cher, les policiers ont sciemment joué sur la différence entre l'heure solaire et l'heure légale dans les témoignages des paysans. Cela permit d'inculper deux suspects qui bénéficièrent par la suite d'un non-lieu lorsque le juge d'instruction, mis en garde par l'un des enquêteurs, décida de recommencer lui-même toutes les auditions de témoins. On s'aperçut alors qu'on avait fait déclarer à un témoin qu'il avait parfaitement reconnu à

50 mètres la victime entrer dans une maison, alors qu'il était si myope qu'il ne différenciait pas un homme d'une femme à 20 mètres. Par ailleurs, tous les témoignages qui auraient pu innocenter les suspects avaient été systématiquement écartés et ne figuraient sur aucun procès-verbal. Les policiers qui avaient participé à cette enquête furent mutés, mais à des postes plus élevés. Le seul d'entre eux à faire l'objet d'une sanction disciplinaire fut l'inspecteur André Navarro, celui-là même qui avait attiré l'attention du juge d'instruction sur le fâcheux chemin que prenait l'enquête. Les deux innocents, eux, avaient passé 42 jours en prison.

L'affaire Kaczmarczyk (voir page 19) a montré un autre aspect du problème des témoignages et de leur fragilité. Un homme accusé à tort du meurtre d'une fillette de 12 ans sur le témoignage d'un autre enfant a failli être condamné par la cour d'assises de Reims. A l'audience, il s'est avéré que ce fameux témoignage avait été suggéré à l'enfant par des questions orientées posées par les policiers. Un film, les Risques du métier, *d'après un ouvrage de Me Jean Cornec, a d'ailleurs traité de ce délicat problème des témoignages d'enfants. Il apparaît extrêmement dangereux de confier à des policiers ou à des gendarmes, peu informés de la psychologie des enfants et de leur tendance à l'affabulation, le soin de procéder à de tels interrogatoires.*

Il y a plus grave. Dans l'affaire Meyhaoui, cet Algérien accusé d'avoir massacré quatre personnes à Origny-Sainte-Benoîte, on a vu le policier Loiseau se rendre coupable d'un faux. Chargé de photographier les traces de pas laissées par l'assassin dans la cave, il avait trouvé plus commode de photographier le dessous des chaussures du suspect n° 1. Pour faux et usage de faux, il encourait la réclusion criminelle à perpétuité. La cour d'assises de Laon lui accorda les circonstances atténuantes et ne lui infligea que deux ans de prison avec sursis, assortis, il est vrai, d'une amende de 370 francs sans sursis !

Pour sa défense, le policier avait déclaré : « Je n'ai pas voulu commettre un faux. La preuve, c'est que j'ai eu la liberté d'aller et venir au domicile personnel de Mehyaoui et j'aurais pu prendre toutes les empreintes digitales de lui pour le faire condamner à mort... »

On n'a pas oublié non plus la fameuse affaire Deshayes, ce docker nantais, qui fut condamné le 9 décembre 1948 à 10 ans de travaux forcés pour un crime qu'il n'avait pas commis. Les gendarmes lui avaient arraché sous la torture des aveux complets et circonstanciés. Au cours de son procès, il ne cessa de crier son innocence. Quatre ans plus tard, on arrêta les vrais coupables. A aucun moment les gendarmes qui avaient torturé Deshayes ne furent inquiétés. Quelques mois auparavant, ils avaient également recueilli des aveux complets des « incendiaires de Nantes », qui furent tous acquittés quand la cour d'assises fouilla un peu plus la question.

Trop souvent les enquêtes sont faussées dès le début par la recherche trop systématique d'un coupable, que réclame d'ailleurs l'opinion publique. Ce ne sont plus les preuves qui mènent au coupable, mais le coupable aux preuves. On s'emploie alors à rechercher les indices susceptibles d'étayer cette conviction préétablie. Lorsqu'il s'agit, comme dans le cas de Mehyaoui, d'un étranger dénoncé par la rumeur publique, l'ardeur des policiers et de la justice risque d'en être encore décuplée, tant il est vrai que le racisme et la xénophobie sont toujours aussi vivaces. Le suspect, considéré comme coupable, se trouve donc obligé de démontrer son innocence, alors que, de par la loi, c'est à la société de prouver cette culpabilité.

Il arrive aussi qu'au mépris du principe du secret de l'instruction, certains policiers fassent courir de fausses informations pour provoquer des révélations et des témoignages que l'on qualifiera de spontanés et dont les auteurs finiront par se persuader eux-mêmes qu'ils le sont.

Dans l'affaire de la Guerche dont nous avons précédemment parlé, les policiers, ne pouvant obtenir d'indiscrétions d'un milieu paysan refermé sur lui-même, ont diffusé de faux renseignements dans le but de délier les langues. Pour cela, ils ont d'ailleurs trouvé de précieux alliés parmi les journalistes locaux qui se sont empressés de reprendre ces fausses informations et leur ont donné une plus grande force encore. Tout un climat de suspicion et de délation a été ainsi créé. Les deux personnes soupçonnées à tort ont été copieusement diffamées. La mémoire de la victime n'a pas non plus été épargnée.

Par ailleurs — et cela est peut-être encore plus grave — le véritable assassin, Ernest Rodric, un cultivateur de la région, reçut une lettre anonyme qui commençait par ces mots : « Tu es fait comme un rat », mais qui lui indiquait ce qu'il lui fallait faire pour effacer tous les indices existant contre lui, lui conseillant notamment de faire disparaître le revolver de la victime qu'il avait conservé. Les détails étaient d'une telle précision qu'ils ne pouvaient provenir, ainsi que cela fut établi par la suite, que des enquêteurs eux-mêmes, désireux de laisser planer un doute sur l'erreur qu'ils avaient commise en arrêtant deux innocents. Si Rodric avait suivi les directives qui lui étaient données, il n'aurait jamais été inquiété. Mais il eut un réflexe contraire : la lettre à la main, il courut protester de son innocence auprès des gendarmes de la Guerche, ce qui amena son inculpation, puis sa condamnation à la réclusion criminelle à perpétuité.

Ce qui apparaît extrêmement dangereux dans des cas comme ceux que l'on vient d'évoquer, c'est que la justice, nous l'avons vu, a tendance à croire sur parole les rapports de la police et les déclarations des policiers qui viennent déposer à la barre. Dès lors, si le tribunal correctionnel ou la cour d'assises ne procède pas, faute de temps et pour des raisons de facilité, à une nouvelle instruction à l'audience, on en arrive à cette solution aberrante : ce n'est plus la justice qui juge, mais bel et bien la police en faisant partager successivement sa conviction au juge d'instruction puis au tribunal.

Cela ne serait pas trop grave si la police offrait toutes garanties d'indépendance et d'impartialité. Malheureusement, elle dépend directement du pouvoir exécutif, qu'elle soit rattachée au ministère de l'Intérieur ou à celui de la Défense nationale. N'est-ce pas elle que l'on charge d'accom-

plir toutes les basses besognes politiques dont n'osent s'occuper au grand jour les princes qui nous gouvernent ? Peut-on demander à des policiers que l'on lance matraques et mousquetons en avant contre des manifestants, d'être pleinement respectueux des droits et libertés des citoyens en d'autres circonstances ? De là une complicité qui implique une impunité totale des uns et des autres. On en arrive ainsi tout logiquement à des opérations comme l'enlèvement de Ben Barka par des policiers en plein cœur de Paris et au « suicide » de Figon, dans son studio de la rue des Renaudes.

Les influences politiques qui s'exercent sur la police aboutissent aussi à une inégalité dans la répression. Le juge ne peut se saisir d'office d'une infraction et le principe de l'opportunité des poursuites joue au profit d'un certain nombre de personnes ayant des « relations » ou rendant des services à la police (indicateurs, souteneurs, faux témoins, etc.). Le procureur est normalement informé par la police de toutes les infractions qui sont commises. Mais au niveau des commissariats ou de la préfecture de police, quand ce n'est pas plus haut, on procède souvent à une sorte de tri. Certaines affaires gênantes sont étouffées. (Nous pensons notament au meurtre d'un colleur d'affiches en février 1971 à Puteaux et à l'agression dont fut victime un jeune ouvrier de 25 ans, Jean-Pierre Speller, de la part d'un commando où figuraient les deux fils d'un secrétaire d'Etat.) D'autres affaires resurgissent brusquement à l'occasion de changements politiques. Ce fut le cas des « ballets roses » d'André Le Trocquer, lorsque la IVe République fit place à la Ve. La chute de cette dernière nous réservera sans doute d'autres scandales infiniment plus graves, si nous en croyons les développements de l'affaire Aranda et celle du proxénétisme à Lyon, dont la police, c'est le moins que l'on puisse dire, ne sort pas grandie.

Si les petits délits, et notamment les atteintes à la propriété, sont poursuivis sans pitié lorsqu'ils sont commis par des pauvres, on constate une impunité à peu près totale dans les affaires économiques et fiscales lorsqu'elles mettent en cause des gens en place. Ce n'est pas une boutade de dire qu'il vaut mieux voler des milliards qu'une boîte de pâté de foie dans un Uniprix.

Il est devenu presque banal d'affirmer que nous nous trouvons en face d'une police et d'une justice de classe. Toute transformation profonde passe donc par une refonte totale de notre société. En attendant, il apparaît cependant nécessaire, pour éviter que les individus les plus faibles ne soient trop souvent broyés par cette société, de lutter pour qu'un certain nombre de droits et de libertés soient sauvegardés. Il est des barrières que l'on peut essayer de dresser, des garanties que l'on peut s'efforcer d'arracher, en se livrant à une sorte de guérilla continuelle des droits de l'homme.

C'est à quoi je souhaiterais contribuer en ouvrant ces dossiers noirs de la police française. Pour ne pas paraître lancer d'accusations gratuites, je me suis efforcé, chaque fois que cela m'était possible, de m'appuyer sur les documents officiels émanant de la police elle-même ou de la justice. Cela donnera peut-être par moments à mon livre la froide apparence d'un constat, mais cette objectivité était nécessaire. Lorsqu'ils m'étaient connus, je n'ai pas hésité non plus à citer les noms des tortionnaires ou des faussaires. Cela ne saurait être interprété comme une dénonciation, dans la mesure où ceux-ci ne courent aucun risque d'être sanctionnés, mais à la rigueur celui d'être promus à un poste plus important.

Ce que j'ai voulu, c'est simplement apporter les éléments d'une information qu'il m'a été donné de connaître comme avocat et durant les quatre années où j'ai été le conseiller juridique de la Ligue des droits de l'homme.

Mon livre n'a pas eu l'heur de plaire à tout le monde et sa première édition a fait l'objet de la part de M. Marcellin, ministre de l'Intérieur, de cinq plaintes pour diffamation envers la police. Ces procès se sont déroulés tout au long de l'année 1972. Des jugements sont intervenus, d'autres sont encore en suspens.

Le but de M. Marcellin ayant été, en portant plainte pour un total de 4 pages, de jeter la suspicion sur l'ensemble du livre, j'ai estimé souhaitable pour ne pas justement prêter le flanc à cette suspicion, de supprimer de cette nouvelle édition les passages ayant fait l'objet d'une condamnation, bien qu'aucun jugement n'ait ordonné leur suppression. Cependant, pour que le lecteur puisse se rendre compte de la longueur de ces passages, ils ont été remplacés par des blancs. Cela ne signifie pas que, personnellement, je considère que ces passages ne correspondaient pas à la vérité, mais seulement que, sur plainte du ministre de l'Intérieur, la justice française les a jugés diffamatoires.

Toutes les pages qui subsistent, c'est-à-dire l'ensemble de la première édition, sauf 60 lignes, ont reçu le meilleur label de vérité qui puisse exister pour ce genre de livre : celui du ministre de l'Intérieur. En ne portant pas plainte pour l'exposé de ces affaires, il les a en quelque sorte authentifiées. Il a reconnu qu'elles constituaient effectivement des dossiers noirs *de la police française. Cependant, rares ont été celles qui ont donné lieu à l'inculpation et à la condamnation des policiers qui s'étaient rendus coupables d'abus de pouvoir ou de violences, bien que les autorités administratives et judiciaires en aient été informées, ne serait-ce que par mon livre.*

J'ai également pensé que, parallèlement, il pouvait être intéressant de savoir ce qui m'avait été exactement reproché par le ministre de l'Intérieur. C'est pourquoi on trouvera en annexe une sorte de compte rendu des différents procès qui ont eu lieu, ainsi que les principaux extraits des jugements de condamnation ou d'acquittement : le lecteur pourra ainsi se rendre compte de ce qu'en France il est aujourd'hui permis et interdit d'écrire.

L'affaire Kaczmarczyk

Nous sommes à la fin de l'année 1967. Un crime affreux bouleverse l'opinion publique : le petit Emmanuel Malliart vient d'être assassiné à Versailles. Quatre jours plus tard, le 8 décembre 1967, à Châlons-sur-Marne, c'est une fillette de 12 ans, Marie-Claude Gervais, qui disparaît. On l'a vue pour la dernière fois à 18 heures devant la cathédrale de Châlons. Elle sortait de son école pour se rendre à celle de son petit frère, Jean-François, qu'elle devait ramener à la maison.

Des recherches sont immédiatement entreprises. Elles aboutissent, vers 21 heures, à la découverte du cartable de la fillette qui flotte sur le canal de l'usine hydro-électrique de Condé-sur-Marne, à 17 kilomètres de Châlons.

Le surlendemain, le canal est vidé et l'on découvre le corps de Marie-Claude Gervais dans un bassin de l'usine où l'eau l'a entraîné. Elle porte encore des vêtements, mais son collant et sa culotte ont été baissés jusqu'à mi-jambe.

L'autopsie révèle que Marie-Claude a eu le crâne défoncé et que son agresseur l'a violentée avant de la jeter dans le canal.

C'est la police judiciaire de Reims qui est chargée de l'enquête. Elle commence par suspecter M. Moinard, l'homme qui a repêché le cartable de Marie-Claude. Heureusement pour lui, il a un alibi.

Les soupçons des enquêteurs se portent alors sur un vagabond du nom de Marquand que sa maîtresse, pour se venger, a accusé. Sa chemise porte bien des traces de sang, mais il parviendra à se disculper. C'est ensuite le tour de deux prêtres qui habitent près de la cathédrale, là où Marie-Claude Gervais a été aperçue pour la dernière fois, mais eux aussi sont finalement mis hors de cause. La police suspectera encore des professeurs, mais ils fourniront à leur tour des alibis.

Bref, l'enquête piétine. L'opinion commence à s'inquiéter de l'incapacité des policiers à retrouver le coupable. On craint qu'il ne commette de nouveaux crimes dans la région.

A la fin du mois de décembre, la police pense être sur la bonne piste. Le commissaire Brisset, qui dirige l'enquête, estime que le coupable ne peut être « qu'un homme dont les agissements envers les fillettes sont suspects ». Or, on lui signale qu'à plusieurs reprises le conducteur d'une Estafette jaune a été vu importunant des enfants. Marie-Claude Gervais avait elle-même été poursuivie quelques mois auparavant par cet homme et avait dû, pour lui échapper, se réfugier dans le couloir d'une maison. Elle en avait parlé à ses parents.

La police fait donc établir, le 29 décembre 1967, un portrait-robot du conducteur de l'Estafette et le diffuse dans toute la France. Malheureusement, cela ne donne rien.

Entre-temps, à Versailles, le coupable a été arrêté. Il faut arrêter celui de Châlons. De tous côtés on le réclame avec insistance. Du ministère de la Justice et de celui de l'Intérieur arrivent des télégrammes impatients.

Alors, brusquement, l'enquête prend une autre direction. Le commissaire Brisset tient le raisonnement suivant : « Marie-Claude Gervais était assez timide et réservée. Ses parents l'avaient souvent mise en garde contre le danger de suivre un inconnu. Si elle est montée sans réticence dans la voiture de son agresseur, c'est parce qu'elle le connaissait. L'assassin est donc un familier de la famille Gervais. »

Le 18 janvier 1968, soit quarante jours après le crime, Joseph Kaczmarczyk est arrêté.

Joseph Kaczmarczyk, c'est un ouvrier polonais de 36 ans, qui habite dans l'impasse de la Saulx, juste en face de la famille Gervais. Il a un petit garçon de 8 ans qui va à la même école que le frère de Marie-Claude et il lui arrivait de ramener les trois enfants en voiture. Il a donc pu approcher facilement Marie-Claude qui le connaissait bien.

Il n'y a pas l'ombre d'une preuve contre lui, mais avec ses cheveux trop blonds et son nom imprononçable, il fait un coupable rêvé.

Pour commencer, pendant 36 heures d'affilée, il est interrogé au commissariat de Châlons. Mais il nie farouchement jusqu'au bout.

Qu'importe, on interroge les voisins, on échafaude des hypothèses. L'essentiel est que le « monstre » qui a violé et assommé Marie-Claude soit sous les verrous. Un télégramme de félicitations arrive de Paris et on peut supposer que le commissaire Brisset commence à rêver d'un avancement plus rapide que prévu.

Que peut-on reprocher à Kaczmarczyk en dehors de son origine étrangère ? Il n'a pas d'alibi. Le jour du crime, il soutient qu'il a quitté son travail à 17 heures 45 et qu'il s'est rendu à Châlons pour voir son employeur, M. Lacolle. Il ne l'a pas trouvé chez lui et il est reparti. Après un bref arrêt chez ses parents à Fagnières, il est remonté dans sa voiture et a pris une route parallèle au canal qui va de Châlons à Condé, pour gagner le village de Pierry, à 35 kilomètres de Châlons, afin de se rendre compte si l'état de construction d'une maison lui permettait d'effectuer des travaux de briqueterie. Il a jeté un rapide coup d'œil sur le chantier, sans descendre de voiture, puis est aussitôt rentré à Châlons.

Il était 20 heures 45 ; il s'est alors rendu à nouveau chez son employeur. Il a parlé avec lui une quinzaine de minutes et lui a fait signer une feuille d'allocations familiales. Il est ensuite rentré chez lui vers 21 heures.

Malheureusement pour lui, M. Lacolle, son employeur, qui a été aussitôt entendu, affirme que Kaczmarczyk ne s'est certainement pas présenté chez lui à 18 heures, car il savait pertinemment qu'il n'était jamais rentré à cette heure-là.

En outre, il ne se souvient pas d'avoir reçu Kaczmarczyk le 8 décembre à 20 heures 45. D'après lui, cette visite a eu lieu le 4 décembre. C'est d'ailleurs la date que porte la feuille d'allocations familiales remise à Kaczmarczyk.

M. Lacolle fait de plus observer qu'il est curieux que Kaczmarczyk se soit rendu sur le chantier de Pierry sans descendre de voiture ni pénétrer dans la maison en construction. Seul, en effet, l'examen des huisseries intérieures aurait pu lui permettre de se rendre compte si la pose des briques était ou non d'ores et déjà possible. Par ailleurs, Kaczmarczyk avait travaillé trois jours auparavant sur un autre chantier à Pierry et il lui aurait été facile de faire à ce moment-là ces constatations.

Bref, l'alibi de Kaczmarczyk s'écroule, bien qu'il continue à nier de toutes ses forces et que son arrestation ait surpris tous ceux qui le connaissaient, à commencer par les parents de la petite Marie-Claude Gervais.

On interroge longuement sa femme. Elle confirme que le soir de la disparition de la fillette, Kaczmarczyk est rentré vers 21 heures ; mais elle révèle qu'après avoir mangé, il lui a demandé de lui laver sa chemise et son chandail. Elle lui a répondu qu'elle n'avait pas le temps, car elle était occupée avec les voisins à rechercher Marie-Claude.

En rentrant chez elle, à 4 heures du matin, elle fut surprise de constater que son mari était encore éveillé et qu'il avait lavé lui-même sa chemise qui trempait dans la cuvette et son chandail qu'il avait mis à égoutter sur le champignon de la lessiveuse.

Pressée de questions, elle finit par reconnaître que depuis leur mariage il y a deux ans, c'était la première fois que Kaczmarczyk lavait lui-même son linge.

De là à penser que ses vêtements portaient des traces de sang, il n'y a qu'un pas qui est vite franchi.

Kaczmarczyk, qui a été arrêté alors qu'il portait encore sur lui le fameux chandail, a beau nier et affirmer que si ses vêtements avaient été tachés de sang, il n'aurait certainement pas demandé à sa femme de les laver, il est déjà le coupable et les policiers, à défaut de preuves formelles, recherchent de tous côtés des présomptions contre lui.

Mme Gervais, la mère de la victime, leur indique que le lendemain de la disparition de Marie-Claude, dans l'après-midi, alors qu'il gelait, Kaczmarczyk a lavé sa voiture et qu'il n'était pas aidé par sa femme comme c'était le cas habituellement.

Kaczmarczyk reconnaît qu'il a effectivement lavé sa voiture ce jour-là ou le lendemain, mais seulement la carrosserie et non l'intérieur.

On découvre également que Kaczmarczyk est un amateur de pêche à la ligne et qu'il pêchait souvent dans le canal où a été retrouvée Marie-Claude. Il connaissait donc parfaitement les lieux.

On a par ailleurs reconstitué le trajet aller-retour que Kaczmarczyk prétend avoir effectué au moment où Marie-Claude Gervais était assassinée. En ne dépassant jamais 60 km/heure, les policiers n'ont mis que deux heures et quelques minutes, alors que Kaczmarczyk, d'après ses déclarations, aurait mis trois heures. Il y a donc, de toute manière, un « trou » de près d'une heure dans son emploi du temps.

Les journalistes dépêchés sur les lieux apprennent, au cours de ces conférences de presse officieuses que tiennent les policiers, violant ainsi le secret de l'instruction, que Kaczmarczyk a déjà attiré à deux reprises l'attention des services de police.

Le 29 novembre 1966, vers 19 heures 15, il avait arrêté la jeune Claudine C..., âgée de 15 ans, à l'entrée de Sarry, petit village situé non loin de Châlons, en attrapant le porte-bagages arrière de sa bicyclette. Un cyclomotoriste l'avait mis en fuite.

Le véhicule de Kaczmarczyk avait été aperçu quelques instants plus tard sur les lieux. Il avait déclaré qu'au moment des faits, il se trouvait auprès de sa fiancée, sa femme actuelle. Or celle-ci reconnaît aujourd'hui qu'elle a fait en sa faveur un témoignage de complaisance.

Par ailleurs, fin avril-début mai 1967, l'attitude équivoque de Kaczmarczyk vis-à-vis de deux fillettes de Vésigneul-sur-Marne, où il travaillait sur un chantier, lui avait valu les observations d'un nommé Roger Delaval.

Interrogées par la police, les deux fillettes, Maryse Caron,

13 ans, et Florina Béato, 15 ans, affirment que Kaczmarczyk, après les avoir interpellées, les avait invitées à le suivre dans la maison en construction où il travaillait. Elles avaient refusé.

Les présomptions s'accumulent donc contre Kaczmarczyk et le juge d'instruction, M. Aldebert, malgré ses protestations d'innocence, l'inculpe d'homicide volontaire et d'enlèvement d'enfant de moins de 15 ans. Il est écroué le 20 janvier 1968 à la prison de Châlons.

Le 25 janvier, un nouveau témoignage est recueilli par la police : celui du jeune Bernard Briard, âgé de 14 ans, qui à l'heure supposée de l'enlèvement de Marie-Claude Gervais, a relevé devant la cathédrale le numéro d'une voiture suspecte.

Depuis que sa mère a été importunée par un automobiliste, le jeune Bernard a pris l'habitude de noter les numéros des voitures sur un cahier. Le 8 décembre 1967, intrigué par la présence devant la cathédrale, à proximité de l'école, d'un break Peugeot 404 de couleur sombre qui stationnait moteur en marche et veilleuses allumées, il a noté son numéro : 216 KN 51.

Il en parle à l'école et notamment à Patrice Florensan, qui n'est autre que le fils d'un sous-brigadier de police. Patrice Florensan note le numéro au dos d'une enveloppe et le communique à son père. Celui-ci vérifie au service des cartes grises de la préfecture. Le numéro 216 KN 51 est celui d'une fourgonnette Citroën et non d'un break Peugeot. Dès lors, le renseignement lui apparaît sans valeur et il ne juge pas utile d'en avertir son chef, le commissaire Nahour.

Mais lorsque Kaczmarczyk est arrêté, on gare sa 404 dans la cour du commissariat, afin d'y relever d'éventuelles traces de sang ou des empreintes digitales. Le sous-brigadier Florensan aperçoit la voiture. Son numéro est 216 KM 51, soit à une lettre près celui que le jeune Briard a relevé devant la cathédrale le jour du crime. On entend le jeune Briard qui confirme le numéro qu'il a noté. Dès lors il ne fait plus de doute, Kaczmarczyk stationnait bien devant la cathédrale juste avant que Marie-Claude Gervais y soit enlevée. Pour sa perspicacité, le sous-brigadier Florensan est félicité et fait l'objet d'une promotion.

Le 12 février 1968, soit deux mois après le crime, un nouvel élément vient étayer le dossier d'accusation : une fillette retrouve les lunettes de Marie-Claude enfouies dans la boue d'un chemin à Fagnières, à quelques centaines de mètres de la maison des parents de Kaczmarczyk.

C'est assez pour envoyer Joseph Kaczmarczyk à l'échafaud. Les policiers et le juge d'instruction n'ont plus qu'à fignoler leurs rapports et leurs procès-verbaux respectifs. Le commissaire Palisson en profite pour montrer ses talents d'écrivain et rédige une page qui intéresserait fortement les psychiatres. Evoquant « l'agression » de Claudine C..., cette fillette que Kaczmarczyk aurait retenue par le porte-bagages de sa bicyclette, n'écrit-il pas : « Une quinzaine de jours avant son mariage, Kaczmarczyk, père du petit Gilles issu de son concubinage, attaquait une mineure pour manifestement assouvir un appétit sexuel anormal et en tout cas non limité par l'âge de la victime, convoitée et guettée au cours d'une soirée d'hiver. Ainsi une jeune épouse soumise, un enfant né et un à naître, n'étaient pas des facteurs suffisamment moralisants pour inciter ce mâle à refréner ses instincts pervertis par sa faim sexuelle inassouvie » ?

Pour défendre la mémoire de leur fille, M. et Mme Gervais font appel à Me René Floriot. Quand ils l'apprennent, la femme et la mère de Kaczmarczyk, craignant que leur mari et fils soit condamné à mort, se rendent au cabinet de Me Jacques Isorni — qui, après trois ans de suspension, a recouvré le droit de plaider — et lui demandent d'assurer la défense de Joseph Kaczmarczyk.

Me Isorni prend connaissance du dossier, rencontre le juge d'instruction, rend visite à Kaczmarczyk à la prison de Châlons et arrive à la conviction qu'il est victime d'une machination.

Malheureusement, l'instruction est pratiquement terminée et Me Isorni ne peut empêcher la chambre d'accusation de Reims de renvoyer Kaczmarczyk devant les Assises de la Marne.

C'est le 3 octobre 1968 que s'ouvre le procès [1]. Le conseiller Servat préside la cour d'assises. L'avocat général Pigny occupe le siège du ministère public. Le duel Isorni-Floriot a attiré la grande foule. La salle est trop petite pour la contenir toute.

Joseph Kaczmarczyk est là dans son box, pâle, les épaules trapues, « avec un visage fruste mais avenant, de petits yeux enfoncés et des cheveux clairs plantés haut », ainsi que le décrit Raymond Thévenin.

Pour ceux qui ont lu les articles que la presse a consacrés à l'affaire, sa culpabilité ne fait aucun doute. Il n'y a certes pas de preuves formelles, mais les présomptions sont si nombreuses et surtout si accablantes. Avec Me Floriot en face de lui, le petit ouvrier polonais aura bien du mal à sauver sa tête.

Cependant, insensiblement, au fil d'audiences interminables qui se prolongent tard dans la nuit, Me Isorni va redresser la situation. Peu à peu, il va faire entrer dans les consciences un doute, en dénonçant les conditions dans lesquelles se sont déroulées l'enquête policière et l'instruction de cette affaire.

Tout d'abord, Me Isorni s'étonne de ce que le pompiste chez qui Kaczmarczyk, le jour du crime, a déclaré s'être arrêté pour prendre de l'essence, n'ait jamais été interrogé par la police. En fait, il l'a été, mais comme son témoignage n'apportait rien à l'accusation (il ne pouvait affirmer que Kaczmarczyk s'était arrêté ou non), on avait négligé de dresser un procès-verbal.

Il y a plus grave. Au moment de son interrogatoire au commissariat, et comme il niait avec force avoir assassiné Marie-Claude Gervais, le commissaire Brisset lui avait dit : « Tu peux parler. On a retrouvé tes empreintes sur le cartable de Marie-Claude ! »

1. Deux livres ont traité de ce procès. *A Reims, le procès de Joseph K...* par Me Jacques Isorni, Librairie académique Perrin ; *Criminels, Fous et Truands,* par Raymond Thévenin, éditions Fayard.

Kaczmarczyk avait répondu que ce n'était pas impossible, puisqu'il avait plusieurs fois conduit la fillette à l'école et lui avait porté son cartable.

Or, c'était faux. Il n'y avait aucune empreinte sur le cartable.

A la barre, le commissaire Brisset, gêné, vint expliquer « qu'il était important pour les enquêteurs que Kaczmarczyk admette cette possibilité ».

Scandalisé, le président Servat ne put s'empêcher de crier : « Mais, monsieur le commissaire, vous rendez-vous compte de la portée de votre réponse ? Vous avez tendu un traquenard à un homme qui était présumé innocent ! »

« C'est monstrueux ! renchérit Me Isorni. Voilà à quoi tient la liberté des gens ! »

Et au murmure de la salle on sentit qu'il marquait un point.

Le jeune Briard, celui qui avait noté le numéro de la voiture stationnant devant la cathédrale, est venu confirmer sa déposition. Il a bien relevé sur son cahier de brouillon le numéro 216 KN 51, soit, à une lettre près, celui de la 404 de Kaczmarczyk.

« Pouvez-vous nous montrer ce cahier de brouillon ? lui demande Me Isorni.

— Ma sœur l'a déchiré. »

Il avait communiqué ce numéro au jeune Florensan qui l'avait noté au dos d'une enveloppe.

« Pouvez-vous nous montrer l'enveloppe ? demande Me Isorni.

— Je l'ai perdue. »

Le sous-brigadier Florensan, pour se souvenir du numéro, l'avait inscrit, lui, sur son carnet.

« Pouvez-vous nous montrer ce carnet ? » demande Me Isorni.

Il l'a perdu lui aussi.

C'est le commissaire Brisset qui se trouve à nouveau à la barre des témoins.

« C'est bien le 25 janvier que Briard a révélé cette coïncidence entre les deux numéros d'immatriculation ? lui demande Me Isorni.

— Oui, répond le commissaire.

— Savez-vous que la presse avait publié le 22 janvier, soit trois jours avant, le numéro minéralogique de la voiture de Kaczmarczyk ? »

Le commissaire fait l'étonné.

Me Isorni sort alors de sa serviette un exemplaire de *l'Union de Reims* daté du 22 janvier. Le numéro de la voiture de Kaczmarczyk y est indiqué. Il n'a pu être communiqué que par la police, en violation du secret de l'instruction. Or, pour ne pas faire apparaître que le jeune Briard avait pu être influencé directement par la lecture du journal, les procès-verbaux de la police n'ont pas précisé la date de la « révélation » du jeune garçon. Ils indiquent seulement que celle-ci a été faite « fin janvier ».

Il y a plus. Le père de Bernard Briard indique à la barre que, le lendemain de la disparition de Marie-Claude Gervais, son fils lui a bien parlé d'une voiture, mais sans donner ni la marque, ni la couleur, ni le numéro.

« On n'a tout de même pas inventé cette histoire après coup ? » s'écrit Me Floriot qui voit disparaître un élément capital de l'accusation.

Mais les jurés et le public commencent, eux, sérieusement à douter.

On en arrive maintenant au témoignage des fillettes qui ont déclaré aux policiers que Kaczmarczyk les avait importunées et avait voulu les faire entrer dans la maison en construction où il travaillait.

L'une d'entre elles, Maryse Caron, a été citée par l'accusation. Le président lui demande si elle maintient ses déclarations. Elle crispe son visage et hésite. Le président insiste et la fillette finit par avouer que rien des déclarations que lui a fait signer la police n'est exact, qu'on l'a contrainte à le faire et que jamais Kaczmarczyk ne lui a demandé, ni à elle ni à son amie, d'entrer dans la maison.

Pour ce qui est de la seconde affaire reprochée à Kaczmarczyk, Me Isorni révèle que Claudine C..., la fillette qui accusait Kaczmarczyk d'avoir voulu « l'agresser », avait déjà précédemment accusé son beau-père de l'avoir attachée à un arbre et violée au cours d'une promenade. Le beau-père bénéficia d'un non-lieu, quand il apparut que la fillette n'était qu'une mythomane. Or les policiers, qui étaient au courant de ce précédent, de même que le procureur de la République de Châlons, n'en firent à aucun moment état dans leurs procès-verbaux. Ils enregistrèrent les déclarations de Claudine C.., en sachant pertinemment qu'elle mentait.

Il faudrait reprendre point par point tous les éléments de cette affaire pour montrer de quelle façon, en se servant d'enfants, les enquêteurs ont bâti le dossier. Qu'il nous suffise de dire que, dans le passé, un policier du même service s'était fâcheusement illustré en commettant un faux. Il s'agissait du policier Loiseau qui, nous l'avons vu, avait photographié le dessous des chaussures de l'Algérien Meyhaoui, le suspect n° 1, au lieu des traces de pas laissées sur les lieux du crime. Il faut croire qu'à Reims les traditions ne se perdent pas.

Quand Me Floriot prend la parole au nom de la partie civile, le doute s'est très nettement insinué dans les esprits de tous ceux qui suivent le procès.

Il lui faut donc redonner une certaine crédibilité aux présomptions de l'accusation et surtout redorer le blason de la police rémoise sérieusement écorné par les coups de boutoir de Me Isorni.

« Les policiers, dit-il, ont fait tout ce qu'ils pouvaient pour trouver la solution du problème. Ils ont interrogé Kaczmarczyk comme ils ont interrogé des centaines de personnes. Alors, pourquoi auraient-ils bâti de toutes pièces une accusation ? »

Il reprend ensuite, avec ses talents de conteur, le récit du crime horrible de Châlons. Dans sa bouche, tout se suit logiquement, limpidement même. L'assassin de la petite Marie-Claude Gervais ne peut être que Kaczmarczyk.

Toute la salle est encore sous le coup de cette plaidoirie lorsque le président Servat annonce qu'en vertu de son pouvoir discrétionnaire, il a décidé de faire entendre un témoin qui insiste pour déposer.

Le témoin de dernière heure s'avance vers la barre. C'est un nommé Léon Gross. Il a 52 ans.

« Je suis torturé, déclare-t-il, je veux libérer ma conscience. »

Le silence s'est fait dans le prétoire. Léon Gross révèle que le 8 décembre, le jour de la disparition de Marie-Claude Gervais, il a vu une 403 noire démarrer en trombe avec une fillette à bord qui portait des lunettes et tenait un cartable à la main.

« On était en pleine affaire Malliart, explique-t-il, et j'ai pensé à un enlèvement. J'ai prévenu la police, mais on m'a mis à la porte. »

La stupéfaction est totale. On fait revenir à la barre le commissaire Brisset.

« Etes-vous au courant des démarches du témoin ? lui demande le président.

— Je connais effectivement ce témoin, répond le commissaire. Je l'ai vu au moins dix fois. Il nous a indiqué plusieurs numéros de voiture fantaisistes.

— Avez-vous fait vérifier ses déclarations ?

— Nous ne les avons jamais prises au sérieux. »

Me Isorni bondit de son banc : « Quoi ? vous n'avez pas établi de procès-verbaux ? »

Et le commissaire laisse tomber : « On a entendu des centaines de personnes sans établir de procès-verbaux. »

La salle murmure. Me Isorni se lève à nouveau.

« Cette 403, messieurs, le témoin n'est pas le seul à l'avoir vue. Deux élèves du collège en ont également signalé la présence devant la cathédrale. »

Et Me Isorni lit les procès-verbaux des déclarations des jeunes Pascal Tillier et Philippe Potier qui, à 18 heures 5, le 8 décembre, ont vu « une 403 noire stationnant devant le porche de la cathédrale, qui a démarré en trombe après qu'un homme d'environ trente-cinq ans y fut monté ».

Interrogé, le commissaire Brisset répond :

« Je me souviens de ces deux garçons, mais je n'ai pas

retenu leurs dépositions dans mon rapport de synthèse. »

Me Isorni laisse alors exploser sa colère :

« La justice, s'écrie-t-il, a été trompée ! Et trompée à chaque moment de la procédure. Rien de tel ne s'est produit en France depuis l'affaire Dreyfus. Oui, je le dis avec force, l'affaire Kaczmarczyk commence ! »

Il se produit un brouhaha. Le commissaire Brisset est là tout pantois, la main crispée sur la barre. Le président essaie de ramener le calme en demandant à Me Isorni s'il a encore des questions à poser au commissaire.

« Non, répond Me Isorni, je n'en poserai plus, car désormais le commissaire Brisset ne devra plus répondre qu'en présence de son avocat. »

Le mot fait sensation parmi les journalistes et le public.

Les regards sont maintenant tournés vers l'avocat général. Il se racle la gorge, arrange sur son épaule son épitoge herminée et commence son réquisitoire. Il reprend les arguments de Me Floriot et conclut, comme l'on s'y attendait, en réclamant la tête de Kaczmarczyk en faveur de qui il ne voit personnellement aucune circonstance atténuante.

Lorsque Me Isorni se dresse avec son impressionnante carrure, le silence se fait dans la salle. Chacun sent que l'instant décisif est venu. Avec ce diable d'homme, tout est possible.

C'est à Me René Floriot qu'il décoche ses premières flèches.

« Au cours de l'audience de ce matin, commence-t-il, Me Floriot vous a demandé — avec quelle force ! — la condamnation de Joseph Kaczmarczyk. Imaginez ce que Me Floriot au banc de la défense eût pu vous dire. Il n'eût pas épargné cet autre lui-même, car il connaît bien ce problème des erreurs judiciaires : il leur a même consacré un livre. »

Et Me Isorni en cite un passage destiné précisément aux juges et aux jurés d'assises : « C'est une entreprise malaisée que de rendre la justice. Nombre d'éléments extérieurs peuvent abuser le juge le plus attentif, un document apocryphe, un témoignage mensonger, une expertise aux conclusions erronées peuvent concourir à la condamnation d'un innocent. »

Me Isorni prend alors le livre, fait quelques pas et le jette devant Me Floriot en lui criant :

« Floriot, il faudrait le lire au moins une fois ! »

Il se tourne ensuite vers la cour.

« Aujourd'hui, déclare-t-il, Me Floriot a ajouté spontanément un douzième chapitre à son livre, un chapitre que l'on pourrait intituler : "Comment je contribue aux erreurs judiciaires que je dénonce". »

Mouché, Me Floriot essaie de conserver son calme, mais « le gros chat noir et blanc », comme le décrit Raymond Thévenin, a les poils quelque peu hérissés.

Me Isorni est revenu à sa place et examine maintenant les conditions dans lesquelles l'enquête policière a été menée.

« Le crime est découvert, explique-t-il, l'opinion publique réclame le coupable. Et elle a raison. Elle a peur, elle s'impatiente. Et elle a raison. Il faut un coupable. Il faut que la police arrête l'assassin de Marie-Claude. Le pouvoir la presse. Elle reçoit des ordres. Elle n'a pas encore trouvé ? Qu'elle se dépêche ! Les jours passent. Elle ne le trouve toujours pas : elle est prête à arrêter n'importe qui ! Ce sera Joseph Kaczmarczyk. Peu à peu s'édifiera un dossier d'instruction incroyable, le plus scandaleux que j'aie jamais vu en droit commun. Parce qu'elle emploie tous les moyens pour découvrir un coupable, la société devient elle-même coupable. Elle accuse, mais elle s'accuse. Sa police fait le pire et sa justice la couvre. On a bonne conscience : il faut se préserver d'un monstre et le châtier. C'est alors l'enchaînement : lacunes volontaires, faux procès-verbaux, témoins — des enfants ! — soumis à une inadmissible pression, dissimulation de déclarations utiles à la défense, provocations, machinations montées de toutes pièces. C'est une nouvelle affaire Dreyfus !... Cette fois, les policiers de Reims ont passé toute mesure. Il n'est de l'intérêt de personne, ni de la justice, ni de la police, ni de l'Etat, de se solidariser avec ces brebis galeuses ! »

« Maître, je vous en prie !... » s'écrie le président scandalisé.

Me Isorni poursuit cependant et fustige pêle-mêle le juge d'instruction, le procureur et la chambre d'accusation avant de revenir à la police et au commissaire Brisset qui, « pour son avancement, pour son ruban, pour son ambition », a besoin d'un coupable.

« Joseph Kaczmarczyk est incarcéré. Désormais il va falloir « monter » l'affaire. Pour y parvenir, on renversera le principe essentiel de la loi pénale française : au lieu de prouver la culpabilité de Kaczmarczyk, celui-ci sera présumé coupable et ce sera à lui de prouver son innocence. « Prouvez que vous êtes innocent ! », voilà ce qu'on lit entre toutes les lignes du dossier. Quant à cette police qui a entraîné le juge dans cette folle arrestation, elle ne pensera plus qu'à se justifier. Elle accusera, pour se protéger de son erreur, elle qui vient d'obtenir les félicitations du directeur de la Sûreté nationale. »

Le président fronce à nouveau les sourcils, mais cela n'arrête pas Me Isorni.

« Devant son dossier vide et Kaczmarczyk arrêté, dit-il, le juge d'instruction s'inquiète. La police va le rassurer et garnir ce dossier. Elle interrogera les témoins et fera pression sur eux. Elle ne les laissera pas déposer librement. Elle les convaincra que Kaczmarczyk est un monstre et que s'ils ne l'aident pas, s'ils n'aident pas la justice, le monstre sera remis en liberté. Il n'est pas difficile de suggérer à demi-mots quels dangers courront alors les enfants. Et les témoins seront prêts au besoin à forcer leur vérité, avec bonne foi et avec la conscience pure des justiciers... »

Me Isorni examine alors ces différents témoignages :

« Dans le domaine des renseignements qu'on recueille sur tout accusé, Kaczmarczyk, cet ouvrier remarquable, deviendra un personnage dissimulé, un menteur, un saboteur, détesté de ses camarades. On recueillera, avec le ridicule d'y accorder quelque crédit, le témoignage d'un nommé Minet qui prétendra avoir vu Kaczmarczyk laver sa voiture au bord d'une rivière — quel crime ! — et l'avoir vu regarder d'un air oblique de jeunes lavandières — ah ! le monstre qui, dans le pays du Vert-Galant, eût osé regarder des lavandières ! — Comme cette accumulation ne suffisait pas à faire condamner Kaczmarczyk, la police a inventé deux affaires de mœurs : le monstre était capable du fait. »

Me Isorni démonte ces deux affaires qui, nous l'avons vu, ont tourné à la confusion de l'accusation, l'une des fillettes s'étant rétractée à l'audience et l'autre n'étant qu'une mythomane qualifiée par les experts de « fabulatrice perverse ».

Il reprend toutes les contradictions, toutes les invraisemblances qui sont apparues lors des débats : le meurtre horrible et sadique de la petite Marie-Claude, alors que Kaczmarczyk est l'homme le plus normal, le plus sain et un père de famille exemplaire ; le témoignage du jeune Briard qui s'était contenté de lire le numéro de la voiture de Kaczmarczyk dans le journal ; les accusations de la propre femme de Kaczmarczyk traquée par la police et qui a déclaré à l'audience : « Après tout ce que la police m'a raconté, je ne savais plus ce que je disais » ; cette fameuse pièce à conviction enfin, le chandail sanglant, que Kaczmarczyk avait encore sur le dos au moment de son arrestation et sur lequel on n'a trouvé aucune trace de sang.

Pour terminer le chapitre des témoignages, il aborde la miraculeuse découverte des lunettes de Marie-Claude à quelques centaines de mètres de la maison des parents de Kaczmarczyk, plus de deux mois après le crime.

« J'ai pour ma part, dit-il, plus qu'une conviction, une certitude : ces lunettes ont été déposées là, le 12 février 1968, à seule fin de perdre Kaczmarczyk. Si, comme le prétend l'avocat général, ces lunettes étaient tombées au cours d'une lutte entre Kaczmarczyk et Marie-Claude, le 8 décembre 1967, elles seraient restées, jusqu'au jour de leur découverte, plus de deux mois sur la terre ou mêlées à la terre, à subir les intempéries de l'hiver. Or, nous l'avons constaté, les lunettes ne portent aucune trace. Pourquoi la justice a-t-elle fermé les yeux ? Pourquoi le juge n'a-t-il ordonné aucune expertise ? Deux hypothèses sont possibles : les lunettes ont été déposées là par l'assassin ou bien elles ont été placées par la police qui, persuadée de la culpabilité de Kaczmarczyk, forgeait la preuve qu'elle ne pouvait découvrir. J'affirme qu'il est impossible que les lunettes qu'on nous présente soient restées plus de deux mois sur un chemin où passaient quotidiennement des tracteurs sans avoir été cassées ou tordues. Or, les lunettes de Marie-Claude sont intactes !

« Nous voici parvenus à la minute solennelle ! s'écrie Mᵉ Isorni. Je le clame une fois de plus, de toutes les forces qui me restent et de toute ma conviction, je le clame pour vous qui allez juger, et au-delà de vous, pour ceux qui recueilleront votre jugement : Kaczmarczyk est innocent. Oui, en cette minute solennelle, tous les condamnés par erreur sortent de leurs prisons, les crucifiés descendent de leur croix et, victimes de tous les temps, s'approchent de Kaczmarczyk. Ils entourent l'accusé. Ils l'entourent de leurs chaînes et de leurs souffrances. Ils viennent aussi à mes côtés, ils m'assistent, ils m'exhortent. Ils sont la protestation éternelle. Kaczmarczyk est innocent. Dans quelques instants, vous allez délibérer, juges de la cour d'assises, et vous proclamerez cette innocence. Votre verdict sera celui de la justice retrouvée. »

Kaczmarczyk se lève alors et dit simplement : « Je suis innocent. »

Les jurés se retirent pour délibérer. Quarante minutes plus tard, ils sont de retour. Joseph Kaczmarczyk est acquitté. La foule qui, peu de temps auparavant, criait : « Qu'on lui coupe le cou ! », hurle à présent : « Vive Kaczmarczyk ! » Des spectateurs exaltés se précipitent vers Mᵉ Isorni, le serrent dans leurs bras et lui demandent des autographes.

Les morts des commissariats

Décembre 1969. Des inscriptions apparaissent sur les murs de cette petite ville tranquille qu'est Chambéry : « Flics assassins », « Tué au commissariat », « Z à Chambéry ». Les services municipaux s'empressent d'effacer les inscriptions, ils n'empêcheront pas « l'affaire Thévenin » d'éclater.

De quoi s'agit-il ? Un an auparavant, le 15 décembre 1968 très exactement, un jeune homme de vingt-quatre ans, solide et en excellente santé, est mort dans les locaux du commissariat de Chambéry. Aujourd'hui encore, personne ne sait ni pourquoi ni comment.

Jean-Pierre Thévenin est né le 29 octobre 1944 à Marseille où demeurent encore ses parents. Il était fils unique. Soudeur aux Ateliers du Canet à Marseille, il appartenait à une équipe envoyée pour construire un parc de stockage de produits pétroliers à Chignin, près de Chambéry. C'était un garçon calme et sérieux, qui gagnait environ 1 300 F par mois et en envoyait régulièrement une partie à ses parents. Il possédait une voiture qu'il avait payée entièrement et, au moment de son décès, il avait placé 15 000 F sur son livret de Caisse d'Epargne.

Le dimanche, il allait à Lyon avec des amis assister à des matches de football. Il lui arrivait aussi de passer la journée avec une amie qui travaillait comme économe dans un collège d'enseignement technique de la Loire.

Il ne buvait pratiquement jamais. L'alcool fait trembler la main et le métier de soudeur à l'arc exige une sûreté de réflexe parfaite. Or, Jean-Pierre Thévenin était considéré comme un ouvrier particulièrement adroit.

Le dimanche 15 décembre 1968, Jean-Pierre Thévenin a prévu de rendre visite à son amie à Verrières-en-Forez. Mais, au dernier moment, elle l'avertit qu'elle doit participer à des danses folkloriques à Saint-Etienne. Il ne se rend pas non plus à Lyon, car il n'y a pas de match de football.

Il déjeune à l'auberge Pernet comme il le fait tous les jours. Il y rencontre Jean-Pierre Gouin, qui travaille sur le même chantier, mais pour une autre entreprise.

Après déjeuner, ils vont à Chapareillan. Jean-Pierre Thévenin y laisse sa voiture et monte dans celle de son camarade pour faire un tour à Chambéry. Après une halte au *Café du Nord,* ils entrent au *Bar de l'Arrivée.*

C'est, à deux pas de la gare de Chambéry, l'un de ces petits cafés un peu tristes et anonymes où l'on vient essayer de tromper l'ennui. Il est environ 18 heures 15 lorsque Gouin et Jean-Pierre Thévenin en poussent la porte. Dans la salle, il y a une dizaine de consommateurs.

« Ils avaient bu, dira la propriétaire du café, Mme Vérollet, surtout Gouin qui était très excité. C'est d'ailleurs lui qui m'a commandé deux « mauresques » pendant que Thévenin, resté calme, s'installait devant le juke-box. Je n'ai pas voulu les servir. Alors Gouin, et Gouin seul, s'est mis en colère. Il m'a craché au visage. Il a voulu gifler la serveuse et puis il est passé derrière le comptoir pour casser les verres en hurlant. Alors j'ai appelé la police. »

Quelques minutes plus tard, un car de police se range le long du trottoir. Cinq policiers descendent. Jean-Pierre Thévenin et Gouin sont embarqués.

Ils arrivent au commissariat à 18 heures 30. Ils sont enfermés séparément au sous-sol dans des cellules en ciment. Jean-Pierre Thévenin en sortira à 23 heures 10, sur une civière, mort.

Que s'est-il passé ? La thèse officielle, si l'on en croit le rapport de l'officier de police Barbé, est la suivante :

« Le nommé Thévenin avait été conduit au poste de police en compagnie de Gouin Jean-Pierre, en raison de leur état d'ivresse et du scandale provoqué au *Bar de l'Arrivée.* Thévenin était demeuré calme et avait été mis en chambre de sûreté sans difficulté ; par contre Gouin s'était montré plus exalté.

Au cours de diverses rondes effectuées soit par le brigadier de service, soit par un gardien de la paix, rien de particulier n'était constaté. L'incident devait survenir après le contrôle de 22 heures 30, fait par le brigadier Berger, qui lors du contrôle suivant à 23 heures devait se rendre compte que le dessus de la tête du nommé Thévenin apparaissait dans l'ouverture d'aération. Immédiatement assisté des fonctionnaires du service, le brigadier Berger s'empressait de dégager Thévenin qui se trouvait pendu, la tête coincée dans l'ouverture et les jambes pendantes dans le vide. Il devait constater que le corps était encore chaud. Après l'avoir placé sur une civière, il était transporté, par le fourgon de Police-Secours, au service des urgences du centre hospitalier, où il était pris en charge par l'interne de service. Après des séances de réanimation, l'équipe médicale des « urgences » constatait le décès de Thévenin. »

En ce qui concerne les lieux où est mort Jean-Pierre Thévenin, le rapport de police les décrit ainsi :

« La cellule où s'est déroulé l'incident est la cellule n° 2. Il s'agit d'une cellule mesurant 2 m 97 de longueur sur 1 m 79 de largeur, dans laquelle il existe un bat-flanc bétonné de 2 mètres de long sur 0 m 74 de large. Dans le prolongement de ce bat-flanc il y a un W.-C. à la turque de largeur égale et de 0 m 70 de longueur. Au-dessus de ce W.-C. et juste en dessous du plafond, il existe deux « pavés » de verre de 0 m 41 de longueur totale sur 0 m 19 de hauteur qui permettent l'éclairage de la cellule, au moyen d'une ampoule électrique située à l'extérieur derrière ces pavés.

La porte de cette cellule est massive et mesure 1 m 98 de hauteur sur 0 m 66 de largeur. Elle est munie d'un judas et s'ouvre sur le couloir. Au-dessus de la porte, il existe une aération constituée par une ouverture de 0 m 66 de long sur 0 m 16 de haut. La partie basse de cette ouverture est à 2 m 10 du sol. Il n'existe aucune protection, ni grillage ni barreau.

Dans cette ouverture où Thévenin avait engagé sa tête, il n'existe aucune trace particulière. Sur le mur, au-dessus du W.-C., il existe par contre une petite trace de frottement.

Sur le mur de droite, en pénétrant dans la cellule, immédiatement après l'encadrement de la porte, nous remarquons une autre trace de frottement à environ 0 m 70 du sol.

Ce sont les deux seuls éléments visibles à l'intérieur de la cellule ; mais par contre, dans le couloir, de l'autre côté du mur qui a 0 m 13 d'épaisseur, nous remarquons au bord de l'ouverture d'aération des traces de doigts laissées par deux mains. Dans le haut de cette même ouverture, il existe une trace noire de frottement ; cette trace présente encore des débris de cheveux. »

L'agent de police Mazier, l'un des policiers qui ont appréhendé Jean-Pierre Thévenin et Gouin au *Bar de l'Arrivée*, donne quelques précisions supplémentaires sur les circonstances dans lesquelles ont été amenés au commissariat les deux jeunes gens :

« A notre arrivée dans le café, aucun client ne se battait ; mais l'un d'eux, le nommé Gouin, était très excité. Il se tenait près du juke-box, faisait des gestes et proférait des paroles incompréhensibles qui paraissaient être destinées à la patronne se tenant en bout de comptoir.

Il est à préciser que dès notre entrée dans ce débit, Mme Verollet nous avait désigné les perturbateurs. Le second de ces individus, le nommé Thévenin Jean-Pierre, se tenait, quant à lui, tranquillement au comptoir. Il était cependant pris de boisson comme son camarade Gouin, mais en notre présence Thévenin n'a pas insulté Mme Verollet, ni proféré de menaces contre elle ou toute autre personne de la salle.

Mme Verollet nous a également déclaré que ces individus avaient brisé du matériel et que le préjudice qui lui était causé s'élevait à environ 50 F. Elle a confirmé que ces individus, et notamment le plus petit des deux, Gouin, s'étaient énervés à la suite du refus par elle de leur servir à boire, du fait qu'ils étaient déjà ivres. C'est alors que le nommé Gouin aurait brisé des verres et des bouteilles, ce qui aurait nécessité l'intervention de consommateurs.

Les nommés Thévenin et Gouin étant en état d'ivresse

publique et manifeste, nous les avons conduits au commissariat de police où, après avoir été fouillés, ils ont été déposés en chambre de sûreté.

Je dois cependant préciser que ces individus n'avaient pas le visage tuméfié et qu'ils ne portaient pas de blessures apparentes. D'autre part, lors de leur dépôt en chambre de sûreté effectué à 18 heures 30 et jusqu'à la fin de notre service terminé à 20 heures, nous avons fait des rondes de surveillance toutes les demi-heures et nous n'avons constaté rien d'anormal. »

C'est le brigadier Berger qui prend la relève à 20 heures. Il déclare :

« A la passation des consignes, j'ai fait une ronde et tout était normal : le nommé Gouin, placé dans la geôle n° 1, chantait ; le nommé Thévenin, placé dans la geôle n° 2, était assis sur le bat-flanc.

A 20 heures 30, le sous-brigadier Viguier a effectué une ronde et il n'a rien remarqué d'anormal.

J'ai effectué moi-même une ronde à 21 h 05, à 21 h 35, à 22 h 10, à 22 h 30.

Au cours de ces rondes, tout était normal. Gouin chantait toujours et Thévenin était couché sur le bat-flanc et paraissait dormir normalement.

A 23 heures, j'ai effectué une nouvelle ronde. Dans la geôle n° 1, Gouin chantait encore. En me dirigeant vers la geôle n° 2, j'ai aperçu la tête de Thévenin qui dépassait de la lucarne d'aération.

J'ai immédiatement ouvert la porte de cette geôle, j'ai aperçu le corps de Thévenin qui pendait dans le vide. Je me suis très rapidement rendu compte que Thévenin avait passé sa tête dans la lucarne par laquelle il avait certainement pensé pouvoir sortir.

J'ai alors remarqué que la tête de Thévenin était entièrement engagée dans la lucarne et qu'elle reposait à plat sur la joue droite. La nuque formait presque un angle droit avec le corps. Celui-ci pendait le long de la porte, face à celle-ci, le bras droit replié vers la lucarne, le bras gauche pendant le long du corps.

Le corps était encore chaud, j'ai appelé le sous-brigadier Viguier et nous avons dégagé la tête de Thévenin. Pour cela, le sous-brigadier Viguier a dû utiliser un escabeau.

Pendant toutes ces opérations, j'ai constaté que Thévenin portait des traces de peinture, celle des murs de la geôle, sur les joues, sur les chaussettes (sur la face inférieure qui entre en contact avec le sol).

J'ai fait transporter aussitôt, au centre hospitalier de Chambéry, le corps de Thévenin à l'aide de notre car Police-Secours. Le blessé a été réceptionné à 23 heures 10 au centre hospitalier. »

Mais au centre hospitalier, les choses ne se sont pas passées aussi bien qu'il pourrait le paraître à la lecture du rapport de police.

L'interne de service, le docteur Lathoud, constate une « semi-rigidité cadavérique », ce qui indique que la mort remonte à environ une heure. Trouvant le décès suspect, il refuse le permis d'inhumer et prévient le directeur du centre hospitalier, le docteur Dorster, qui confirme ce refus.

Pendant la nuit, plusieurs appels téléphoniques anonymes émanant du commissariat insistent pour que soit délivré le permis d'inhumer. Les médecins de l'hôpital ne cèdent pas et les policiers n'obtiendront qu'un certificat du docteur Gilbertas, et non de l'interne de service, ainsi rédigé :

« M. Jean-Pierre Thévenin, 24 ans, a été amené dans la nuit du 15 au 16 décembre 1968, à 23 heures 10.

Ce malade était en état de mort apparente à son arrivée. Il a été examiné et surveillé pendant 2 heures par l'équipe médicale du service des urgences.

L'observation de M. Thévenin a permis de confirmer les signes de mort réelle.

Mais M. Thévenin présentait une large zone contuse et ecchymotique depuis la région du lobe de l'oreille droite jusqu'à la base du cou, lésion cutanée qui suivait à peu près la direction du muscle sterno-cleïdo-mastoïdien droit.

Des traces de peinture blanchâtre existaient également au niveau de la peau et des cheveux, au niveau du côté droit, mais également dans la région temporo-mastoïdienne gauche. Il n'existait pas d'autre lésion apparente.

En vertu de quoi j'ai refusé le permis d'inhumer. »

Les policiers ont absolument besoin d'un permis d'inhumer. L'hôpital de Chambéry le leur refuse, ils iront le chercher à cinquante kilomètres de là, à Albertville, où le docteur Martin, médecin légiste désigné par le juge d'instruction de Chambéry, conclura à une mort naturelle.

Au cours de l'autopsie pratiquée le 17 décembre, il constatera lui aussi « des traces de peinture ou de plâtre de couleur blanchâtre siégeant sous l'oreille droite et sur le cou, sur les cheveux garnissant la tempe gauche ». Il relèvera également « des traces ecchymotiques sous l'oreille gauche et des érosions des phalanges de trois doigts de la main droite ».

Sa conclusion : Jean-Pierre Thévenin est mort d'une « hémorragie intra-pulmonaire ». « En proie à un malaise progressif et rapidement fatal », il s'est hissé jusqu'à la lucarne et y a passé sa tête.

Détail à noter : le docteur Martin est le gendre d'un brigadier de police de Chambéry. Il est vrai qu'il est aussi le seul médecin légiste du département et le juge d'instruction ne pouvait en désigner un autre. Par ailleurs, ce n'est pas un généraliste, mais un spécialiste en psychiatrie.

Le lendemain du drame, à 8 heures 30, deux gendarmes de la brigade de Montmellian se présentent sur le chantier de Chignin où travaillait Jean-Pierre Thévenin. Ils demandent à voir le contremaître René Garcin et l'avertissent que Jean-Pierre Thévenin s'est suicidé au commissariat de Chambéry.

René Garcin s'inquiète de savoir si l'on a prévenu les parents de Thévenin à Marseille. On lui assure que la police a fait le nécessaire. Il est donc persuadé qu'ils arriveront par le *Rhodanien* vers 12 heures 30. Le train entre en gare, mais les parents de Thévenin ne sont pas parmi les voyageurs.

René Garcin se rend alors à l'hôpital et avec le directeur, M. Dorster, il constate qu'aucun télégramme n'a été envoyé.

Les policiers ont d'ailleurs déclaré aux médecins que Jean-Pierre Thévenin « semblait ne pas avoir de famille » et qu'ils allaient effectuer des recherches. Or, ils étaient en possession de son portefeuille qui contenait tous ses papiers d'identité.

A 17 heures 30, le directeur de l'hôpital envoie donc un télégramme à Marseille : « Jean-Pierre Thévenin décédé hôpital de Chambéry. » Les parents en prendront connaissance dans la soirée.

Après cette démarche à l'hôpital, René Garcin se rend au commissariat et demande à voir la cellule où Thévenin s'est suicidé. Sur la porte, il y a une pancarte : « A ne pas utiliser. » On lui en montre une autre.

M. Losey, contremaître de Jean-Pierre Gouin, est là lui aussi ; mais personne ne lui dit que Gouin se trouve encore dans une cellule du commissariat.

Lorsque, le soir, René Garcin rencontre Gouin qui vient d'être libéré, celui-ci a le visage tuméfié et marche avec difficulté. Il ignore de son côté que Thévenin est mort. Les policiers lui ont dit qu'il était retourné sur son chantier.

Le lendemain matin, les parents de Jean-Pierre Thévenin arrivent à Chambéry et se rendent à l'hôpital. Le père, malade du cœur, se trouve mal dans le bureau du docteur Lathoud. A la morgue, on leur montre le corps de leur fils et ils constatent qu'il porte des traces violettes de chaque côté du corps et un point d'impact raide et foncé au-dessous de chaque oreille. La partie supérieure du thorax est zébrée de marques noires en diagonale. Par ailleurs, ses mains sont bandées et ne laissent voir que les index et les pouces.

Le docteur Lathoud leur dit : « Si je n'ai rien pu faire pour réanimer votre fils, c'est qu'il était mort quand on me l'a amené. Il était en état de semi-rigidité cadavérique. »

On leur montre également les vêtements de leur fils. Le dos du veston est blanc de plâtre, comme si on l'avait cogné contre le mur de la cellule. Les chaussettes, elles, ne portent aucune trace, contrairement aux affirmations du rapport de police.

Ils se rendent ensuite au commissariat. Le commissaire

les prévient : « Je n'ai que dix minutes à vous consacrer. » La mère de Jean-Pierre Thévenin proteste. Le commissaire lance alors : « Vous êtes les parents d'un ivrogne. Si vous ne vous taisez pas, je vous mets dehors avec mon pied quelque part ! » La seule explication qu'ils obtiennent, c'est celle-ci : « Votre fils a voulu se suicider en passant sa tête par une lucarne qui se trouvait au-dessus de la porte de la cellule où il était enfermé. »

Complètement anéantis, ils errent dans Chambéry à la recherche d'un avocat, car le médecin de l'hôpital leur a dit, ce qu'il contestera plus tard : « C'est un meurtre, il faut un procès d'assises. » Mais ils ne connaissent personne et ils rentrent à Marseille où le corps de leur fils sera ramené et enterré quelques jours plus tard.

Décidés à savoir la vérité sur la mort de leur fils qui était leur seul enfant, ils vont consulter l'un des plus grands avocats français, Me Raymond Filippi, bâtonnier de l'ordre des avocats d'Aix-en-Provence. Celui-ci, après s'être informé sur l'affaire, leur conseille de porter plainte pour coups et blessures volontaires ayant entraîné la mort sans intention de la donner.

M. Thévenin fait également part de ce drame à sa sœur, Mme Spieth, qui est infirmière au Maroc. Le 15 janvier 1969, celle-ci écrit à la Ligue des droits de l'homme. Le 22 janvier, la Ligue demande à sa section de Chambéry de procéder à une enquête sur place.

De plus, elle intervient officiellement le 5 février auprès de M. René Capitant, le ministre de la Justice du moment. Celui-ci répond deux mois plus tard, le 1er avril 1969. Il donne une nouvelle version de la mort de Jean-Pierre Thévenin : « L'autopsie pratiquée par le médecin légiste permet de conclure à une mort naturelle d'origine purement pathologique. Aucune trace de violence n'a été relevée. »

De son côté, Me Filippi s'est rendu compte de la difficulté et de l'étrangeté de l'affaire : un avoué de Chambéry, après sept semaines de réflexion, a refusé de se constituer partie civile pour M. et Mme Thévenin devant le tribunal de grande instance de Chambéry. Dans une lettre embarrassée, il a expliqué son refus par « la gravité de l'affaire et des raisons personnelles ».

Finalement, un autre avoué accepte et la constitution de partie civile est faite le 13 mai 1969. Entre-temps, l'instruction pénale ouverte par le parquet de Chambéry a été close le 12 mars 1969 par un non-lieu. Comment pourrait-il en être autrement, puisque ce sont les policiers eux-mêmes qui ont mené l'enquête ?

Par une curieuse coïncidence, c'est le 12 mars également que des réparations ont lieu dans la cellule où avait été enfermé Jean-Pierre Thévenin. Les murs sont repeints ; la hauteur de la lucarne est réduite de 16 cm à 10 cm 5, elle est fermée par un grillage. On pose une serrure à l'intérieur de la cellule et on fixe une barre de bois le long du mur, comme si l'on voulait faciliter l'escalade et étayer la thèse du suicide. Cela rend désormais pratiquement impossible toute reconstitution sur les lieux.

La plainte avec constitution de partie civile oblige le juge d'instruction à rouvrir le dossier. Il entend tous les témoins de l'affaire et notamment René Garcin, le contremaître de Thévenin, qui n'avait jamais été entendu jusqu'ici. Par contre, Jean-Pierre Gouin, le témoin n° 1, n'est pas interrogé. On prétextera qu'il a quitté la région et qu'on n'a pu le retrouver. Curieusement, la police de Chambéry ne parviendra pas non plus à retrouver un seul des dix consommateurs présents au *Bar de l'Arrivée* le soir de l'arrestation de Thévenin et de Gouin.

L'affaire traîne. A la demande de Mᵉ Filippi, une nouvelle autopsie est ordonnée. Elle a lieu le 3 octobre 1969 à Marseille où Jean-Pierre Thévenin a été enterré. Mais les experts, les docteurs Olivier et Vuillet, tardent singulièrement à déposer leur rapport.

M. Thévenin écrit à M. René Pleven, le nouveau ministre de la Justice, en le suppliant de faire toute la lumière sur la mort de son fils. En réponse, on lui renvoie sa lettre accompagnée d'un formulaire imprimé destiné à demander la grâce ou l'amnistie d'un condamné !

La section de Chambéry de la Ligue des droits de l'homme

continue son enquête en collaboration avec Me Filippi. Elle se trouve en face de cinq versions contradictoires :

Pour les policiers, Jean-Pierre Thévenin s'est suicidé dans sa cellule. Pour le médecin légiste, il est mort d'une « hémorragie intra-pulmonaire », vraisemblablement due à l'alcoolisme. Le ministre de la Justice, lui, parle de « mort naturelle d'origine purement pathologique ». Le 19 mars, le préfet de la Savoie a reçu trois délégués de la Ligue des droits de l'homme, MM. Hily, président de la section de Chambéry, Marcel Jans, professeur au lycée Vaugelas, et Gilbert Antonin, ingénieur. D'après lui, la mort de Jean-Pierre Thévenin est due à une « crise éthylique aiguë ». Quant au commissaire Moissinac, sentant la thèse du suicide fragile, il parle de « tentative d'évasion » qui se serait terminée tragiquement.

Le 15 décembre 1969, pour l'anniversaire de la mort de Jean-Pierre Thévenin, la section de Chambéry de la Ligue décide de frapper un grand coup. Elle organise un meeting qui réunit un très nombreux public dans la salle Grenette pour une fois trop petite. Le lendemain, sur les murs de Chambéry, les inscriptions apparaissent. On ne parle plus que de « l'affaire Thévenin ».

Une lettre a facilité les choses : M. Marcel Jans a été, lorsqu'il préparait Normale supérieure au lycée Louis-le Grand, le condisciple de Georges Pompidou, devenu depuis président de la République. Le 18 juillet 1969, il lui écrit au sujet de l'affaire Thévenin et lui demande de procéder à une enquête. Le 23 juillet, Georges Pompidou lui répond : « Les circonstances du décès de M. Jean-Pierre Thévenin sont, en effet, bien pénibles et j'ai aussitôt demandé au ministère de la Justice d'examiner attentivement cette affaire. Je pense que des indications précises me seront communiquées très prochainement. »

Depuis, il n'y a eu aucun progrès dans l'instruction de l'affaire. Mais la lettre de Pompidou est là. Comme pour l'affaire Russier, la grande presse s'empare de l'affaire. Certains articles présentent Pompidou comme la puissance tutélaire chargée de redresser les injustices, mais très vite les autorités seront dépassées par l'importance de l'affaire.

La presse et la radio (à l'exception de l'O.R.T.F.) ne tardent pas à découvrir les contradictions de l'affaire, en partant des informations diffusées par la Ligue, puis en se livrant sur place à leur propre enquête.

En ce qui concerne les conditions dans lesquelles on a procédé à l'arrestation de Jean-Pierre Thévenin, on s'étonne qu'on l'ait emmené au poste de police puisque, selon tous les témoignages et les propres déclarations des policiers, il ne causait aucun désordre. Contrairement à son camarade Gouin qui était passablement excité et avait cassé plusieurs verres, il restait très calme, amorphe même, comme « prostré », dira la patronne du bar. Il n'a proféré aucune injure ni menacé qui que ce soit. Or, les policiers emmenèrent Thévenin comme Gouin et les placèrent tous deux dans des cellules de sûreté au sous-sol du commissariat. Cela pouvait se comprendre pour Gouin qui, selon le rapport de police, était « très exalté ». Mais pourquoi ne s'est-on pas contenté de placer Thévenin, « demeuré calme », dans le local de garde à vue situé au rez-de-chaussée, c'est-à-dire dans un endroit où il aurait pu être constamment surveillé et n'aurait donc pas pu « se suicider » ? Il n'est pas de coutume dans les commissariats de placer en cellule de sûreté les « fêtards du dimanche », qui ne sont passibles à la rigueur que d'une contravention pour ivresse publique.

Le ministre de la Justice avait indiqué dans sa réponse à la Ligue que Jean-Pierre Thévenin était en « complet état d'ivresse ». Peu à peu on ne parle plus que d'ébriété, puis on reconnaît que Jean-Pierre Thévenin, loin d'être un ivrogne, ne buvait pratiquement pas. La thèse de la « crise d'éthylisme aiguë » du préfet ne tient donc plus. Partout où la presse se tourne, elle recueille les meilleurs renseignements sur Thévenin. Son contremaître déclare notamment : « C'était un garçon impeccable, irréprochable dans son travail, jouissant d'une excellente santé physique et morale. »

On note par ailleurs une certaine analogie avec une affaire qui s'est produite à Chambéry en juin 1967. A la suite d'une bagarre, un surveillant d'internat du lycée Vaugelas de

Chambéry, M. Rabault, avait été détenu au même commissariat. Il en était ressorti avec un tympan crevé. La version des policiers avait été que M. Rabault, « en proie à une rage éthylique ou en tentant de s'évader, s'était lui-même meurtri ». On avait déconseillé à l'intéressé de porter plainte pour ne pas avoir d'ennuis avec l'administration de l'Education nationale.

Certains journaux s'étonnent également qu'aucune tentative de réanimation n'ait été faite sur place, puisque, selon le rapport de police, le corps était « encore chaud » quand on l'a dépendu. Or, on n'a appelé ni le médecin de garde, ni la permanence des sapeurs-pompiers qui possèdent pourtant des appareils perfectionnés de réanimation, notamment des masques à oxygène et un véhicule spécialement aménagé pour effectuer des transports délicats de malades. On s'est contenté de charger le corps de Jean-Pierre Thévenin dans un simple fourgon de police pour le transporter jusqu'à l'hôpital où l'interne de service a constaté que le corps était déjà raide et que la mort remontait à une heure environ.

Si l'on n'a pas appelé un médecin ou les pompiers, répondent les policiers, c'est précisément pour ne pas perdre de temps. Le transport du corps à l'hôpital n'a demandé que dix minutes.

Les journalistes présents sur place ont chronométré plusieurs fois le parcours du commissariat à l'hôpital. Il semble difficile de ne mettre que dix minutes, surtout si l'on ajoute le temps nécessaire pour décrocher le corps, le placer sur une civière, le charger dans le fourgon et le descendre à l'arrivée à l'hôpital. Mais dans ce cas, comment expliquer que le corps « encore chaud » dix minutes plus tôt, ait présenté une « semi-rigidité cadavérique » lorsque l'interne l'a examiné ?

Comment expliquer également que, dans l'affolement qui a dû succéder à la découverte du corps, le brigadier Berger ait pris le temps de constater que « la tête de Thévenin était entièrement engagée dans la lucarne, qu'elle reposait à plat sur la joue droite et que la nuque formait presque un angle droit avec le corps, celui-ci pendant le long de la porte, face à celle-ci, le bras droit replié vers la lucarne, le bras gauche le long du corps » ? Comment expliquer que le brigadier ait pu ajouter cette suprême précision : « J'ai constaté que Thévenin portait des traces de peinture, celle des murs de la geôle, sur les joues et sur la face inférieure des chaussettes » ?

Un autre point paraît étrange : l'acte de décès enregistré à la mairie de Chambéry indique que Jean-Pierre Thévenin est décédé chemin de Montgay, c'est-à-dire à l'hôpital de Chambéry, à 22 heures 30, soit une demi-heure avant que les policiers l'aient, selon leur thèse, découvert pendu dans sa cellule. Est-ce l'erreur d'un scribe distrait, comme le suggère un journaliste, ou bien s'agit-il d'une manœuvre pour dissimuler une partie de la vérité ?

On se demande aussi comment Jean-Pierre Thévenin, « prostré, incapable de s'exprimer et titubant », a pu escalader le mur lisse ou la porte qui ne comportait ni serrure, ni charnière, ni aucune autre aspérité, pour atteindre à 2 m 14 du sol une lucarne haute de 16 cm, engager sa tête et la coincer de telle sorte que le corps retombe « à angle droit par rapport à la tête », sans qu'aucune vertèbre n'ait été atteinte ni que le larynx ait été écrasé.

« Cette thèse est invraisemblable, avait noté dans son mémoire Me Filippi. Elle défie aussi bien les lois de la simple logique que celles, plus simples encore, de la physiologie ou de la gymnastique. »

Pour une personne jeune et sportive, une telle escalade apparaît, en effet, impossible. Que dire si l'on admet que Thévenin était en état d'ébriété et donc loin d'être en pleine possession de ses moyens ?

Ce qui est sûr, c'est qu'il est rigoureusement impossible, en s'aidant du seul bout des doigts, d'effectuer une traction permettant d'amener sa tête à la hauteur de la lucarne située à 2 m 10 du sol. C'est d'ailleurs pour cela que les policiers ont indiqué dans leur rapport que Jean-Pierre mesurait 1 m 84, alors que sa carte d'identité, moins généreuse, lui accorde dix centimètres de moins. C'est pourquoi on a essayé également d'accréditer la thèse selon laquelle

Thévenin a pris appui sur un rebord de ciment au-dessus de la cuvette des cabinets, alors que le mur ne présente aucune aspérité pouvant servir de point d'appui. De toute façon, pour atteindre la lucarne, il aurait fallu que Thévenin fasse un saut de côté, ce qui rend l'opération encore plus acrobatique.

De plus, comment expliquer que Thévenin ait pu passer, en plus de sa tête, ses avant-bras dans la lucarne (des traces de doigts ont été relevées à l'extérieur), alors que la lucarne n'avait que 16 centimètres de hauteur ?

Comment expliquer en outre que Thévenin, sur le point d'étouffer, n'ait pas hurlé et surtout ne se soit pas débattu ? On n'a découvert sur les murs de la cellule que de faibles traces, des effleurements. Comment savoir d'ailleurs si ces traces provenaient de Thévenin, puisque la cellule est occupée presque quotidiennement par des délinquants ?

A Chambéry, on commence à émettre l'hypothèse que si Thévenin a été retrouvé la tête coincée dans la lucarne, c'est seulement parce qu'on l'a hissé jusque-là, alors qu'il était déjà mort. Mais alors, pourquoi avoir monté cette macabre mise en scène ?

Dans la ville où l'on découvre l'affaire un an après, on s'étonne qu'aucune information n'ait paru à l'époque dans les journaux locaux, alors que le moindre fait divers y est relaté. Pourquoi, par ailleurs, sur le registre du commissariat, le décès de Jean-Pierre Thévenin figure-t-il en tout petits caractères entre deux affaires anodines ? Pourquoi le préfet n'a-t-il été averti de ce décès que le lendemain matin, non pas par la police, mais par le directeur de l'hôpital ?

Ce sont autant de questions que l'on se pose. La revue de la presse est à cet égard significative. *Le Figaro* parle de « points qui restent mystérieux », *France-Soir* de « mort suspecte ». Lucien Benoît, dans *l'Humanité,* après avoir signalé « l'abondance de justifications contraires », note que « dans le passé déjà, il y a eu beaucoup "d'accidents" semblables dans des "circonstances pénibles" sur lesquelles on a toujours eu le plus grand mal à faire la lumière ».

Dans sa rubrique hebdomadaire du *Canard enchaîné,*

Jérôme Gauthier ironise sur la version de la police en écrivant que s'étrangler dans une lucarne de 16 centimètres de haut, à deux mètres du sol, est « à la portée du premier futé venu, même s'il ne dispose d'aucun point d'appui pour se hisser jusqu'au garrot de ses rêves ».

Paris-Jour sort de la réserve qui lui est habituelle lorsque des policiers sont mis en cause et s'interroge sur le « mystère de Chambéry ». « Jean-Pierre Thévenin, écrit-il, s'est-il suicidé comme on le prétend ? Ou bien a-t-il été victime de coups mortels comme l'affirment ses parents ? »

Dans un article de deux pages intitulé : « Le “pendu” de Chambéry », René Backmann parle dans *le Nouvel Observateur* des « ténèbres de l'affaire ». *L'Aurore,* qui a dépêché spécialement sur les lieux Francis Schull, estime que « l'affaire Jean-Pierre Thévenin est loin d'être terminée ».

Les journaux régionaux et locaux sont, eux aussi, obligés de développer largement les contradictions entre les différentes versions émises par les autorités.

A Chambéry, dans les rues, on distribue des tracts dénonçant les méthodes policières. De nouvelles inscriptions apparaissent sur les murs. En passant devant le commissariat, on se montre les fenêtres du doigt. Les policiers n'osent plus sortir en uniforme.

Jusque-là, les autorités officielles s'étaient surtout signalées par un silence embarrassé. Aussi bien du côté de la justice que de la police, tout le monde se terrait, cherchant à éviter journalistes et curieux.

Le commissaire Moissinac commet d'ailleurs à ce sujet une erreur monumentale qui pèsera lourd dans la campagne de presse qui prend de jour en jour plus d'ampleur. *France-Soir* a envoyé sur place Jacqueline Salmon, femme d'un haut administrateur du journal. Elle parvient, on ne sait comment, à s'introduire dans le commissariat, sans bien sûr révéler sa qualité de journaliste. Elle fouine un peu partout et enregistre différentes révélations. Le lendemain, le commissaire Moissinac apprend cette visite ; il entre dans une violente colère et accueille Jacqueline Salmon, qui revient à la charge, par une bordée d'injures. « Vous avez de la chance, lui dit-il, que mes hommes n'aient pas su qui vous étiez, sinon... »

Ces propos ne tombent pas dans l'oreille d'une sourde et dès lors il y aura tous les jours dans *France-Soir* un article copieux sur l'affaire de Chambéry. Le zèle des reporters de ce journal ira même plus loin, ils se livreront à une véritable contre-enquête. Ils rechercheront des témoins, non seulement à Chambéry, mais aussi à Marseille.

Bref, le torchon brûle entre d'un côté les policiers et les magistrats, et de l'autre les journalistes qui campent sous leurs fenêtres à l'affût de la moindre révélation.

« L'affaire Thévenin, écrit Francis Schull dans *l'Aurore*, continue à alimenter les polémiques les plus diverses. Car il y a désormais une « affaire Thévenin » d'ampleur nationale au même titre qu'il y a eu récemment une « affaire Gabrielle Russier » ou une « affaire Deveaux », par les remous qu'elle provoque, par l'émotion qu'elle suscite, par les personnalités diverses qu'elle touche ou qu'elle concerne directement. »

C'est dans ce climat tendu que le 18 décembre, en fin de matinée, M. Sauty de Chalon, le procureur de la République de Chambéry, rompt le silence officiel et publie un long communiqué sur l'affaire. Cela surprend, car il n'est pas dans l'habitude des membres du ministère public de s'adresser aux « gazetiers ». Le ton lui-même est inusité. On y sent à la fois un essai de réquisitoire et la défense désespérée d'un parquet poussé dans ses derniers retranchements.

« A la suite d'informations inexactes, incomplètes ou tendancieuses diffusées par la presse écrite ou parlée, il importe, déclare le procureur, de donner les précisions suivantes sur l'information suivie au parquet de Chambéry à la suite du décès de Jean-Pierre Thévenin survenu dans la nuit du 15 au 16 décembre 1968, au commissariat de police de cette ville.

Le 15 décembre 1968, à 18 heures 30, la tenancière du bar de *l'Arrivée* à Chambéry sollicitait l'intervention de la police : deux individus en état d'ébriété causaient du scandale dans son établissement. Les gardiens de la paix se rendaient sur les lieux, ramenaient au commissariat les deux intéressés : Jean-Pierre Gouin et Jean-Pierre Thévenin, qu'ils plaçaient en chambre de sûreté, conformément à l'article L 76 du Code des débits de boissons.

Cette mesure n'a donné lieu à aucune difficulté ni aucun incident. Les rondes réglementaires ont été effectuées, et c'est à 23 heures que le brigadier-chef de poste apercevait la tête de Thévenin engagée dans la lucarne d'aération de la cellule. Il pénétrait à l'intérieur de la pièce, constatait que le corps de l'intéressé pendait le long de la porte ; avec l'aide de ses collègues, il dégageait le corps, qui était encore chaud, et le faisait transporter immédiatement par le fourgon de Police-Secours au centre hospitalier de Chambéry, où il arrivait en salle des urgences à 23 heures 10. Le décès de Jean-Pierre Thévenin était alors constaté.

Le parquet, immédiatement avisé des faits, ouvrait une information pour rechercher les causes de la mort. L'autopsie était pratiquée le 17 décembre 1968 à 13 heures par le docteur Martin, médecin légiste commis à cette fin par le magistrat instructeur. Cette autopsie ne révélait aucune trace de violences, de coups ou de blessures quelconques. Seules étaient relevées des traces ecchymotiques sur le côté droit du cou et des érosions superficielles des phalanges de trois doigts de la main droite. Les ecchymoses s'expliquent par les contacts du cou avec l'arête vive de la lucarne d'aération.

L'information n'a, par ailleurs, apporté aucun élément permettant de penser que la mort était due à un crime ou un délit. Elle était clôturée par ordonnance de non-lieu en date du 12 mars 1968. Le 13 mai 1969, les époux Thévenin, parents de la victime, se constituaient partie civile entre les mains du juge d'instruction et déposaient plainte contre X... du chef de coups et blessures volontaires ayant entraîné la mort sans intention de la donner sur la personne de leur fils Jean-Pierre. Une nouvelle autopsie de la victime, après exhumation, était ordonnée par le magistrat instructeur à la demande de la partie civile et confiée au professeur Ollivier et au docteur Vuillet de Marseille. Une commisssion rogatoire a été adressée au doyen des juges d'instruction de Marseille, afin qu'il donne connaissance à la partie civile des résultats de cette autopsie.

En cet état de l'information, qui n'est pas encore clôturée, il n'est pas légalement possible de publier les conclusions des médecins légistes. Le parquet est toutefois en mesure d'affirmer que les constatations faites par les deux experts de Marseille ne présentent aucune contradiction avec celles du premier médecin légiste, en sorte qu'un point reste acquis : aucune présomption ne peut être relevée contre quiconque de violences exercées sur la personne de Jean-Pierre Thévenin. »

« Le procureur de Chambéry contre-attaque sèchement », titre sur six colonnes *l'Aurore* du lendemain qui note que les informations qualifiées d'« inexactes, incomplètes et tendancieuses » diffusées par la presse proviennent directement de la Ligue des droits de l'homme et que c'est à elle qu'il appartient de répondre.

« Le procureur parle, mais n'explique pas comment “l'accident” a pu se produire », titre de son côté *l'Humanité*, qui remarque : « Cette déclaration a le mérite d'être tout à fait catégorique. Elle a l'inconvénient de ne pas répondre à quelques questions qui restent posées. »

Et, en effet, nombreux sont les points qui demeurent obscurs. Le procureur s'en tient à la version de la police : Thévenin s'est suicidé en passant la tête dans la lucarne de sa cellule. Il s'inscrit donc en faux contre les conclusions du médecin légiste qui écartait la pendaison ou la strangulation comme causes de la mort et s'en tenait au diagnostic de la mort par « hémorragie intrapulmonaire ». Il s'inscrit également en faux contre le ministre de la Justice lui-même qui parlait d'une « mort naturelle d'origine purement pathologique ». Il écarte également la thèse du préfet de Savoie qui voyait dans une « crise d'éthylisme » la cause de la mort de Jean-Pierre Thévenin.

M. Hily, président de la section de Chambéry de la Ligue, réplique à son tour : « Je croyais pourtant la thèse du suicide abandonnée. Samedi dernier, le commissaire principal me disait avoir complètement écarté cette thèse pour celle de l'accident. »

« Nous regrettons aussi, poursuit-il, que M. le Procureur ait parlé de lacunes dans les informations. Des lacunes, il y en a, en effet, beaucoup dans cette affaire. Elles sont troublantes, mais elles ne sont ni notre fait ni celui de la presse. Que nos informations soient incomplètes, c'est sans doute vrai, mais nous ne demandons qu'à ce qu'elles soient complétées. Notre but est de rechercher la vérité. Nous entendons lutter jusqu'au bout pour qu'il n'y ait plus de points d'ombre dans cette affaire atroce et ténébreuse. »

De son côté, Me Filippi, l'avocat des parents de Jean-Pierre Thévenin, affirme : « Les contradictions et les interprétations tendancieuses ne viennent pas de la partie civile. Depuis le début de cette affaire, nous nous heurtons à un véritable mur de silence. »

Dans l'ensemble, la presse, prudente, marque un temps d'arrêt et se contente d'exposer le point de vue des différentes parties en présence. Lucien Benoit, dans *l'Humanité*, n'hésite pas cependant à écrire :

« M. le Procureur a manqué l'occasion d'expliquer comment le détenu a pu se hisser contre le mur ou la porte lisse, sans appui, jusqu'à la lucarne, à 2 m 14 du sol, puis passer la tête dans le cadre haut de 16 cm. A-t-on d'ailleurs cherché à le savoir ?

Parce que, tout de même, quand un garçon de 24 ans meurt dans une geôle, et même s'il avait bu un verre de trop, cela devrait susciter quelque émotion et entraîner une enquête sérieuse pour que tout soit parfaitement clair. Pour tout le monde et d'abord pour les parents de la victime. Il semble, hélas, que cette mort n'ait pas suscité beaucoup de recherches. Ni d'émotion, d'ailleurs. »

Le jour même, un communiqué émanant du siège national de la Ligue des droits de l'homme répond aux déclarations du procureur de la République. Il demande que, pour couper court à toutes les polémiques et contradictions, une reconstitution sur les lieux du « suicide » de Jean-Pierre Thévenin soit faite en présence des représentants de la partie civile.

Les événements se précipitent. Il avait fallu attendre près d'un an pour qu'ait lieu, le 3 octobre 1969, la seconde autopsie du corps de Jean-Pierre Thévenin à Marseille et plusieurs semaines pour que les experts déposent leur rapport. Le 19 décembre dans l'après-midi, le bâtonnier Filippi est convoqué en compagnie des parents de Jean-Pierre Thévenin au cabinet du juge d'instruction Vaille à Marseille pour prendre connaissance des résultats de cette contre-autopsie.

Les journalistes qui guettent la sortie de M. et Mme Thévenin voient apparaître un couple effondré. La mère, grande et mince dans ses vêtements de deuil, ne peut retenir ses larmes. Le père, pâle et les traits tirés, serre les dents.

« C'est désespérant, déclare-t-il. Nous avons le sentiment que jamais nous ne pourrons connaître les causes exactes de la mort de notre fils. Ce qui vient de nous être révélé ajoute encore à notre désarroi. Les experts ont conclu que notre fils avait voulu soit se suicider, soit s'évader ; mais c'est impossible : le squelette de son crâne mesurait 14 centimètres dans sa plus grand largeur. La lucarne ne faisait que 16 centimètres. Si l'on ajoute la peau, les cheveux et les oreilles, il paraît à peu près impossible que Jean-Pierre ait pu, seul, passer la tête dans cette lucarne, d'autant plus qu'il ne pouvait prendre appui ni sur les murs, ni sur la porte, qui étaient lisses. Pour la mémoire de notre fils, ajoute-t-il, nous n'abandonnerons jamais, car nous voulons que la vérité éclate. »

Le Parisien libéré, qui ne s'était jusque-là guère manifesté, triomphe : « On n'aperçoit maintenant aucune raison objective de douter de la thèse des policiers, celle de la mort accidentelle, confirmée d'ailleurs par le procureur de la République. La netteté des conclusions des légistes allant dans le même sens que les affirmations des représentants de la loi, cela devrait suffire à balayer les derniers doutes. Les manœuvres destinées à créer un malaise pour jeter un discrédit sur l'action de la police et de la justice ne changeront rien à cette évidence. »

« Il n'y a pas d'affaire Thévenin, surenchérit le présenrateur du journal télévisé régional. Il ne s'agit que d'un banal accident. »

Mais lorsqu'on se penche sur le rapport des experts, ainsi que le fait Me Filippi, les choses sont loin d'être aussi simples, car les conclusions des deux autopsies sont on ne peut plus contradictoires :

« Le premier expert, le docteur Martin, écrit Me Filippi dans le mémoire en réponse qu'il adresse au juge d'instruction de Chambéry, écartait la pendaison ou la strangulation comme cause de la mort de Jean-Pierre Thévenin et ce, au point d'étonner les policiers eux-mêmes.

Il s'arrêtait à la possibilité « d'un processus vaso-moteur et hémorragique, dont la cause reste indéterminée mais l'hypothèse d'un facteur exogène tel que l'alcoolisme aigu semble la plus vraisemblable ».

MM. les docteurs Ollivier et Vuillet sont encore plus nuancés : pour eux, la mort peut avoir été provoquée, certes, par des « réactions vago-sympathiques », mais celles-ci seraient « consécutives aux altérations de la chaîne sympathique étirée sous l'effet du poids du corps, la tête étant coincée dans la lucarne ».

En concluant, ils explicitent davantage leur pensée. « La mort, disent-ils, a été consécutive à des réactions congestives généralisées dues à l'atteinte de formations nerveuses du cou au moment des faits. »

Ce qui était délibérément à écarter pour le docteur Martin, la mort par pendaison ou strangulation, a au contraire concouru, pour les seconds experts, à provoquer des congestions généralisées mortelles.

Alors que pour le docteur Martin, la mort, résultat d'un malaise progressif et rapidement brutal, avait surpris Thévenin en état de pendaison, sans que celle-ci soit la cause du décès, c'est au contraire la pendaison, pour les docteurs Ollivier et Vuillet, qui a provoqué ou aggravé les altérations mortelles de la chaîne sympathique.

Les seconds experts aboutissent, dès lors, à une affirmation assez inattendue lorsqu'ils proclament que « leurs observations » étayent dans leur ensemble les constatations effectuées lors de l'autopsie du 17 décembre 1968. Il apparaît plutôt que les deux rapports d'autopsie sont en contradiction manifeste, évidente et absolue.

En réalité, ces contradictions sont inévitables. On veut à tout prix partir d'un postulat et ce postulat se heurte non seulement à la vraisemblance mais, sans nul doute, à la vérité. On veut croire, on s'obstine à croire que Thévenin a été retrouvé pendu, la tête coincée dans la lucarne.

Nous avons déjà fait remarquer que cette version des faits est condamnée par les autres constatations des policiers comme par la thèse du docteur Martin et aujourd'hui par les contradictions entre les deux rapports d'autopsie[1].

Comment Thévenin, ivre mort (d'après le docteur Martin), prostré, incapable de s'exprimer, titubant (d'après les policiers), a-t-il pu trouver les ressources physiques nécessaires pour « grimper » contre un mur lisse ou une porte également lisse et abrupte, sans aspérités ni point d'appui (qu'on ne parle pas d'un « replat » inapparent sur les photographies) pour atteindre à 2 m 14 du sol une lucarne haute de 16 centimètres, engager dans cette étroite ouverture sa tête (dont le squelette mesure 14 cm d'épaisseur), l'y emprisonner au point que le corps va retomber « à angle droit » (par rapport à la tête) sans qu'aucune vertèbre cervicale ait été atteinte, sans que l'appareil laryngé ait cédé ou souffert ?

A qui fera-t-on admettre de telles invraisemblances, de telles contradictions, des impossibilités aussi hardies ?

Le docteur Martin s'en débarrasse allègrement, si l'on ose écrire, en disant que cette pendaison n'a en rien contribué à la mort. Il la place même après la mort. Mais c'est qu'il n'y croit pas, à cette pendaison, parce qu'effectivement on ne peut pas y croire.

Les experts marseillais, prisonniers d'une conciliante logique, tentent de marier les deux thèses, incriminant les

1. Ce passage a fait l'objet d'une plainte en diffamation du ministre de l'Intérieur. Mais à deux reprises les tribunaux ont acquitté l'auteur et l'éditeur du livre. (Voir p. 242).

deux facteurs : « les congestions généralisées » dues aux « altérations de la chaîne sympathique » étirée sous le poids du corps, la tête étant coincée dans la lucarne. Mais ils butent sur le même obstacle : l'absence de lésions des vertèbres cervicales et des premières dorsales, qui sont apparues intactes, absolument intactes.

Alors il convient, sans aucun doute, de retenir d'autres éléments tirés aussi bien des rapports d'autopsie que de l'ensemble de l'information.

Tout d'abord, il paraît difficile de s'arrêter à l'ivresse mortelle. Rien dans le dossier, dans le décompte minutieux des consommations absorbées, ne permet d'envisager avec sérieux une thèse aussi simpliste et aussi commode ; tout porte à croire au contraire qu'il convenait de choisir entre cette hypothèse et celle de la pendaison consécutive à d'incroyables acrobaties. A vouloir trop prouver, on a abouti à l'impasse la plus obtuse.

Les troubles vaso-moteurs et les phénomènes vago-sympathiques constituent également une explication facile et scabreuse : en médecine légale, ils expliquent tout, quand on ne peut pas expliquer.

A la vérité, on a trouvé sur Thévenin des ecchymoses extérieures (notamment aux doigts de la main droite et au niveau du lobe de l'oreille droite), une plaque parcheminée de 6 centimètres sur 4 allongée transversalement à la face antéro-latérale du cou, des hémorragies considérables dans les deux poumons à la partie basse de la trachée, un piqueté hémorragique à la surface du cœur, la présence de sang dans les dernières anses de l'intestin grêle, l'aspect hémorragique bilatéral des capsules surrénales, etc. Toutes ces lésions externes et internes, ces dernières très graves, ne s'expliquent ni par des réactions vago-sympathiques, ni par des troubles vaso-moteurs.

Ce serait un apaisement facile que celui qu'apporterait « l'absence de traces significatives de violences ». *Mais la pratique criminelle apprend que des coups extrêmement graves peuvent être portés dans les parties molles du corps, sans laisser de traces visibles (à raison de l'écran feutré des vêtements) et entraîner des lésions considérables. Par ailleurs, des coups portés avec l'arête de la main dans certaines parties du cou, du foie ou de la rate peuvent être, par leur soudaineté, leur violence et leur point d'impact, mortels.*

C'est vers ces hypothèses que doivent maintenant cheminer les investigations qui, dans une telle affaire, réclament, plus encore que dans toute autre, de la patience et de la ténacité[1].

Ces réflexions, ces questions doivent être portées à la connaissance d'un collège d'experts qui diront : s'il est médicalement possible qu'une pendaison comme celle de Thévenin puisse s'accomplir sans entraîner la mort ou sans causer aucune lésion dans la masse cervicale, le bulbe ou l'appareil laryngé ; si de simples phénomènes vaso-moteurs ou vago-sympathiques peuvent entraîner des hémorragies aussi considérables et aussi simultanées dans des parties du corps et des organes aussi divers ; si au contraire de tels délabrements ne peuvent pas être la conséquence d'un traumatisme extrêmement violent et soudain sur un point d'impact déterminé mais vital.

Par ailleurs, on permettra à la partie civile de s'étonner que le sieur Jean-Pierre Gouin, après avoir été sommairement entendu par les policiers, n'ait plus été interrogé, ni retrouvé, si, comme il est naturel de le penser, on a éprouvé ce désir. Elle demande que tout soit mis en œuvre pour que cette personne puisse être entendue en détail sur les circonstances de son séjour et celui de Thévenin dans les geôles du commissariat de police de Chambéry.

La partie civile observe en outre que, malgré les nuances dont il a émaillé sa déposition, le docteur Lathoud, interne de service, a remarqué que le cadavre de Thévenin lui a été amené froid, en état de rigidité ou de semi-rigidité cadavérique, ce qui s'explique mal si dix minutes seulement ont suffi pour transporter le corps du commissariat à l'hôpital, alors qu'aux dires des policiers, au moment où il a été

1. Ce passage a fait l'objet d'une plainte en diffamation du ministre de l'Intérieur. Mais à deux reprises les tribunaux ont acquitté l'auteur et l'éditeur du livre. (Voir p. 242.)

« dépendu », ce corps était mou et encore chaud ; qu'à deux reprises au moins et de manière aussi anonyme que mystérieuse, le commissariat de police de Chambéry a réclamé un permis d'inhumer dont il n'avait que faire, puisque le corps était déposé à la morgue de l'hôpital qui seul s'était préoccupé d'aviser la famille.

Le sentiment de la partie civile est dès lors sans ambiguïté ni équivoque.

Elle croit, avant même que vous ne recouriez à la nouvelle mesure d'expertise qu'elle sollicite, que la « pendaison » de Jean-Pierre Thévenin est démentie non seulement par les vraisemblances et la logique, mais par les rapports d'autopsie eux-mêmes, quelle que soit la tendance conciliatrice qui semble les avoir intimement inspirés.

Elle croit que le décès de Jean-Pierre Thévenin n'est pas survenu par alcoolémie aiguë, ni par troubles neuro ou vago-sympathiques, mais à la suite d'un traumatisme violent et soudain.

Elle croit que ce décès s'est produit ni à 23 heures précises, ni dans les minutes qui se sont écoulées entre la ronde de 22 heures 30 et celle de 23 heures, mais certainement beaucoup plus tôt. C'est ce qui l'incite à réclamer avec insistance une nouvelle audition de Jean-Pierre Gouin.

Elle croit qu'en se résignant à transporter ce mort encombrant à l'hôpital et en réclamant avec insistance un permis d'inhumer, la police a montré son embarras et son désarroi qu'atteste encore davantage la fable de la pendaison, devenue l'excuse ou la « cause classique » de tant de morts stupidement provoquées dans ces locaux.

C'est pourquoi elle vous demande, monsieur le Juge, d'ordonner les vérifications et les auditions qu'elle réclame et qui s'imposent. »

Les arguments du bâtonnier Filippi sont suffisamment convaincants pour que *le Figaro* écrive : « Le mystère qui entoure le décès de Jean-Pierre Thévenin n'est pas encore dissipé », et *l'Aurore :* « L'affaire Jean-Pierre Thévenin est loin d'être terminée. Il est des questions qui subsistent et ne contribuent pas à éclaircir les circonstances de cette mort. » Commentant les contradictions entre les deux autopsies, ce journal ajoute : « Deux causes aussi différentes pour une seule mort, c'est beaucoup trop. »

France-Soir, de son côté, examine la nouvelle thèse selon laquelle Thévenin aurait tenté de s'évader en passant par la lucarne. Il note que le 12 décembre 1968, selon un rapport de police, un nommé Mohamed Perrouane est parvenu à s'échapper d'une cellule du commissariat de Houilles, en passant par une lucarne de 16 cm 5 de large et de 1 m 94 de long. Mais à Chambéry, la lucarne ne mesurait que 60 cm de long et son accès était pratiquement impossible. C'est d'ailleurs pour cela que des travaux ont été effectués par la suite dans la cellule, « pour empêcher le retour de pareil "incident" », dit le rapport du commissaire Moissinac. « Pour faciliter l'escalade dans l'hypothèse d'une reconstitution » répondent les parents de Jean-Pierre Thévenin.

Le père ayant déclaré aux journalistes : « Il y a des coups qui ne marquent pas, c'est bien connu », *France-Soir* a fait appel à Médicus, son spécialiste des questions médicales. « Ce n'est jamais, écrit celui-ci, les coups qui tuent, mais les lésions internes qu'ils entraînent : hémorragie cérébrale, rate éclatée, etc. La question est donc de savoir ce qui a provoqué l'hémorragie constatée par l'autopsie. » C'est là une position qui rejoint la thèse défendue par Me Filippi.

Après le communiqué du procureur et les résultats de la contre-autopsie, les autorités pensaient être tranquilles pour un temps avec l'affaire Thévenin, mais voilà que se produit un rebondissement inattendu.

« Chambéry : une femme accuse », titre *l'Aurore* du 21 décembre avec photo à l'appui. Cette femme, c'est Mme Vérollet, la patronne du *Bar de l'Arrivée* où ont été arrêtés Jean-Pierre Thévenin et son camarade Gouin.

« Je m'en souviens encore parfaitement, raconte-t-elle. C'était le 15 décembre 1968, un dimanche soir. Il y avait une dizaine de personnes dans le bar. Et puis, Thévenin est arrivé, accompagné de Gouin. Je ne les avais encore jamais vus. Autant le premier paraissait calme, autant le second était excité. Ils ont commandé deux « mauresques », mais j'ai refusé de les servir.

Gouin m'a craché à la figure. Il a voulu gifler la serveuse et a cassé plusieurs verres derrière le comptoir. A plusieurs reprises encore il a craché avant que je me décide à téléphoner à la police. Un car est arrivé. Les policiers ont embarqué Gouin et Thévenin qui se sont laissé faire.

C'est le lendemain ou le surlendemain que j'ai été convoquée au commissariat. J'y ai signé une déposition. Il s'est écoulé quelques jours avant que deux policiers viennent voir qui j'hébergeais dans mon hôtel. Ils sont partis. Une heure plus tard, j'ai reçu un coup de téléphone du commissariat pour me demander de venir. Jusqu'à minuit j'ai été interrogée, sur Thévenin d'abord. « Il s'est battu chez vous ? » m'a demandé un policier à plusieurs reprises. Je lui ai répondu que non. Alors, on m'a parlé de Lucienne Lachize. On m'a dit que c'était une prostituée et que je lui avais loué plusieurs fois une chambre. C'était vrai, je l'ai reconnu, mais j'ignorais qui elle était. Je ne l'avais jamais vue auparavant et de toute façon elle s'était présentée seule.

Vers minuit, j'ai été enfermée dans une cellule. J'ai demandé à passer chez moi, car j'avais laissé à la maison ma mère âgée de 78 ans et mon petit garçon. On a refusé. Le lendemain on m'a présentée au parquet. Je ne savais plus ce qui m'arrivait. J'ai vu plusieurs personnes. On m'a encore parlé de proxénétisme, on m'a dit que je risquais de deux à cinq ans de prison. J'étais affolée... »

Le 31 décembre 1968, Mme Vérollet est conduite à la prison d'Annecy. Elle y reste en détention préventive jusqu'au 18 janvier 1969. Lorsqu'elle revient à Chambéry, c'est pour s'entendre signifier par le commissaire de police que son établissement est fermé pour une durée de trois mois. Sa mère meurt quelques semaines plus tard.

Le 25 avril 1969, elle comparaît devant le tribunal correctionnel de Chambéry. Elle est condamnée à six mois de prison avec sursis et 800 F d'amende. En outre, elle est déchue de ses droits civiques pour une durée de deux ans et surtout sa licence de débit de boissons lui est retirée définitivement. Aujourd'hui elle erre dans son café vide aux volets fermés. Depuis près de vingt ans, elle avait géré plusieurs cafés à Chambéry et n'avait jamais eu la moindre contravention.

La section de Chambéry de la Ligue des droits de l'homme qui révèle la lourde condamnation de Mme Vérollet s'abstient de porter un jugement, mais s'étonne qu'elle seule ait eu des ennuis alors que Lucienne Lachize « travaillait » au vu et au su de tout le monde dans des hôtels voisins. On peut dès lors se poser la question de savoir si le *Bar de l'Arrivée* serait aujourd'hui fermé si Mme Vérollet avait été plus « compréhensive » et avait déclaré que Thévenin s'était battu chez elle. Comment d'ailleurs expliquer que Lucienne Lachize ait pu continuer son activité dans les hôtels de Chambéry sans qu'aucun d'entre eux n'ait encouru la moindre contravention ?

Pour la police et la justice, les fêtes de Noël et la trêve des confiseurs arrivent à point pour détourner l'attention du public de l'affaire Thévenin. On ne parle plus que sapins, cadeaux et réveillon. Les policiers et les magistrats pensent pouvoir enfin souffler.

Pourtant, un nouveau coup de théâtre éclate. On a retrouvé Jean-Pierre Gouin.

France-Soir avait mis sur la piste du dernier compagnon de Thévenin ses plus fins reporters. Ils n'ont pas tardé à le retrouver dans la région marseillaise, à Saint-Estèphe, près de Berre, où il était venu passer les fêtes dans sa famille. Un reporter de Radio Monte-Carlo était également présent.

C'est ainsi que le jeudi 25 décembre, au bulletin d'information de 8 heures, on put entendre Jean-Pierre Gouin raconter son arrestation et son séjour au commissariat de Chambéry :

« On avait bu. Quand les policiers m'ont emmené, ils m'ont frappé. Je me suis évanoui. Ils m'ont embarqué sans connaissance. Ils m'ont frappé partout. Je n'ai repris mes esprits qu'au commissariat. Ils m'ont porté dans une cellule au sous-sol, je m'en souviens très bien. Je saignais de la bouche, j'avais la lèvre fendue. J'ai craché du sang sur le mur de la cellule pour laisser une preuve. Le lendemain, je ne pouvais plus marcher.

Dans la cellule, quinze minutes après mon arrivée, j'ai parlé avec Thévenin, mais je ne pouvais pas le voir. On plaisantait, il me disait des choses sans importance. Je ne l'ai entendu ni appeler, ni crier. Je me suis endormi. Les policiers sont venus me changer de cellule à 22 heures 30. Je m'en souviens, car j'ai demandé l'heure au policier qui venait me chercher. On m'a mis au rez-de-chaussée, à la « garde à vue ». Après, un peu plus tard, ils m'ont remis au sous-sol dans la même cellule.

Ils ne m'ont rien dit sur mon copain. A l'aube, je pensais qu'ils allaient nous libérer.

Je croyais que Thévenin était dans sa cellule. Je n'ai pas été libéré, j'ai commencé à m'inquiéter. C'est le lundi soir seulement, à 18 heures, qu'on m'a sorti et que j'ai subi un interrogatoire. J'ai demandé des nouvelles de Thévenin, on m'a répondu : « Il travaille. »

Ils m'ont libéré et je suis parti. C'est le mardi matin que j'ai appris la mort de Thévenin. A ce moment, j'ai eu un entretien avec ses parents qui venaient d'arriver de Marseille. »

Comme le reporter lui demande s'il lui semble possible que Thévenin ait tenté de se suicider, il répond :

— Ça m'étonnerait fort. Il aimait la vie. Il était jeune, gai, plein de santé.

— Etait-il possible de grimper et d'atteindre la lucarne de la cellule ? lui demande-t-on.

— Pour moi, absolument pas, répond-il. Elle était placée beaucoup trop haut. Quatre jours après ça, ajoute-t-il, les policiers sont venus sur le chantier et m'ont demandé de venir faire une nouvelle déposition. Au commissariat, on m'a dit : « Rendez-vous compte, c'est possible qu'il se soit suicidé. » Puis on m'a conduit aux cellules pour me montrer qu'on avait mis des grillages aux lucarnes. Depuis, je n'ai plus revu de policiers. J'ai seulement reçu une contravention pour ivresse sur la voie publique. »

Cette déclaration de Gouin fait l'effet d'une bombe. A Chambéry, on se demande pourquoi ce témoin capital n'a jamais été entendu par le juge d'instruction au cours de la première information qui s'est terminée par un non-lieu, pourquoi il a seulement été interrogé par les policiers qui étaient directement en cause, pourquoi enfin, selon les dires de la police, il demeurait introuvable, alors que des journalistes ont pu retrouver sa trace en quelques jours.

On constate également de graves contradictions entre la version de la police et les déclarations de Gouin. Selon la police, Gouin et Thévenin avaient été emmenés sans résistance et placés en cellule. Gouin, lui, affirme que les policiers l'ont frappé au point qu'il s'est évanoui. Il n'a repris connaissance qu'au commissariat, il crachait du sang.

Pourquoi, par ailleurs, a-t-on changé Gouin de cellule pour le placer au rez-de-chaussée dans la salle de la « garde à vue » à 22 heures 30, soit une demi-heure avant que les policiers, selon leur version, ne découvrent le corps de Jean-Pierre Thévenin, la tête engagée dans la lucarne ? Pourquoi, dans son rapport, le brigadier Berger n'a-t-il pas parlé de ce changement de cellule, mais au contraire précisé qu'à la ronde de 23 heures Gouin chantait dans la cellule n° 1 ?

Pourquoi les policiers ont-ils caché à Gouin la mort de Thévenin et ne l'ont-ils relâché que le lendemain, tard dans la soirée ? Pourquoi n'ont-ils pas indiqué au contremaître de Thévenin, lorsqu'on lui a fait voir la cellule où celui-ci était mort, que Gouin se trouvait encore dans la cellule voisine ?

Ce sont autant de questions que l'on se pose et *une certaine version des faits commence à gagner du terrain : Thévenin et Gouin auraient été frappés par les policiers, comme on le fait malheureusement trop souvent lorsqu'il s'agit de pochards ou de vagabonds. Ils auraient été jetés en cellule et Thévenin serait mort de la suite des coups. Les policiers se seraient affolés et auraient monté la macabre mise en scène consistant à hisser Thévenin jusqu'à la lucarne et à le redescendre après avoir laissé quelques traces le long du mur et sur le rebord de la lucarne. Pour ne pas avoir de témoins, ils auraient changé Gouin de cellule et l'auraient placé dans la salle de « garde à vue », avant de le redescendre lorsque Thévenin aurait été emmené à l'hôpital.*

Cette version apparaît à certains d'autant plus vraisemblable que c'est la seule qui cadre avec les constatations des internes de l'hôpital. D'après eux, la mort remontait à 22 heures environ et non à 23 heures, comme les policiers continuent de l'affirmer. Thévenin était déjà mort quand on a changé Gouin de cellule. Sinon comment expliquer ce changement et pourquoi aurait-on laissé Thévenin au sous-sol, ce qui rendait la surveillance plus difficile, puisque l'un des détenus était en bas et l'autre en haut ?

Voilà pourquoi aussi, disent les tenants de cette version, on a voulu faire dire à la patronne du café que Thévenin s'était battu chez elle, car on aurait pu soutenir que les coups mortels étaient ceux qu'il avait reçus au Bar de l'Arrivée [1].

Au début de l'année 1970, Me Filippi et les parents de Jean-Pierre Thévenin obtiennent satisfaction sur un point. Trois experts sont désignés pour examiner les deux précédents rapports d'autopsie et procéder à une reconstitution sur les lieux, c'est-à-dire dans les locaux du commissariat de Chambéry. Cette reconstitution a lieu le 13 juin 1970. Cependant, la partie civile se voit refuser le droit d'être représentée. Par ailleurs, la cellule où est mort Jean-Pierre Thévenin a été, nous l'avons vu, modifiée, notamment en ce qui concerne les dimensions de la lucarne d'aération. En outre, il est procédé à cette reconstitution, non pas avec un figurant vivant, mais avec un mannequin de secouriste pesant une quinzaine de kilos et auquel il est possible de faire effectuer les contorsions les plus invraisemblables. Dans ces conditions, les conclusions ne pouvaient qu'être conformes à la thèse officielle [2].

1. Ce passage a fait l'objet d'une plainte en diffamation du ministre de l'Intérieur. Mais à deux reprises les tribunaux ont acquitté l'auteur et l'éditeur du livre. (Voir p. 242.)

2. Le procès-verbal de cette reconstitution n'explique pas toutefois pour quelle raison Jean-Pierre Thévenin a été retrouvé, d'après la

Me Filippi proteste et demande qu'une nouvelle reconstitution soit effectuée en sa présence et avec un figurant de la taille de Jean-Pierre Thévenin, ce qui établira d'une façon indiscutable s'il lui était possible d'escalader le mur de la cellule et de glisser sa tête dans la lucarne. Le juge d'instruction refuse et, le 20 janvier 1971, il rend une nouvelle ordonnance de non-lieu qui sera confirmée, le 25 février 1971, par la chambre d'accusation de Chambéry.

Le 11 mars 1971, M. Marcellin, ministre de l'Intérieur, fait parvenir à la presse une déclaration où il dénonce la « suspicion odieuse » qui a été entretenue à l'égard des policiers de Chambéry et annonce qu'il vient de déposer une plainte en diffamation. C'est à la suite de cette plainte que seront inculpés le directeur du journal *Rouge,* ainsi que l'auteur et l'éditeur de ce livre. Ces deux procès se termineront, nous le verrons, par deux décisions de relaxe.

Entre-temps, la Cour de cassation, saisie d'un pourvoi de M. et Mme Thévenin, aura d'ailleurs annulé, le 22 juin 1971, l'arrêt de non-lieu et renvoyé l'affaire devant la chambre d'accusation de Lyon.

Les magistrats de la Cour suprême ont, en effet, estimé que la juridiction de Chambéry n'avait statué que sur une partie de la plainte de M. et Mme Thévenin, celle qui visait les coups et blessures volontaires, et qu'elle ne s'était pas prononcée sur le délit de non-assistance à personne en danger qui était indiqué à titre subsidiaire. Elle n'avait pas, de ce fait, répondu à la question de savoir si, dans l'hypothèse d'un accident, tout avait été fait pour sauver Jean-Pierre Thévenin dont le corps, selon la thèse officielle, était encore chaud quand il fut découvert par le brigadier Berger.

C'est le 4 février 1972 que la chambre d'accusation de Lyon rendit son arrêt : elle estimait que le complément d'information réclamé par la partie civile serait parfaitement

version de la police, la tête « à plat sur la joue droite », alors que, selon l'hypothèse des experts qui estiment qu'il a pu prendre appui sur le bat-flanc situé à droite de la lucarne, sa tête aurait dû logiquement se retrouver orientée de l'autre côté.

inutile et elle confirmait donc la décision de non-lieu qui innocentait les policiers.

M. et Mme Thévenin ne renoncèrent pas pour autant et déposèrent un nouveau pourvoi en cassation, tandis que dans toute la France étaient organisés des meetings de solidarité qui réunissaient des milliers de personnes.

Cependant au début de l'année 1973, le 5 janvier, après quatre ans de procédure, la décision tombe comme un couperet : le dossier Thévenin est clos. La Cour de cassation déclare, en effet, irrecevable le second pourvoi et confirme définitivement le non-lieu.

Dans un nouveau communiqué de victoire, M. Marcellin déclare que cette décision « apporte un désaveu formel à une campagne systématique de diffamation déclenchée contre les policiers de Chambéry. Justice leur est rendue aujourd'hui ».

Le dossier Thévenin est donc classé ; mais il n'est pas certain que l'affaire Thévenin, elle, soit terminée. Peut-être même ne fait-elle que commencer [1].

1. En décembre 1972, un jeune cinéaste, Alain Brunet, a présenté devant la commission d'Avances sur recettes (qui attribue les subventions de l'Etat pour réaliser les films) un scénario intitulé *l'Impunité* qui exposait l'affaire Thévenin d'après le présent chapitre des *Dossiers noirs de la police française*. Dix des douze membres de la commission votèrent le 12 janvier 1973 l'octroi d'une avance de 300 000 F. Mais quelques jours plus tard, le producteur du film était averti que le ministre des Affaires culturelles avait décidé de ne pas donner suite à cet avis favorable. C'était la première fois qu'un tel fait se produisait depuis la création de la commission. Aussi, trois de ses membres, Maurice Pons, Michel Polak et Régis Henrion donnèrent-ils leur démission pour protester contre cette nouvelle forme de censure. Selon *le Nouvel Observateur* du 19 mars 1973, c'est le ministre de l'Intérieur lui-même qui aurait insisté pour qu'aucune somme ne soit avancée pour la réalisation d'un film sur l'affaire Thévenin. En dépit de ces difficultés, Alain Brunet n'a pas abandonné son projet.

Le 14 février 1969 au matin, les gendarmes viennent chercher à son domicile, 9, rue Charles-Delesalle, à Lille, M. Charles Moncomble, artisan couvreur de 40 ans, marié et père de deux enfants. Il est accusé d'escroquerie.

Le lendemain matin, vers 10 heures, sa femme est avisée qu'il est mort et priée de venir le reconnaître à la morgue de l'hôpital. Elle s'y rend aussitôt. Son mari est étendu, le visage tuméfié ; un liquide brunâtre s'écoule de sa bouche. Que s'est-il passé ?

Mme Moncomble demande de quoi est mort son mari. On lui répond que cela ne la regarde pas, que c'est un secret médical. Elle insiste à plusieurs reprises, on lui ferme la porte au nez. Une autopsie a lieu, à la demande du parquet, mais elle ne parvient pas à en connaître les résultats.

En réponse à une démarche de la Ligue des droits de l'homme, le procureur de la République de Lille apporte cependant quelques précisions dans une lettre du 13 mai 1969 :

« Le décès de M. Charles Moncomble survenu le 15 février 1969 dans les bureaux de la gendarmerie de Lille, où il se trouvait en garde à vue, a fait l'objet d'une information pour rechercher les causes de la mort. Une autopsie a été pratiquée par le docteur Muller, professeur de médecine légale à la faculté de Lille, et par le docteur Lenoir.

Il résulte de leurs constatations que le corps du décédé ne portait aucune trace traumatique qui puisse être en relation avec le décès, mais seulement des lésions thérapeutiques faites au moment d'une tentative de réanimation par massages cardiaques. Des conclusions des médecins experts, il résulte que M. Moncomble est décédé d'une mort naturelle due à une embolie pulmonaire massive, en liaison avec une phlébite de la jambe gauche.

L'information, en conséquence, a été close par une ordonnance de non-lieu. »

Mme Moncomble ne gagne que 58 000 francs anciens par mois ; elle a un enfant de sept ans à sa charge et doit payer les dettes de son mari, puisqu'ils étaient mariés sous le régime de la communauté. Elle ne peut donc réunir la somme nécessaire à une constitution de partie civile et l'affaire en reste là.

Mais en décembre 1969, quand l'affaire Thévenin éclate, la presse ne manque pas de constater que le décès de Charles Moncomble présente certaines analogies avec celui de Chambéry. Ses envoyés spéciaux se livrent sur place à une enquête approfondie et découvrent un certain nombre d'éléments troublants.

Ils constatent tout d'abord que la mort de Charles Moncomble, comme celle de Jean-Pierre Thévenin, est passée totalement inaperçue au moment où elle s'est produite.

Par ailleurs, Mme Moncomble, lorsqu'elle a été mise en présence du corps de son mari à la morgue, a constaté qu'il avait le visage tuméfié, mais aussi que son cou et son torse portaient des traces violacées. « Pour moi, on l'a trop "tabassé", affirme-t-elle en connaissance de cause, puisqu'elle est la fille d'un gendarme.

— Pas du tout, réplique le commandant de gendarmerie Ribot. M. Moncomble a été gardé à vue dans des conditions réglementaires et normales. Il a été pris d'un malaise le lendemain matin de son arrestation, comme on le ramenait dans les locaux de la brigade pour y être interrogé. Au cours de la nuit, des rondes avaient été effectuées régulièrement, c'est-à-dire toutes les heures, et un détenu qui se trouvait en sa compagnie l'a confirmé. M. Moncomble avait en sa possession cinq couvertures pour passer la nuit. Quand il a été pris de malaise, un médecin a été alerté. Il a été transporté aussitôt à l'hôpital régional où l'on a pratiqué un massage cardiaque. C'est ce qui explique les traces violacées relevées sur son torse. »

Moncomble était-il encore vivant en arrivant à l'hôpital ? Oui, affirment les gendarmes qui contredisent ainsi la version du procureur de la République pour qui le décès est survenu « dans les locaux de la gendarmerie de Lille ».

A l'hôpital, on apprend que lorsque l'ambulance des pompiers est arrivée, les infirmiers ont dit au chauffeur : « Mais c'est un cadavre que vous nous amenez là ! On ne peut pas le prendre. Il n'y a plus rien à faire. » « Il faut le prendre, a répondu le chauffeur. C'est la gendarmerie qui vous l'envoie. »

Dès lors, on peut se demander s'il est exact que les médecins de l'hôpital ont pratiqué sur ce cadavre des massages cardiaques. Les traces violacées relevées sur le torse ainsi que sur le cou ne s'expliquent-elles pas autrement ? Dans la meilleure des hypothèses, n'y a-t-il pas eu de la part des gendarmes une faute de surveillance et un retard à porter secours à Moncomble qui, selon eux, a été victime d'un malaise ?

Ce sont autant de questions que l'on se pose. *Le Figaro* titre : « Une nouvelle affaire Thévenin dans le Nord : la mort suspecte d'un détenu à la gendarmerie de Lille », et conclut : « Une nouvelle enquête et d'autres expertises permettront-elles de déterminer la vérité ? »

France-Soir parle de « mort mystérieuse » et le *Journal du Dimanche* titre : « Enigme dans le Nord : la fin d'un artisan couvreur. »

Quant à *Nord-Matin,* l'un des journaux régionaux, il se contente prudemment d'exposer les différentes thèses en présence, en laissant cependant percer une préférence pour celle de la gendarmerie.

Une plainte avec constitution de partie civile permettrait d'en savoir plus long ; mais Mme Moncomble, écrasée par les dettes de son mari, menacée d'être expulsée de son logement, n'a pas les moyens de supporter les frais d'une telle procédure. Elle a d'ailleurs perdu espoir et se contente de répéter : « C'est la lutte du pot de terre contre le pot de fer. L'affaire est classée. Tout est fini. »

Le 23 octobre 1967, vers 18 heures 30, sur la route départementale 56 entre Tarare et Valsonne (Rhône), un banal accident de la circulation se produit.

Dans le virage situé près de la Croix Paquet, un camion Berliet de la maison Pernod et une Dyna-Panhard se heurtent en se croisant. La voiture a l'aile gauche avant éraflée et une baguette d'enjoliveur arrachée. Personne n'est blessé.

Il semble que le camion débordait très nettement sur la gauche de la route. Le conducteur de la Dyna-Panhard a serré le plus possible sur sa droite. Il est même monté sur l'accotement, mais n'a pu éviter la collision.

Alertés par un motocycliste qui passait par là, les policiers du commissariat de Tarare arrivent sur les lieux. Ils interrogent les deux conducteurs et constatent que le camionneur, Lucien Delatre, âgé de 34 ans, est en état d'ivresse. Ils indiquent à l'autre conducteur, M. Chartoire, que s'il désire un constat officiel, il est nécessaire qu'il fasse appel à un huissier.

Me Gaillarde, huissier à Tarare, est donc averti et arrive peu après sur les lieux. Il interroge les deux conducteurs sur les circonstances de l'accident et déclare aux policiers que le chauffeur du camion est en complet état d'ivresse. Il leur suggère de le conduire à l'hôpital de Tarare pour lui faire subir une prise de sang.

Les policiers emmènent Lucien Delatre, le camionneur, à l'hôpital à bord de leur voiture ; tandis qu'un garagiste appelé sur les lieux prend le volant du camion pour le conduire au parking du boulevard Voltaire, face au commissariat de police.

Lucien Delatre donne son accord pour qu'on lui fasse une prise de sang et le docteur Yachouh, interne à l'hôpital de Tarare, effectue le prélèvement à 19 heures 45.

L'examen clinique auquel il procède lui montre que Lucien

Delatre se tient debout, qu'il a une attitude naturelle et la maîtrise de soi-même. Il marche normalement en ligne droite, les yeux ouverts ou fermés. Sa démarche est toutefois prudente et, lorsqu'il fait un demi-tour, il perd l'équilibre. Il s'exprime normalement, se souvient parfaitement de sa date de naissance et indique la date, l'heure et le lieu où il se trouve. Il connaît le numéro de son camion et se souvient de son adresse exacte.

Au point de vue neurologique, ses réflexes tendineux sont diminués, mais ses réflexes cutanés sont normaux. Ses doigts ne tremblent pas. L'examen oculaire révèle qu'il a les yeux brillants et les conjonctives injectées de sang, mais que ses réflexes à la lumière et à la distance sont normaux. Son pouls est régulier et il ne porte aucune trace de choc ou de coups.

Bref, le docteur Yachouh conclut que Lucien Delatre semble être sous l'empire d'un *état alcoolique léger.*

Ces conclusions sont confirmées par la fiche de comportement dressée par le sous-brigadier Besset, une heure après l'accident. Il note que Lucien Delatre a les yeux brillants, le visage congestionné et qu'il sent l'alcool. Son comportement est poli, son parler pâteux, mais ses réponses nettes. La conclusion est la même que celle du docteur Yachouh : Lucien Delatre paraît être sous l'empire d'un *état alcoolique léger.*

Il est cependant gardé au commissariat, fouillé et placé pour la nuit en chambre de sûreté, après avoir été interrogé sur les circonstances de l'accident par Me Gaillarde, l'huissier, qui note que Delatre répond « assez normalement » à ses questions. Il est alors 20 heures 30.

Pour savoir ce qui s'est passé ensuite, il faut se référer aux déclarations des policiers et notamment à celles du sous-brigadier Besset qui, en l'absence du commissaire, assurait la permanence du poste de police.

Lorsqu'il a enfermé Delatre dans la chambre de sûreté, il lui a indiqué qu'il serait entendu le lendemain matin par le commissaire et qu'il serait ensuite relâché. Delatre n'a fait aucun commentaire.

A 20 heures 55, c'est-à-dire 25 minutes plus tard, le sous-brigadier Besset est revenu voir Delatre dans sa cellule : il était assis sur le bat-flanc. Il lui a dit qu'il avait faim et le sous-brigadier lui a proposé d'aller lui chercher un casse-croûte. Il est revenu lui apporter un sandwich vers 21 h 30 et l'a trouvé debout dans le coin gauche de la cellule, le dos appuyé à l'angle du mur. Il avait l'air abattu et a demandé qu'on laisse l'électricité allumée, le temps de manger son sandwich.

Vingt minutes plus tard, c'est-à-dire vers 21 heures 50, le sous-brigadier Besset est retourné à la cellule avec son collègue Abad. Par le judas, il a alors aperçu Delatre pendu à la grille qui protège le radiateur. Il avait utilisé les deux bretelles de sa combinaison de travail pour fabriquer une sorte de lien, ne formant pas cependant nœud coulant, et avec lequel il s'était comprimé le larynx. Ce lien était accroché à une cornière qui fait légèrement saillie à 1 m 50 environ du sol. Les pieds de Delatre touchaient le sol et il avait les genoux légèrement fléchis. Le corps était encore chaud. Il avait la bouche un peu ouverte, mais la langue ne sortait pas. Il n'était pas en état d'érection, ainsi que le sont généralement les pendus. Le sous-brigadier l'a immédiatement dépendu et lui a retiré les bretelles qu'il avait autour du cou, en les passant par la tête sans défaire les nœuds. Il a ensuite appelé ses deux autres collègues de permanence et leur a demandé de faire à Delatre, qu'il avait étendu sur le bat-flanc, des mouvements de respiration artificielle pendant qu'il appelait un médecin et les pompiers.

Prévenu chez lui par téléphone, le commissaire Boulage se rend immédiatement au commissariat. Il y trouve le docteur Bourelly qui vient d'arriver et pratique la respiration artificielle sur Delatre. Les sapeurs-pompiers arrivent à leur tour avec deux bouteilles d'oxygène, ils prennent la relève du docteur Bourelly qui fait une piqûre à la cuisse gauche de Delatre.

A 22 heures 25, tous les secours et soins se révèlent inutiles et le docteur Bourelly constate le décès par strangulation. On appelle alors une ambulance et le corps de Delatre est transporté à l'hôpital de Tarare.

Vers minuit, Mme Delatre, qui habite à Saint-Fons avec ses trois enfants, est avertie que son mari s'est pendu dans sa cellule. Il ne devait rentrer à la maison que trois jours plus tard, car il avait des livraisons à faire dans les départements du Rhône, de l'Ain et de l'Isère.

Le lendemain matin, elle demande à voir le corps de son mari ; mais on lui indique qu'il a été transporté à l'institut médico-légal de Lyon pour autopsie. Elle ne reverra plus son mari, car après l'autopsie le corps sera immédiatement transporté en Normandie, son pays natal, pour y être enterré.

Comme pour tout décès suspect, un juge d'instruction a été désigné pour rechercher les causes de la mort de Lucien Delatre. Il s'agit de M. Jobert, juge d'instruction du tribunal de grande instance de Villefranche-sur-Saône.

C'est le 6 novembre 1967, soit 14 jours après la mort de Delatre, que le rapport d'autopsie lui est transmis.

Rédigé par les docteurs Arcadio et David, il indique que l'autopsie a été pratiquée le lendemain du suicide. Le cou de Delatre présentait un gros sillon de pendaison dédoublé en avant et interrompu au niveau de l'oreille droite. Aucune trace de violence ni de lésion traumatique n'a été relevée sur le corps, seulement une légère déformation du poignet droit.

En conclusion, Delatre présentait effectivement des lésions typiques de la pendaison et en particulier une congestion et un œdème pulmonaire considérable qui sont responsables de son décès.

La nouvelle du suicide de Lucien Delatre s'est répandue à Tarare et à Lyon. Ceux qui connaissaient Delatre ne parviennent pas à comprendre les raisons de son geste.

Sa femme fait remarquer qu'il n'avait pas l'habitude de boire et n'était jamais rentré à la maison en état d'ébriété même légère. En outre, il n'avait jamais manifesté l'intention de mettre fin à ses jours. Elle ne croit donc pas à la version du suicide.

Un voisin de la famille Delatre, M. Jean-Pierre Cloupet, confirme que Lucien Delatre ne se livrait pas à la boisson. Il lui était même arrivé de refuser l'apéritif qu'il voulait lui offrir.

« Delatre ivre ! Ce n'est pas possible, confirme à son tour M. Jean-Louis Blouin, responsable des livraisons aux Etablissements Pernod de Lyon. Il ne buvait jamais, même pas l'apéritif avec ses camarades le soir après son travail. D'ailleurs, vous savez, ici on ne plaisante pas. A la moindre incartade, au premier coup de trop, c'est la porte. Dans ce métier, personne ne peut se permettre de boire et tous nos clients cafetiers le savent bien. Les livreurs sont leurs amis, mais jamais ils ne leur serviront d'alcool... »

Lucien Delatre était venu de Rouen un an et demi plus tôt, parce que ses enfants supportaient mal le climat normand. Il avait été employé durant sept ans comme chauffeur-livreur au dépôt de Rouen de la maison Pernod. Sa mutation ne s'était pas faite sans mal, car son chef de dépôt aurait préféré le garder à Rouen. Dans une lettre adressée à l'un des directeurs de la succursale lyonnaise, il avait écrit : « Lucien Delatre est un élément de première classe dont je n'ai eu qu'à me louer depuis sept ans qu'il est à notre service. Je le regretterai et croyez bien cependant que je n'aurais pas appuyé sa demande de changement si je ne savais ainsi, en satisfaisant à des nécessités d'ordre familial, vous envoyer à Lyon un homme de première classe. »

Or, c'est cet homme qui est mort au commissariat de Tarare et que l'on voudrait faire passer pour un ivrogne.

La presse lyonnaise s'empare à son tour de l'affaire. Bernard Soulié écrit notamment dans *Hebdo-Lyon :*

« Ce qui est important, grave, terrible, insupportable, c'est le silence : le silence surprenant qui s'est fait depuis plus de deux semaines maintenant autour de la mort d'un homme. Pourtant, on rend plus vite justice d'habitude en ces sortes d'affaires : une prise de sang, un réactif chimique et en quelques minutes on connaît avec assez de précision le taux d'alcool contenu dans le sang du conducteur soupçonné d'ivresse...

Seul, atrocement seul dans sa cellule du commissariat de Tarare, Lucien Delatre a choisi de mourir ; après avoir noué les bretelles de sa combinaison de toile, il s'en fit un gibet.

Depuis, son corps, disloqué, a été ouvert, fouillé, sur le marbre de l'institut médico-légal et son nom n'est plus qu'un dossier de carton dans le bureau du juge d'instruction de Villefranche.

Mais personne, deux semaines après la mort de Lucien Delatre, ne sait ou ne veut dire si son sang ce jour-là contenait ou non de l'alcool.

L'alcool tue lentement. Cette fois, il a peut-être tué trop vite. »

Devant ces articles de presse, le procureur de la République de Villefranche réagit et adresse aux directeurs des journaux une lettre où il indique que les analyses de sang effectuées à l'hôpital de Tarare et à l'institut médico-légal ont fait apparaître un taux d'alcoolémie de 2,80 grammes pour mille une heure après l'accident, et 2,30 grammes pour mille au moment du décès. Or, le seuil d'alcoolémie justiciable de poursuites est généralement fixé à 1,50 gramme pour mille.

Quelques jours plus tard, *Hebdo-Lyon* publie un nouvel article intitulé « Mort d'un livreur », où il donne connaissance de la lettre du procureur de la République et du taux d'alcool relevé dans le sang de Lucien Delatre.

Il indique par ailleurs qu'il a reçu un abondant courrier d'amis de Lucien Delatre qui confirment que celui-ci était « un homme sérieux, courageux et sobre ».

« Alors, conclut l'article, ce jour-là, sans doute, Delatre but-il et l'on peut penser que l'alcool, justement s'il n'y était point habitué, fit sur lui un effet tel qu'il parut être dans un état d'excitation de nature à entraîner la décision de garde à vue prise par les policiers.

On peut regretter qu'il n'ait pas été, alors, laissé à l'hôpital de Tarare où eut lieu le prélèvement. Il serait probablement toujours en vie aujourd'hui. »

Le 28 novembre 1967, soit plus d'un mois après le décès

de son mari, Mme Delatre est convoquée au cabinet du juge d'instruction de Villefranche, afin de prendre connaissance des rapports médicaux et des résultats de l'enquête à laquelle il a été procédé.

Dans le dossier figure une lettre du docteur Louis Roche, professeur de médecine légale à Lyon. Celui-ci note que l'examen de comportement pratiqué au commissariat de Tarare à 19 heures 50 et l'examen médical du docteur Yachouh effectué quelques instants plus tard à l'hôpital concluent tous deux à un « état alcoolique léger », se traduisant par des troubles discrets.

« On est frappé, poursuit-il, par la divergence qui existe entre une alcoolémie relativement importante (2,80 grammes) et ces troubles discrets ; il serait peut-être souhaitable qu'une analyse de contrôle soit effectuée pour être bien certain qu'il n'y a pas eu d'erreur au moment du prélèvement. »

Cette lettre est du 26 octobre 1967. Ce n'est que le lendemain que le juge d'instruction fait état des résultats de l'examen de sang pratiqué au cours de l'autopsie qui viennent de lui être communiqués par téléphone et qui font apparaître, nous l'avons vu, une alcoolémie de 2,30 grammes au moment du décès.

Le rapport officiel de l'autopsie concluant au suicide par pendaison parvient encore plus tardivement, le 6 novembre 1967 seulement.

Entre-temps, le 3 novembre 1967, le professeur Roche, en s'appuyant sur les résultats du second examen de sang, estime que Lucien Delatre présentait, le 23 octobre 1967 à 18 heures 45, « une imprégnation alcoolique caractéristique rendant dangereuse la conduite d'un véhicule automobile ».

Le 5 janvier 1968, le juge d'instruction conclut son information par une ordonnance de non-lieu. L'affaire est classée.

Certains points demeurent cependant obscurs et, à Lyon, on continue à se poser des questions. Pourquoi Mme Delatre n'a-t-elle pas été autorisée à reconnaître le corps de son mari à la morgue, ainsi que cela se fait généralement ? Pourquoi les bretelles qui ont servi au suicide ont-elles été arrachées, alors qu'elles pouvaient facilement être déboutonnées ? Pourquoi les sous-vêtements rendus à Mme Delatre n'étaient-ils pas salis, alors que les pendus éjaculent généralement avant de mourir ?

Pourquoi, surtout, Lucien Delatre a-t-il été gardé à vue au commissariat de Tarare, alors qu'il ne pouvait être tenu pour responsable que d'un accident matériel sans gravité et qu'il ne s'était aucunement opposé à une prise de sang ? Il n'avait pourtant jamais été condamné auparavant et était parfaitement en règle au point de vue permis de conduire et de l'assurance de son camion. Il avait, de plus, un domicile fixe et connu. En ce qui concerne son état d'ivresse, Delatre ne présentait, selon le sous-brigadier Besset lui-même, qu'un « état alcoolique léger ». Durant son interrogatoire, il avait eu à l'égard des policiers « une attitude correcte et ne leur avait pas manqué de respect ». Alors pourquoi, dans ces conditions, lui avoir fait passer la nuit au commissariat ? N'aurait-il pas été plus simple de lui permettre de regagner son domicile en taxi et lui demander éventuellement de revenir le lendemain matin ?

Aujourd'hui, il n'y aurait pas, quelque part en Normandie, une femme seule avec trois enfants qui vivent dans une totale misère, car la Sécurité sociale a refusé de considérer que la mort de Lucien Delatre était un accident du travail, puisqu'il ne se trouvait plus sous la subordination de son employeur, mais sous la garde de la police.

Le dimanche 1er août 1965, à 11 heures, sur le boulevard Pasteur à Embrun (Hautes-Alpes), deux gendarmes appréhendent M. André Rostan, cultivateur à Puy-Sanières, petit village situé à cinq kilomètres d'Embrun, sous le prétexte qu'il perturbe la circulation, et le placent dans la chambre de sûreté de la gendarmerie. A 12 heures 30, il est découvert par un gendarme, inanimé, la tête passée dans le judas de la porte.

Transporté immédiatement à l'hôpital d'Embrun, il ne peut être ranimé et le docteur Ramadout constate le décès et délivre, semble-t-il, le permis d'inhumer. Sitôt prévenus, des parents d'André Rostan se rendent à l'hôpital. Ils constatent que le corps porte des traces suspectes. Ils en font part au médecin de garde, le docteur Faure-Brac, qui examine à son tour le cadavre et relève des traces de strangulation et de coups portés au visage, au nez et aux lèvres notamment. Les doigts sont écrasés. Du sang s'écoule d'une oreille. La mort lui semblant pour le moins suspecte, il refuse, en ce qui le concerne, le permis d'inhumer.

Une instruction est ouverte par le parquet de Gap et le docteur Lesbros est chargé de procéder à l'autopsie. Il conclut que le décès d'André Rostan est dû à une asphyxie par pendaison provoquée par la compression des carotides. Pour lui, il ne fait aucun doute qu'il s'agit bien d'un accident.

La famille d'André Rostan décide alors de se constituer partie civile. Le 9 février 1966, elle saisit le juge d'instruction de Gap d'une plainte contre X... pour non-assistance à personne en danger et, subsidiairement, pour homicide involontaire.

Le 14 février 1966, le procureur de la République prend des réquisitions allant dans le sens d'un refus d'informer. Il estime, en effet, qu'il n'y a pas lieu de procéder à une nouvelle instruction, puisque l'enquête précédente a suffisamment établi que les faits ne pouvaient légalement justifier une poursuite contre les gendarmes qui avaient placé André Rostan en chambre de sûreté et assuraient sa surveillance. Le 10 mars 1966, le juge d'instruction conclut dans le même sens et prend une ordonnance de refus d'informer.

La famille de Rostan fait appel de cette ordonnance mais, le 2 mai 1966, la cour d'appel de Grenoble confirme la décision prise par le juge d'instruction.

L'affaire en restera là. Personne ne saura jamais comment on peut se donner des coups au visage et avoir les doigts écrasés en passant accidentellement sa tête dans le judas d'une porte [1].

1. Depuis la première édition de ce livre, plusieurs autres décès se sont produits dans les commissariats et les gendarmeries. Ce fut notamment le cas à la gendarmerie de Thiéblemont (Marne) où le 15 février 1972 un débitant de boissons, M. Serge Chantre, âgé de 57 ans, qui était gardé à vue, fut retrouvé pendu au grillage de la lucarne d'aération. Pour se hisser jusqu'à cette hauteur, il se serait servi de ses vêtements et de ses couvertures qu'il aurait mis en tas. Le 14 août 1972, au commissariat d'Argentan (Orne), c'était un moniteur d'auto-école, M. Marcel Courteille, que l'on retrouvait mort dans la cellule où il avait été conduit après avoir été interpellé dans la rue en état d'ivresse. On n'a pas oublié non plus les circonstances dans lesquelles un ouvrier algérien, M. Mohammed Diab, âgé de 40 ans et père de quatre enfants, fut abattu le 29 novembre 1972 dans un commissariat de Versailles d'une rafale de pistolet-mitrailleur tiré par un sous-brigadier. Sous la pression de l'opinion, celui-ci fut inculpé d'homicide *involontaire*. Les avocats de la famille ont fait les plus expresses réserves sur une telle qualification.

Les aveux

L'aveu, nous l'avons vu, est pour le policier le couronnement d'une affaire. Aussi peut-il être tentant de chercher à l'obtenir par tous les moyens.

Souvent il ne s'agit pas, dans l'esprit de l'enquêteur, de tricher avec la vérité. Persuadé de la culpabilité de celui qu'il interroge, il veut tout simplement l'obliger à reconnaître ce qui lui paraît l'évidence même. Parfois, malheureusement, il s'agit de faire avouer quelqu'un contre lequel il n'existe pas le moindre commencement de preuve sérieuse, voire même quelqu'un dont on sait pertinemment qu'il est innocent.

« N'avouez jamais ! » avait crié Avinin en montant sur l'échafaud. Le conseil n'est pas toujours facile à suivre. Quarante-huit heures de garde à vue (six jours en matière politique), c'est bien long quand on se trouve seul, coupé de tout, en face de policiers qui se relayent pour vous interroger.

Les coups ne sont pas toujours nécessaires. Aux abois, moralement et physiquement épuisé, le suspect se rend au petit matin et devient d'un seul coup le coupable et presque sûrement le condamné ; car il aura beau se rétracter et nier farouchement, les aveux qu'il aura signés feront que personne ne croira plus à son innocence. Même si, finalement, il est acquitté ou libéré avec un non-lieu, il subsistera toujours un doute dans l'esprit du public.

Quand les sévices auront été employés, le juge d'instruction fermera le plus souvent les yeux, le tribunal se voilera pudiquement la face car il est bien connu, et admis une fois pour toutes, que l'on ne torture pas en France où les traditions d'honneur de la police sont bien établies.

Et pourtant, dans son fameux Traité théorique et pratique de la police judiciaire, *un haut fonctionnaire de la P.J., M. Lambert, n'hésite pas à écrire :*

« Est-ce à dire que toute torture soit devenue complétement impraticable et ait absolument cessé d'être pratiquée par ceux qui procèdent à l'interrogatoire du criminel ? Nullement. Ce qui est interdit dans le système actuel, c'est la torture expresse, active, celle qui s'administre comme telle. Mais il faut bien reconnaître qu'il existe un degré inférieur de torture qui ne tombe pas sous le coup de la loi, qui ne vicie même pas la procédure et qui aide grandement l'officier de police judiciaire dans son interrogatoire du criminel qui se prolonge des heures et des heures et où les policiers se relayent jusque dans la nuit pour profiter de l'épuisement intellectuel de leur adversaire finalement acculé au vertige mental d'où procède l'aveu. Torture licite pourtant, car le code n'a nulle part fixé la durée des interrogatoires. Torture encore, et même torture physique pourtant nullement prohibée, que d'avoir à demeurer sur une chaise un jour entier, puis une nuit, davantage encore : facteur d'aveu. Torture aussi et torture physique : la faim de l'interrogé que les circonstances empêcheront de satisfaire, comme à l'accoutumée, son sommeil que nous lui refuserons... »

Le 7 mai 1948, au hameau de la Vallée, près de Saint-Brévin-l'Océan, un crime horrible a lieu : deux vieillards, M. et Mme Hémery, sont assaillis dans leur maison par des inconnus qui avaient réussi à se faire ouvrir la porte en prétextant qu'ils apportaient un colis. Sans se méfier, M. Hémery fit entrer les visiteurs et reçut aussitôt de violents coups de matraque. Le pauvre homme succomba presque instantanément. Quant à sa femme, elle survécut à ses blessures, mais perdit la raison.

La gendarmerie fut chargée de l'enquête. Elle mit la main sur deux rôdeurs, dont un évadé de la prison de Nantes, Chauvin, qui accusa son camarade Guéguen en précisant qu'il avait eu pour complice Jean Deshayes, un docker de Nantes. Deshayes fut arrêté à son tour. Lors de la confrontation, Mme Hémery ne le reconnut pas, mais crut par contre reconnaître Guéguen. Ce dernier fut cependant mis hors de cause, car il fournit un alibi prouvant qu'il ne se trouvait pas sur les lieux du crime à l'heure où M. et Mme Hémery avaient été agressés.

Restait le seul Deshayes. Il fut interrogé à la gendarmerie de Nantes et passa des aveux complets. La presse de l'époque parla d'un « succès éclair » des enquêteurs. Plus tard, au cours de l'instruction, Deshayes revint sur ses aveux, mais le juge d'instruction n'en tint pas compte.

En décembre 1948, il comparut devant la cour d'assises de Nantes. Durant les débats, il ne cessa de crier son innocence.

Après la délibération du jury, le président lut le verdict : dix ans de travaux forcés. Deshayes se leva et cria : « Vous faites une erreur judiciaire, je vous dis que vous faites erreur ! » Mais, imperturbable, le président ordonna : « Gardes, emmenez le condamné ! »

Quatre ans après, à la suite d'indiscrétions dans un bar,

deux hommes et une femme furent arrêtés. Interrogés, ils reconnurent être les auteurs de l'agression de Saint-Brévin-l'Océan. Deshayes était donc innocent. Il fut libéré, après avoir purgé plus de quatre ans de prison.

Que s'était-il passé ? Lors de son interrogatoire, pour ne plus recevoir de coups, Deshayes était passé aux aveux. Mais comme il ignorait tout du crime et n'avait jamais mis les pieds chez M. et Mme Hémery, les gendarmes avaient dû lui dicter ses aveux. Il leur avait été facile de décrire non seulement la maison des victimes, mais aussi la pièce où elles avaient été massacrées, avec la position exacte des meubles et des objets. Tout concordait donc parfaitement avec les premiers procès-verbaux de constatation du crime.

Si Deshayes avait renouvelé ses aveux devant le juge d'instruction, c'est qu'il avait été conduit à son cabinet par les gendarmes qui l'avaient interrogé. Bien qu'il eût appelé le magistrat « monsieur le juge », il était persuadé qu'il s'agissait d'un des collègues des enquêteurs et que, s'il se rétractait, les coups allaient recommencer. Ce n'est que quelques jours plus tard qu'il revint sur ses aveux, mais en vain.

Lors du procès des véritables coupables en 1954, on s'attendait à ce que l'on parlât de Deshayes et de l'erreur judiciaire dont il avait été victime. Personne n'en souffla mot, sauf l'avocat général qui se contenta de dire que Deshayes avait « *reçu* les éléments de ses aveux au cours de son interrogatoire ».

Aucun des gendarmes ne fit l'objet du moindre blâme. Certains obtinrent même de l'avancement. Furent-ils seulement déplacés ?

Dernièrement, une émission de télévision traitant de l'affaire Deshayes avait été programmée. Au dernier moment elle fut reportée, de crainte qu'elle ne provoquât des réactions hostiles à la police et à la justice. Force est bien de constater que les seules erreurs judiciaires tolérées à l'O.R.T.F. sont celles qui sont aujourd'hui inoffensives pour s'être produites il y a plusieurs dizaines d'années, sinon plusieurs siècles comme l'affaire Calas.

Un charpentier de Nîmes, René Martin-Ponge, 39 ans, avait commis en avril 1969 un cambriolage dans un bar. Il avait notamment volé un poste à transistors qu'il essaya de revendre au frère de celui qu'il avait cambriolé. L'appareil fut vite reconnu et on arrêta le coupable.

(...)[1]

(...)

Dès qu'il fut conduit devant le juge d'instruction, René Martin-Ponge revint sur ses aveux, du moins en ce qui concerne le meurtre de l'institutrice. Il n'en fut pas moins placé en détention préventive pour les deux affaires.

(...)[1]

(...)

Par ailleurs, la victime avait été tuée entre 17 heures 20 et 18 heures 20. Or, l'employeur de Martin-Ponge vint témoigner que celui-ci n'avait pas quitté son atelier de 14 à 18 heures. La villa de Mme Gibelin se trouvant à l'autre bout de Nîmes et Martin-Ponge n'ayant aucun moyen de transport, il lui aurait fallu au moins 45 minutes pour se rendre jusque-là.

1. Passage ayant fait l'objet d'une condamnation sur plainte en diffamation du ministre de l'Intérieur. Pour la compréhension de cette affaire, voir annexe, p. 223.

Bref, il ne restait plus rien des charges qui pesaient contre lui.

Pour mettre en prison les suspects, la justice est particulièrement rapide ; pour mettre en liberté un innocent, les choses vont infiniment moins vite.

Il aura fallu attendre huit mois pour que Martin-Ponge recouvre sa liberté. Et, comme par hasard, la peine qui lui fut infligée pour le vol du transistor fut elle aussi de huit mois, comme si les juges correctionnels avaient voulu justifier la longue détention préventive ordonnée par leur collègue juge d'instruction.

Autre affaire comparable : le 12 juillet 1968, un vieillard de 74 ans, M. Raymond Oudart, fut assassiné au Cateau dans le Nord. Les soupçons de la police se portèrent rapidement sur Pierre Wanecque, 37 ans, qui demeurait lui aussi au Cateau. Interrogé longuement, il avoua le 13 août 1968 être l'auteur du meurtre, mais se rétracta quelques jours plus tard.

Une circonstance fortuite fit éclater la vérité. Francis Ramette, le véritable auteur du crime, fut arrêté quelque temps plus tard pour vol. A la prison de Cambrai, il fit confidence du crime du Cateau à un autre détenu. C'est ce dernier qui écrivit au procureur de la République pour dénoncer les véritables assassins de M. Oudart, car Ramette n'avait pas agi seul. Pierre Wanecque fut donc libéré ; il avait passé près de sept mois en prison.

Il y a quelques années, à Cabriès, petit village de Provence, la même chose est arrivée à Arthur Goldberg, un homme qui vivait des menus travaux que lui confiaient les habitants. Un matin, on découvrit une clocharde assassinée à coups de bâton près de la tente où elle vivait en bordure d'une route nationale. Les soupçons se portèrent sur Goldberg qui fut interrogé et qui, lui aussi, avoua. Il fut incarcéré à la prison d'Aix-en-Provence ; mais les habitants de Cabriès signèrent une pétition en sa faveur et le maire, avocat, se démena pour obtenir de nouvelles mesures d'instruction. Quatre mois après son arrestation, l'innocence de Goldberg était reconnue.

A la fin de l'année 1969, la justice et la police françaises n'ont pas de chance. Jean-Marie Deveaux vient tout juste d'être acquitté par les Assises de Dijon, à l'issue de son second procès et d'une détention de huit ans. Voici qu'éclate l'affaire Delattre.

Le 24 août 1969, à Crespin, près de Valenciennes et de la frontière belge, deux fillettes, Agnès et Odile Leteneur, âgées de treize et onze ans, étaient découvertes égorgées dans un fossé bordant un chemin de terre. A côté d'elles se trouvait le tandem qu'elles avaient pris pour aller se promener.

M. Dubreuille, la personne qui découvrit le corps des fillettes, indiqua qu'il avait vu un homme s'enfuir en direction de la ferme d'Alphonse Delattre, un berger qui vivait avec sa femme un peu à l'écart du village.

Interrogé par les gendarmes de Condé-sur-l'Escaut, Delattre précisa que, quelques instants plus tôt, en allant voir les travaux de construction de l'autoroute, il avait aperçu les fillettes. Sa photo parut dans les journaux et deux jeunes filles demeurant dans la commune belge d'Hensies firent savoir aux enquêteurs qu'elles reconnaissaient en Delattre l'homme qui, le mois précédent, les avait importunées, alors qu'elles se promenaient dans les champs près de sa ferme.

Ces deux témoins furent entendus et confrontés avec Delattre qui finit par reconnaître qu'effectivement il avait poursuivi les deux jeunes Belges, car elles faisaient peur à ses moutons.

Alphonse Delattre fut alors interrogé plus longuement à la gendarmerie de Condé-sur-l'Escaut. De 9 heures du soir à 5 heures du matin, soit durant 8 heures, les gendarmes se relayèrent autour de lui. Au petit matin, les journalistes qui attendaient devant la gendarmerie apprirent qu'il avait avoué être l'auteur du double crime. Quelques instants plus tard, menottes aux mains, Delattre apparut sur le perron, petit homme chétif, un peu voûté, avec des rides au front et des tempes déjà blanches. Comme on l'entraînait vers une voiture, il lança aux journalistes : « Ce que j'ai avoué n'a aucune valeur. Je reviendrai dessus quand je le pourrai. »

Et, effectivement, il revint sur ses « aveux » devant le juge d'instruction de Valenciennes, Mlle Legrand, après avoir cependant reconnu les faits au début de l'instruction.

Lorsqu'il fut écroué, le dossier ne comportait que ses « aveux ». Le juge d'instruction fit saisir tous les objets suspects qui purent être découverts au cours de la perquisition effectuée à la ferme de Delattre et les fit examiner par des experts. Par ailleurs, le berger fut soumis à une expertise psychiatrique.

Rien de tout cela n'apporta la preuve de sa culpabilité. Il avait indiqué qu'il avait caché le couteau avec lequel il avait frappé les fillettes sur la boîte à sel, dans la cuisine. Le couteau s'y trouvait bien, c'était celui dont il se servait pour gratter les pieds des moutons ; mais les experts furent formels, ce ne pouvait être l'arme du crime.

De même, aucun des vêtements saisis à la ferme ne portait de traces de sang. Or, en égorgeant ses victimes, l'auteur du crime n'avait pas manqué d'en être aspergé.

Enfin, les psychiatres estimèrent que le berger était impressionnable et faible. L'explication de ses « aveux » pouvait donc très bien être trouvée dans le fait qu'il avait été incapable de résister à l'interrogatoire des gendarmes.

Dans ces conditions, le juge d'instruction ne pouvait que signer la mise en liberté d'Alphonse Delattre. Ce qui fut fait le 30 octobre 1969.

Dès qu'il fut libre, Delattre s'empressa d'expliquer de quelle façon il avait été interrogé par les gendarmes de Condé-sur-l'Escaut et pourquoi il avait reconnu être l'auteur de ce double crime.

« Pendant toute la nuit, raconta-t-il, ils se sont occupés de moi. Ils ont commencé par me laisser debout au centre de la pièce. Deux gendarmes m'ont fait tourner sur moi-même dans tous les sens. C'était comme s'ils jouaient à la toupie. Ça a duré un bon quart d'heure. Après, ils m'ont giflé. Ce n'était qu'un début... J'ai dit que ce n'était pas moi qui avais égorgé les deux petites Leteneur. Alors un gendarme a hurlé : « A genoux ! A genoux ! Avoue ! »

Sous mes genoux ils ont placé une grosse règle en fer. Ma tête arrivait au ras de la table, sur laquelle ils avaient posé un phare. J'étais ébloui. J'avais un gendarme de chaque côté et un derrière qui me donnait des coups de pied. Et je devais regarder droit devant moi. La lumière me faisait pleurer... « Tu vas avouer ! » criaient les gendarmes qui se relayaient.

Je ne sais combien de temps a duré ce traitement, une heure ou deux. Ils m'ont fait mettre pendant un long moment aussi les bras en croix avec un Bottin dans chaque main. C'est ça qui a été le plus terrible. Mon bras gauche estropié ne pouvait pas tenir. Alors, ils me bourraient de coups de poing dans les côtes.

J'avais soif aussi. Ils n'ont pas voulu me donner à boire. Ma tête me faisait mal, je n'en pouvais plus. Alors j'ai dit tant pis. J'ai dit : « Oui, c'est moi. »

A ce moment-là, ils m'ont encore harcelé : « Alors, il faut expliquer comment tu as fait. » J'ai raconté n'importe quoi, ce qui me semblait possible...

Si j'ai dit la même chose au juge d'instruction, c'est parce que deux des gendarmes sont entrés avec moi dans le bureau. Ils m'avaient dit : « Ne nous fais pas passer pour des cons. Tu vas redire au juge exactement ce que tu nous as avoué la nuit dernière ; sinon, on remettra ça... »

Le commandant Fillaud, de la gendarmerie de Valenciennes, qui était lors de l'enquête l'adjoint du commandant Routier, nommé récemment à Caen, s'inscrit en faux contre de telles accusations.

« Je connais bien mes gendarmes, déclare-t-il. Ils sont incapables de tels gestes. Il leur arrive, c'est entendu, d'élever la voix. Mais les coups, nous n'en sommes pas partisans. Cela n'apporte rien. Des aveux passés dans des conditions pareilles, nous les savons nuls. Quand Delattre est sorti de la gendarmerie de Condé-sur-l'Escaut, il ne portait aucune trace de violence sur le corps. Durant la nuit, nous lui avons même permis de se reposer un peu, comme le veut le Code de procédure pénale, et nous lui avons donné un casse-croûte. »

Quant au commandant Routier, il n'était pas présent à l'interrogatoire, mais il déclare : « Je ne crois pas que le fait d'être à genoux sur une règle puisse pousser un homme à reconnaître un crime qu'il n'a pas commis[1]. »

Ce qui est sûr, c'est qu'il y a à Crespin un homme qui ne sera plus jamais ce qu'il était. Autrefois il vivait heureux et estimé de tous. Aujourd'hui, à cause de ses « aveux », il est rejeté par la majeure partie de la population et se terre avec sa femme dans sa ferme. De sa fenêtre, il aperçoit cette immense croix que les habitants du pays ont plantée à l'endroit où les deux petites filles ont été égorgées, comme pour bien lui faire comprendre qu'aussi longtemps que le véritable coupable n'aura pas été découvert, ils ne croiront pas à son innocence.

1. L'innocence d'Alphonse Delattre est aujourd'hui officiellement reconnue, puisque le 18 juin 1971 le juge d'instruction a rendu en sa faveur une ordonnance de non-lieu.

Le 29 janvier 1970, les lecteurs du *Figaro* et de *l'Aurore* ont du mal à en croire leurs yeux. Leur journal leur apprend qu'un juge d'instruction, M. Zollinger, a ouvert une information judiciaire pour coups et blessures volontaires, afin d'élucider les circonstances dans lesquelles trois jeune cambrioleurs ont été victimes de sévices graves au Quai des Orfèvres.

La nouvelle n'émane pas de quelque brûlot gauchiste cherchant à jeter le discrédit sur la police, mais de la très officielle Agence France-Presse. Dans sa dépêche diffusée la veille à 17 heures 50, l'A.F.P. précise que « l'affaire remonte aux 6 et 7 mai 1969, lorsque les trois jeunes gens furent questionnés par les policiers de la 7ᵉ brigade territoriale et de la brigade de recherche et d'intervention qui voulaient obtenir d'eux des aveux sur leur participation à une quinzaine de cambriolages.

Conduits le 8 mai devant le juge Zollinger pour y être inculpés, ils paraissaient très fatigués. Ils déclarèrent au magistrat qu'ils avaient avoué sous la torture et notamment après avoir été soumis aux supplices de l'électricité et de la baignoire.

M. Zollinger les fit déshabiller et constata que leurs corps portaient des traces indéniables de coups. Il chargea aussitôt le docteur Lecœur, médecin expert, d'aller examiner les trois détenus à la prison de Fresnes. Le premier d'entre eux, Edmond Colin, présentait de multiples hématomes sur tout le corps et des lésions au niveau des parties génitales. Il avait le nez écrasé et se plaignait d'avoir été plongé dans l'eau et d'avoir reçu des décharges électriques. Le médecin releva à plusieurs endroits des stries rouges pouvant provenir effectivement de brûlures par l'électricité.

De son côté, Alain Delaplane dut être opéré au bout de quelques jours d'une péritonite, mais l'expert ne put déterminer si cette péritonite était la conséquence de coups reçus

Quant à François Blanchard, il se plaignait de sérieuses douleurs lombaires qui persistent à l'heure actuelle.

Ayant obtenu l'assurance auprès des gardes du dépôt que les trois hommes ne s'étaient pas battus entre eux ni avec d'autres prisonniers depuis leur départ des locaux de police jusqu'à leur arrivée à son cabinet, le juge confronta les inculpés, le 18 juin, avec vingt-cinq policiers appartenant soit à la 7e brigade territoriale, soit à la brigade de recherche et d'intervention, qui contestèrent tous avoir exercé la moindre violence.

A la demande du parquet, le magistrat instructeur a fait procéder récemment à de nouvelles expertises médicales sur les trois plaignants qui, entre-temps, s'étaient constitués partie civile.

Edmond Colin, qui avait un casier judiciaire vierge, a été mis en liberté provisoire le 21 janvier 1970 à la demande de son avocat, Me Karsenty. Les deux autres jeunes gens, ayant des antécédents judiciaires, sont toujours détenus.

A l'heure actuelle, aucun policier n'a encore été inculpé dans cette affaire. Le dernier rapport de l'expert qui a examiné Blanchard n'a pas encore été déposé. Lorsqu'il le sera, le juge devra transmettre le dossier à la chambre criminelle de la Cour de cassation, car une procédure spéciale est nécessaire lorsque les suspects sont des officiers de police judiciaire. »

Paris-Jour a voulu en savoir plus long et a téléphoné à la préfecture de Police. Au cabinet du préfet Grimaud, on s'est borné à déclarer : « Pas de commentaires. »

Paris-Jour s'est donc lancé à la recherche d'Edmond Colin, le seul des trois jeunes gens à avoir été remis en liberté. L'un de ses journalistes l'a retrouvé chez lui à Saint-Ouen et Colin lui a raconté « les heures interminables de son "passage à tabac" ».

« Les sévices, les mois de prison, alors que je suis innocent, ont fait de moi un homme amoindri, épuisé, déclare Edmond Colin. Je marche avec des cannes. J'ai des troubles nerveux. Ce que j'ai subi est trop inhumain, trop arbitraire. Or cela peut arriver à n'importe qui demain.

J'étais habilleur-costumeur chez Jean-Louis Barrault, à l'époque où il donnait son spectacle *Rabelais* à Montmartre. Mon contrat a été rompu depuis à cause de mes neuf mois de prison. C'était en avril 1969. J'ai fait la connaissance, dans un café, après la représentation, de deux spectateurs de mon âge, Delaplane et Blanchard. Nous avons sympathisé. Trois semaines plus tard, par téléphone, Delaplane me demande d'une voix oppressée de lui rendre service et de l'emmener dans ma voiture chercher des vêtements chez lui. J'accepte. Et me voilà l'attendant au volant, successivement à Gagny, Rosny et Clichy, pendant qu'il cambriolait des appartements.

Plus tard, d'ailleurs, auprès du juge d'instruction, il me disculpera. Lui, il était déjà recherché par toutes les polices. En effet, c'était lui qui s'était évadé spectaculairement du palais de justice de Bayonne où on allait le juger.

Au mois de mai 1969, il me retéléphone : « Passe nous prendre, Blanchard et moi, à Montparnasse. C'est urgent. » Entre-temps, il était venu tous les soirs au théâtre qu'il adorait. Arrivés devant son domicile, rue Feutrier à Paris (18e), une dizaine d'inspecteurs nous cernent. La rue est bloquée. Je sens le canon d'un revolver contre ma tempe. On m'emmène au Quai des Orfèvres. C'était le lundi 5 mai. En fouillant ma voiture, on a trouvé des pinces-monseigneur « planquées » par Delaplane à mon insu. On m'accuse. On perquisitionne chez moi.

Dans un bureau du Quai des Orfèvres, il y a des inspecteurs de la brigade anti-gang, de la voie publique et de la criminelle. C'est qu'à Rosny, Delaplane avait cambriolé un inspecteur de la criminelle. Celui-là voulait lui régler son compte, et aussi le mien par la même occasion. J'avais les menottes aux mains et aux pieds.

On m'a couché par terre en me bandant les yeux, pour que je ne puisse pas reconnaître les inspecteurs. On m'a versé des brocs d'eau sur le corps et on a branché l'électricité. Au bout de dix minutes, j'ai crié : « Pitié ! » « Avoue, m'a-t-on répondu, sinon on continue. » Avouer quoi ? Je n'avais rien fait.

Au bout de quelques minutes on a remis cela. J'ai hurlé. J'ai demandé à boire, parce que mes lèvres, sous l'effet du courant, avaient enflé. J'ai reconnu tout ce qu'on voulait. J'ai « avoué » seize cambriolages. C'est du moins ce que le juge Zollinger m'a dit par la suite, car je ne m'en souvenais plus.

J'ai pu téléphoner à ma femme, très vite, et à condition que je ne lui dise pas où je me trouvais. Je suis tombé en syncope après avoir raccroché. On m'a mis dans une petite cage. Et à 8 heures du matin, l'interrogatoire a recommencé. Là ce sont des vols de voitures que j'ai « reconnus ». On m'a complètement démoli. J'ai eu une hémorragie nasale. On m'a arraché plus de la moitié des cheveux. On m'a fait essuyer mon sang qui avait giclé dans le bureau. Il y en avait partout. J'avais faim. C'était le mardi. Je suis retombé en syncope.

Mercredi, on m'a conduit chez moi, rue Levasseur à Saint-Ouen, pour me changer. Tous mes vêtements étaient tachés de sang. On a récupéré un revolver à plomb que Delaplane m'avait donné. C'était un des objets qui avaient été volés chez l'inspecteur cambriolé.

J'ai été inculpé de vol et transféré à Fresnes. J'y suis resté neuf mois. Huit médecins, dont un expert de la préfecture, ont défilé à mon chevet à l'infirmerie de la prison.

« Vous avez de la chance de ne pas être cardiaque, m'a dit l'un d'eux, sinon, avec vos blessures provoquées par la "gégène", vous ne seriez plus là. » Le juge Zollinger m'a fait signer une déclaration selon laquelle mes aveux m'avaient été arrachés. Il a téléphoné devant moi au directeur de Fresnes et demandé que je sois examiné dès mon arrivée. »

Par la suite, Edmond Colin, dans une lettre adressée à la Ligue des droits de l'homme, ajoutera d'autres précisions :

« Après m'avoir frappé à coups de pied et à coups de poing, les policiers m'ont fait déshabiller complètement et m'ont bandé les yeux. Mes mains étaient attachées dans le dos par des menottes, mes pieds aussi. On m'a jeté au sol puis on m'a versé des brocs d'eau sur le corps.

Soudain, j'ai senti deux broches, comme une énorme prise de courant, qu'un des policiers posait sur mes testicules. Puis le courant m'est passé dans tout le corps...

Des centaines de fois, j'ai demandé grâce et crié « Pitié ! ». Des centaines de fois, j'ai souhaité la mort qui me paraissait bien douce à côté de ce que j'endurais.

Les policiers nous ont fait signer sous la torture, à moi et à mes camarades, un papier disant que nous avions refusé d'être examinés par un médecin, ainsi que le prévoit le Code de procédure.

On m'a emmené chez moi pour perquisitionner. Ma femme était là. (A ce moment-là elle était enceinte de quatre mois.) Quand elle a vu dans quel état on m'avait mis, elle s'est évanouie. J'ai pu me voir dans la glace. J'avais le visage complètement déformé, le cuir chevelu à vif, car on m'avait arraché une bonne partie des cheveux.

Ma femme est revenue à elle et m'a demandé : “Qui est-ce qui t'a fait ça ? ” Les policiers ont répondu : “Fait quoi ? Il n'a rien”. »

Chose exceptionnelle, le 31 janvier, c'est-à-dire deux jours après que l'affaire ait éclaté, la Télévision interviewe Edmond Colin. Les téléspectateurs découvrent un garçon sympathique au regard franc qui raconte calmement, presque craintivement, les quarante-huit heures qu'il a passées au Quai des Orfèvres.

Le lendemain, dans la presse, on peut lire de nouveaux détails. *L'Aurore,* sous la plume de Gilles Patri, annonce que « quelle que soit la culpabilité des trois voleurs, le juge Zollinger semble bien décidé à aller au fond de l'affaire des « torturés du Quai des Orfèvres ». Il a demandé que le dernier résultat de l'expertise médicale concernant l'une des victimes, François Blanchard, actuellement détenu à Fresnes, lui soit communiqué d'urgence pour clore le dossier. Ce résultat devrait lui être transmis dans une semaine et il risque de faire du bruit. »

L'Aurore publie également un témoignage important sur ce qui s'est passé au cours de cette fameuse nuit du 5 au 6 mai 1969 au quatrième étage de la « Grande Maison », dans les bureaux de la brigade de la voie publique.

Il s'agit de celui de la femme de François Blanchard, Francette, 24 ans.

Elle a été arrêtée le 5 mai chez elle, rue Feutrier à Paris. Ses déclarations sont capitales, car elle est restée vingt-quatre heures au Quai des Orfèvres et a vu et entendu ce qui s'est passé.

« J'ai été arrêtée en même temps que François, raconte-t-elle. On m'a interrogée à part dans un bureau sans me faire subir aucun sévice. Mais alors que j'étais dans une cellule au quatrième étage, dans la nuit du 5 au 6 mai, j'ai entendu mon mari et ses compagnons hurler dans les bureaux d'à côté. C'était atroce. Les coups résonnaient contre les murs et sur les portes et mes camarades criaient désespérément de toutes leurs forces : « Pitié ! »

« Ta gueule, tu parles ou on continue. » C'était ce que leur répliquaient les policiers. Cela a duré des heures interminables.

Vers 7 heures du matin, un inspecteur est venu me chercher et quand je lui ai parlé des hurlements de la nuit, il m'a traitée de folle en déclarant : « Il n'y a eu personne dans les bureaux cette nuit. »

La jeune femme que l'on descendait du quatrième au troisième étage est passée devant les cellules où se trouvaient son mari, Colin et Delaplane.

« J'ai surtout remarqué Colin, poursuit-elle. Il avait les cheveux arrachés et le nez éclaté. Tout autour de lui, il y avait des inspecteurs qui lui disaient : « Si tu ne parles pas, on te ramène en haut. »

La jeune femme a vu ensuite, au cours de la matinée, ses amis remonter au quatrième étage et elle a de nouveau entendu des hurlements.

Avant de signer sa déposition dans les bureaux de la voie publique à 17 heures, Francette Blanchard affirme avoir été l'objet de pressions de la part des inspecteurs : « Tu es priée de te taire sur ce qui s'est passé ici, lui a-t-on dit, sinon il t'arrivera des ennuis. »

De son côté, l'hebdomadaire *Spéciale Dernière,* qui consacre généralement ses colonnes à des sujets moins brûlants, les pronostics des courses hippiques, se penche dans un long article sur le problème des tortures policières. « Dans un pays libre, écrit-il, la police a-t-elle le droit de tout faire ? S'il est prouvé qu'il y a des brebis galeuses dans la police, il faut les chasser impitoyablement. »

L'instruction suit son cours et, le 27 février 1970, le juge Zollinger fait procéder dans son cabinet à une confrontation entre les trois jeunes cambrioleurs et les policiers qui les ont interrogés.

Il s'agit pour le magistrat de savoir si les trois plaignants sont capables de reconnaître parmi les policiers réunis ceux qui les ont frappés et surtout leur ont infligé le supplice de l'électricité.

M. Zollinger, comme il est d'usage, a convoqué aussi d'autres policiers étrangers à l'affaire, afin de s'assurer de la sincérité des reconnaissances éventuelles. En tout, il y a là trente-cinq policiers.

A l'issue de cette confrontation, Edmond Colin déclare aux journalistes qui l'attendent dans les couloirs du Palais de justice :

« Nous avons reconnu cinq policiers. Notre tâche était difficile. Il nous était possible de reconnaître ceux qui nous ont interrogés au début et nous ont frappés à main nue et à coups de pied ; mais comment indiquer d'une façon précise ceux qui nous ont torturés à l'électricité ? A ce moment-là, nous avions les yeux bandés et des menottes aux mains et aux pieds. Les policiers pensaient que l'un de nous trois savait où se cachait un homme du nom de Guy Hervé qui était recherché pour avoir tué un motard à coups de revolver. Ils nous ont fait reconnaître sous la torture dix-sept cambriolages et ensuite ils nous ont proposé le marché suivant : « On efface tout si vous nous donnez l'adresse d'Hervé. » Comme nous ne la connaissions pas, nous sommes restés avec les cambriolages sur le dos. »

Colin donne par ailleurs le nom d'un témoin que le juge pourrait entendre prochainement. Il s'agit du révérend père L'Hénoret qui, à la demande de la femme de Colin, se présenta au Quai des Orfèvres et aperçut Colin le visage en sang, le nez cassé, les cheveux arrachés.

On apprend également que trois nouveaux experts ont

été désignés par M. Zollinger pour examiner une nouvelle fois François Blanchard. Les médecins légistes estiment, en effet, que les deux fractures lombaires qu'ils ont constatées proviennent de coups récents. Les radiologues pensent au contraire qu'elles ont des origines beaucoup plus anciennes. Les nouveaux experts devront trancher.

Les policiers que les journalistes parviennent à interviewer à leur sortie du cabinet du juge protestent de leur innocence. Certains se demandent même naïvement comment ces « pauvres détenus » ont pu se faire de telles blessures. Malheureusement pour eux, l'enquête faite au dépôt et à la prison a permis au juge d'instruction de s'assurer qu'aucune bagarre n'avait eu lieu entre les victimes. Il ne fait donc aucun doute que les trois jeunes gens ont bien été frappés au Quai des Orfèvres. C'est ce qu'affirme d'ailleurs d'une façon on ne peut plus nette le journal *l'Aurore* qui ne passe pas pour fustiger à la légère les gardiens de l'ordre public.

L'initiative courageuse du juge Zollinger est assez exceptionnelle pour qu'on la salue à sa juste valeur. Mais quand on songe à tous les moyens dont dispose la police et les pouvoirs publics pour étouffer cette affaire, on ne peut s'empêcher d'être inquiet et sceptique sur les chances de voir les policiers tortionnaires traduits en justice.

C'est ce doute qu'exprime Denis Périer-Daville dans *le Figaro* du 9 février 1970 en élargissant son article au « problème des violences policières » :

« La première difficulté à laquelle se heurte la preuve de sévices, écrit-il, c'est la matérialité des traces. Une expertise médicale pratiquée quelque temps après risque, en effet, d'être peu probante. Dans le cas considéré, grâce à l'intervention du juge d'instruction — dont la fonction n'est pas seulement d'inculper, mais aussi de protéger les citoyens — les constats médicaux ont pu être faits sans délai. Le médecin y décrit en détail les multiples traces de lésions traumatiques, les nombreuses ecchymoses violacées, verdâtres, de surface très étendue, qu'il a relevées sur le corps des jeunes gens.

Les sévices ne font pas de doute, mais leur suite judiciaire reste encore indéterminée. Il ne suffit pas, en effet, de constater les faits. Encore faut-il, pour qu'une sanction judiciaire intervienne, déterminer s'il y a eu délit, quelle est sa qualification et qui a commis les faits délictuels.

L'enquête actuellement en cours a pour but de rechercher si les sévices reprochés constituent des coups justiciables de l'article R. 40 ou de l'article 309 du Code pénal. Si les coups, violences ou blessures n'ont pas entraîné une maladie ou une incapacité totale de travail excédant huit jours, la sanction est une contravention de cinquième classe, punissable d'un emprisonnement de dix jours à un mois ou une amende de quatre cents à mille francs.

Si la maladie ou l'incapacité est de plus de huit jours, c'est l'article 309 du Code pénal qui est applicable, prévoyant un emprisonnement de deux mois à cinq ans et une amende de cinq cents à dix mille francs.

Or, en vertu de la loi de juin 1969 promulguée à l'occasion de l'élection du nouveau président de la République, les infractions commises avant le 20 juin 1969 sont amnistiées lorsqu'elles sont passibles d'une contravention de police ou de peine d'emprisonnement de trois mois ferme ou d'un an avec sursis.

Les expertises ont donc pour objet de déterminer si la maladie ou l'incapacité des détenus n'a pas excédé huit jours ou a dépassé ce délai. Dans le premier cas, l'action publique sera effacée par l'amnistie et l'affaire classée ; dans le second cas, une inculpation reste possible. On semble se diriger vers cette seconde hypothèse, puisque l'un des détenus, François Blanchard, souffre encore actuellement de la lésion d'une vertèbre.

Même si les violences sont établies et ne sont pas couvertes par l'amnistie, comme il n'existe pas de responsabilité collective, l'action publique restera impossible si les auteurs des violences ne sont pas nommément identifiés.

Ce qui n'était qu'une banale information contre de pâles

petits cambrioleurs est devenu un problème, conclut Denis Périer-Daville, car cette affaire montre combien il est difficile, malgré l'évidence des faits, de mettre en cause la responsabilité de policiers ayant outrepassé leur pouvoir. Cela mérite d'être médité, car le scandale serait non pas que ce procès ait lieu, mais qu'il ne soit pas possible. »

Le 14 août 1970, Colin et ses camarades sont passés en jugement devant le tribunal correctionnel de Paris. Leurs « aveux » du Quai des Orfèvres ont été déterminants, puisque Delaplane a été condamné à 3 ans de prison ferme, Blanchard à 2 ans et Colin, qui n'avait fait que conduire les deux autres, à 18 mois de prison et 3 ans d'interdiction de séjour dans la région parisienne où il a toute sa famille. (Il bénéficia toutefois du sursis devant la cour d'appel.)

Quant aux policiers, quatre d'entre eux furent inculpés de coups et blessures volontaires, le 6 octobre 1972, par le juge Zollinger. Il s'agissait du commissaire Armand Calvet et des officiers de police Michel Gromet, Georges Traucou et Jacques Salmon. Mais trois ans et demi après les faits qui leur sont reprochés, la date de leur comparution devant le tribunal correctionnel n'est pas encore connue [1].

A ce jour, ils continuent d'être en fonction dans la police ; la seule mesure dont ils aient fait l'objet est une mutation dans un autre service.

1. Edmond Colin demeure aujourd'hui le seul plaignant dans l'affaire des sévices du quai des Orfèvres. A la suite de diverses pressions, ses deux camarades ont en effet retiré leur plainte. L'arrestation de Colin, le 28 février 1973, quelques jours avant son audition comme témoin dans le procès des *Dossiers noirs* (voir p. 230 à 235) a pu de ce fait être interprétée comme un moyen d'intimidation, d'autant plus que le juge Zollinger venait précisément de clore l'instruction contre les policiers et avait transmis son dossier au parquet pour qu'ils soient renvoyés devant le tribunal correctionnel. « Si à son tour Edmond Colin retirait sa plainte, notait *le Figaro*, l'affaire pourrait être rayée du rôle, faute de plaignant et de partie civile. »

Cette affaire du Quai des Orfèvres est malheureusement loin d'être isolée; mais il est exceptionnel qu'un juge d'instruction se saisisse spontanément d'une telle affaire et ouvre une information contre les auteurs des sévices.

Le plus souvent, le parquet, aidé parfois en cela par les avocats, étouffe pudiquement la voix des victimes[1]. Le substitut du procureur, mis en présence de Colin et de ses camarades, n'a-t-il pas fermé les yeux sur les traces de coups en se contentant de dire que « tous les coupables racontaient des histoires de ce genre » ?

Deux autres affaires sont à cet égard particulièrement significatives.

Le 30 août 1969, Jean Lacombe, détenu à la prison de la Santé sous l'inculpation de vols, adresse à la Ligue des droits de l'homme la lettre suivante :

« *Arrêté le jeudi 21 août 1969 vers 15 heures par la brigade de la voie publique, je n'ai été présenté au juge d'instruction que le dimanche 24 août à 15 heures 30. Dans la nuit du 21 au 22 août, j'ai été interrogé sans relâche au Quai des Orfèvres. Estimant que mes déclarations ne concordaient pas avec leur propre version des faits, le commissaire C. et ses inspecteurs m'ont bandé les yeux, puis m'ont torturé à l'électricité, surtout aux parties sexuelles, afin de me faire reconnaître des délits que je n'avais pas commis.*

J'ai touché cette nuit-là le fin fond de la souffrance. Souffrance physique, certes, mais aussi souffrance morale, si l'on pense qu'un homme torturé à l'électricité ne contrôle plus ni sa vessie, ni ses intestins...

Je suis resté enchaîné pendant dix-huit heures sans boire ni manger. Je vous fais grâce du détail des coups que j'ai reçus[1]... J'espère que mon appel sera entendu afin que

1. Ces passages ont fait l'objet d'une plainte en diffamation du ministre de l'Intérieur. Mais, le 28 mars 1973, la cour d'appel de Paris a relaxé l'auteur et l'éditeur du livre. (Voir p. 230.)

cessent ces tortures et que d'autres malheureux ne subissent pas ce que j'ai subi... »

Après avoir vainement essayé d'obtenir des précisions auprès de l'avocat de Jean Lacombe, la Ligue intervient le 13 octobre 1969 auprès du procureur de la République de Paris pour lui demander de faire procéder à une enquête.

Le 21 octobre 1969, le procureur de la République répond : « Une enquête est actuellement en cours au sujet des faits que vous me signalez et dont j'avais déjà été saisi par l'intéressé lui-même. »

Puis, le 2 mars 1970, il fait savoir que le rapport de l'enquête qu'il avait ordonnée vient de lui être transmis.

« L'intéressé, précise-t-il, a maintenu les accusations qu'il avait portées contre les officiers de police, mais deux examens médicaux ordonnés par le magistrat instructeur n'ont pas confirmé ses affirmations.

Le premier, en date du 26 août (soit cinq jours après la date des faits), a seulement révélé l'existence d'ecchymoses à hauteur de chaque coude, dont l'aspect permet de penser qu'elles sont antérieures de quarante-huit heures au 21 août.

Le second, qui a porté sur l'examen de l'appareil urinaire, a établi que Lacombe avait été soigné en détention à partir du 25 septembre 1969 pour une affection d'origine microbienne qui a été l'objet d'un traitement par antibiotiques ; l'expertise ne permet pas de considérer qu'un traumatisme puisse être à l'origine de cette affection.

Par ailleurs, rien n'a permis de conforter les déclarations de Lacombe sur les conditions matérielles de la garde à vue qui, dans le cadre de l'enquête de police dont il s'agit, a fait l'objet d'une prolongation régulière par les services de mon parquet.

J'ai en conséquence fait connaître au nommé Lacombe que, dans cette affaire, je ne pouvais envisager de mettre d'office en mouvement l'action publique. »

Seize mois après son arrestation, Jean Lacombe se trouve toujours au « repos complet » et obligé de porter une ceinture suspensoire. La douleur l'empêchant de dormir, on lui administre calmant sur calmant. L'opération d'un testicule est même envisagée[1].

Dans la soirée du 17 janvier 1969, la brigade de la voie publique — encore elle — procède à l'arrestation de deux jeunes gens, Bernard Marcoccia et Georges Louchkevitch.

Ils sont conduits au quatrième étage du Quai des Orfèvres. Là, cinq inspecteurs s'occupent d'eux. Ils les font déshabiller et leur attachent les bras derrière le dos avec des menottes. Comme ils ne veulent pas reconnaître un certain nombre de vols commis au cours des derniers mois, les policiers se mettent alors à les frapper à coups de matraque en caoutchouc et avec un nerf de bœuf sur tout le corps, mais aussi à la tête.

Pour rendre encore plus raffiné ce supplice, ils les font mettre à genoux sur une règle et recommencent à les frapper.

Puis Bernard Marcoccia est conduit dans une autre pièce où on lui attache les bras avec une corde, en prenant soin de lui entourer les poignets avec des sacs en toile pour ne pas laisser trop de traces. Il est ensuite hissé au plafond jusqu'à ce que ses pieds ne touchent plus le sol.

Pendant près de deux heures, il est frappé sur les bras, les épaules, le ventre, les jambes et les parties sexuelles. Le lendemain, ses aveux n'étant pas jugés suffisants, les supplices recommencent.

Quand Marcoccia et Louchkevitch sont conduits à la prison de la Santé, ils sont en si mauvais état que le directeur, qui en a pourtant vu d'autres, les fait examiner par le docteur Pariente qui constate les traces de sévices et les fait soigner.

Pendant ce temps, la femme de Marcoccia, mère d'une petite fille, a été arrêtée, interrogée sur les activités de son mari, et frappée elle aussi. Elle est enceinte de plusieurs

1. Ce passage a fait l'objet d'une plainte en diffamation du ministre de l'Intérieur. Mais, le 28 mars 1973, la cour d'appel de Paris a relaxé l'auteur et l'éditeur du livre. (Voir p. 230.)

mois. Quelques jours plus tard, elle perdra l'enfant qu'elle attendait. Lorsqu'elle manifestera l'intention de porter plainte contre les policiers, on la menacera de lui retirer sa fille et de la placer à l'Assistance publique.

Le 12 février 1970, Marcoccia et Louchkevitch porteront plainte pour coups et blessures volontaires auprès de M. Magnan, juge d'instruction. Pourquoi cette plainte aussi tardive ? Parce qu'ils ignoraient qu'ils en avaient la possibilité. Ils s'étaient jusqu'ici contentés de faire connaître au procureur de la République les graves sévices qu'ils avaient subis. Un médecin, le docteur Bailly, était bien venu les examiner en prison un mois et demi après leur arrestation. Il avait relevé des traces de coups, mais les choses en étaient restées là.

La plainte qu'ils déposèrent eut l'effet de provoquer une enquête de l'Inspection générale des services, corps de police chargé de la surveillance des autres policiers.

Cependant, cette enquête devait assez rapidement aboutir à un classement sans suite. Aucune confrontation ne fut organisée, bien que Georges Louchkevitch ait reconnu sur photographies cinq des inspecteurs qui, selon lui, l'avaient torturé [1].

1. Lors de leur audition comme témoins dans le procès en diffamation intenté à l'auteur et à l'éditeur de ce livre, Marcoccia et Louchkevitch confirmèrent qu'ils avaient bien été l'objet de tortures au quai des Orfèvres (voir p. 230 à 235). Louchkevitch précisa même que les policiers l'avaient frappé sur tout le corps, alors qu'ils savaient qu'à la suite d'un grave accident de voiture, il avait eu 34 fractures. (Voir *le Figaro* du 8 mars 1973 et *le Monde* du 9 mars 1973.)

Lettre de M. Robert Servant, détenu à la maison d'arrêt de Versailles.

Versailles, le 28 août 1968

Monsieur,

Je suis incarcéré depuis le 12 mai 1967 à la suite de fausses déclarations qu'un nommé M. a faites sous la contrainte à la police judiciaire d'Argenteuil. Je dis bien sous la contrainte, car M. a subi le supplice de la baignoire, ainsi que l'un de ses camarades.

M. ne connaissait même pas mon nom avant que les policiers l'interrogent. Moi, je le connaissais tout juste de vue.

J'ai donc été interrogé à mon tour. C'était un après-midi. On m'a fait lire la déposition dudit M., afin que je me la mette bien dans la tête et le soir on m'a emmené, les yeux bandés, dans une pièce que j'ai d'ailleurs pu reconnaître en levant légèrement le bandeau qui recouvrait mes yeux dans un moment d'inattention des policiers. C'était la pièce où ils prennent les photos. Là, ils m'ont immobilisé sur un banc à l'aide d'une corde, puis l'un d'eux m'a appuyé la tête en arrière afin que la nuque porte bien sur l'arête du banc. De l'autre main il me bouchait le nez. J'étais donc forcé d'ouvrir la bouche pour respirer. A ce moment, un autre policier me mettait le goulot d'une bouteille entre les dents. J'étais bien obligé d'en avaler le contenu et les bouteilles vides se trouvaient aussitôt remplacées. Je mentirais si je citais le nombre de litres que j'ai ingurgités de cette manière, car je pensais à tout autre chose. L'eau passait aussi bien dans le système respiratoire que dans l'estomac. C'est d'ailleurs ce qui a dû provoquer les crachements de sang qui ont arrêté les policiers.

Ensuite, ils m'ont demandé de reconnaître les vols et de signer les mêmes déclarations que le nommé M., sinon la séance allait recommencer. J'ai refusé. Cela n'a pas empêché le juge d'instruction de m'inculper de ces vols.

Depuis seize mois je me trouve donc en détention...

Réponse de M. Paul Berthiau, chef de cabinet du ministre de la Justice, à la suite d'une intervention en faveur de Robert Servant :

Monsieur,

Vous avez bien voulu appeler l'attention de M. le Garde des Sceaux sur les conditions dans lesquelles les services de la police judiciaire d'Argenteuil auraient procédé à l'interrogatoire de MM. Servant, M... et V...

Cette affaire a été examinée très attentivement.

L'attention du parquet avait déjà été attirée sur cette question à la suite d'une lettre adressée par M. Servant à M. le Premier ministre et une enquête complète avait été effectuée en octobre 1967.

Loin de confirmer les allégations de l'intéressé, ces investigations tendent à les faire apparaître comme contraires à la vérité et n'ayant d'autre objet que d'étayer le système de défense adopté par cet inculpé dans l'affaire criminelle qui motive sa détention.

Je vous prie de croire..., etc.

Dans la nuit du 12 au 13 décembre 1967, Jean-Claude L. est arrêté à Paris dans la rue par des policiers en civil et conduit au commissariat du XIIIe arrondissement pour vérification d'identité.

Il se trouvait à proximité de l'endroit où venait d'avoir lieu un vol à main armée. Les policiers cherchent à lui faire avouer qu'il est bien l'auteur de ce vol. Jean-Claude L. nie. Pendant trois heures, il recevra des coups de pied, de poing et de matraque. Les policiers lui tordront les bras avec des menottes. On le suspendra par les cheveux.

Le 13 décembre au soir, il est cependant relâché et se présente à l'hôpital Cochin pour se faire soigner. Un médecin l'examine et constate dans un certificat que « M. Jean-Claude L. a été roué de coups et qu'il présente un traumatisme crânien et des marques de coups sur le thorax ».

Pendant un mois, il sera soigné à l'hôpital de la Salpêtrière. A sa sortie, il porte plainte auprès du préfet de police.

Le 15 février 1968, M. Gérard Vannier, conseiller technique à la préfecture, lui répond :

« Vous avez appelé mon attention sur le comportement de certains fonctionnaires de police à votre égard.

J'ai immédiatement prescrit une enquête au sujet des faits que vous me signalez.

A l'issue de cette enquête au cours de laquelle il vous sera éventuellement demandé de déposer, je ne manquerai pas de vous tenir informé de la suite qui sera réservée à votre réclamation, compte tenu des divers éléments recueillis. »

Jean-Claude L. est bien convoqué pour faire sa déposition, mais les semaines passent et rien ne se produit. Finalement l'affaire sera classée par le parquet.

Jean-Claude L. est d'une nature impulsive. Quand il reçoit cet avis de classement, il se rend à la préfecture de police et fait un tel scandale que le service du contentieux et des affaires juridiques lui promet une indemnisation. Il a, en effet, perdu son emploi de gardien de musée et est resté hospitalisé pendant de longues semaines. Il souffre encore des coups qu'il a reçus.

Dans l'immédiat, le bureau de secours de la préfecture lui verse une aide de 70 francs. Quelques jours plus tard, il reçoit un mandat de 1 200 francs, mais pour ne pas reconnaître les sévices infligés par ses policiers, la préfecture a inscrit au dos du mandat cette curieuse mention : « Règlement de l'accident du 13 décembre 1967. »

Jean-Claude L. ne s'estime pas suffisamment dédommagé du grave préjudice qu'il a subi et il se présente à nouveau à la préfecture de police. Mal lui en prend : le lendemain il est convoqué au commissariat de l'Odéon, puis embarqué pour le Quai de l'Horloge. On le gardera toute la nuit avec des déséquilibrés. Au petit matin, on lui fera comprendre que s'il continue à protester, il sera interné d'office à l'hôpital psychiatrique de Villejuif. L'affaire est définitivement classée.

Les arrestations

Il est minuit et quart. C'est le 4 juillet 1969. Dans la rue des Ecoles, quelques promeneurs sortent des cinémas ; des étrangers visitent le quartier Latin. (...)[1]

(...) L'autre est parti téléphoner. Des touristes qui sortaient de l'hôtel Oriental ont vu la scène. Ils s'étonnent de la brutalité de cette arrestation. « C'est un voyou, dit le policier, il vient de voler une moto. »

Le second policier est revenu. Le garçon est toujours étendu sur la chaussée, la face contre le sol. Les automobilistes qui passent ralentissent et regardent l'attroupement.

Un quart d'heure plus tard, deux cars de police sont là.

1. Passage ayant fait l'objet d'une condamnation sur plainte en diffamation du ministre de l'Intérieur. Pour la compréhension de cette affaire, voir annexe, p. 238.

Trois policiers chargent le garçon toujours évanoui et referment la porte. Deux inspecteurs en civil descendent du second car. Un étranger essaie de leur expliquer ce qui s'est passé et l'incroyable brutalité des deux agents qui ont procédé à l'arrestation.

« Vous vous trompez, dit l'un des inspecteurs. Vous avez mal vu. Il est tombé du premier étage. »

La rue des Ecoles est large et le corps était étendu au milieu de la chaussée. L'étranger feint de s'étonner que le garçon ait pu tomber d'une maison et se retrouver à cet endroit. L'inspecteur hausse les épaules : « Je vous le dis, vous avez mal vu. On l'a transporté ici pour qu'il puisse mieux respirer. »

(...)

(...)

1. Passage ayant fait l'objet d'une condamnation sur plainte en diffamation du ministre de l'Intérieur. (Voir p. 238.)

Le 24 janvier 1970, dans l'après-midi, le commissaire Féraud, nouvellement nommé à Romans-sur-Isère, se présente à l'hôtel Touvard, l'un des plus importants de la ville, et demande à consulter le registre sur lequel sont inscrits les clients.

M. Carle, propriétaire de l'hôtel, le lui présente. Le commissaire croit y relever une irrégularité et convoque M. et Mme Carle au commissariat. Ils s'y rendent et sont injuriés copieusement.

M. Carle est convoqué à nouveau, seul cette fois-ci, le 26 janvier. Dès son arrivée, il est pris à partie par le commissaire Féraud qui le frappe au visage en présence de plusieurs agents. M. Carle est épileptique. Les violences qu'il a subies provoquent chez lui une crise. Le commissaire Féraud le traite de simulateur, puis se décide enfin à appeler le docteur Chauvin, médecin légiste domicilié à Bourg-de-Péage.

Celui-ci constate dans les locaux mêmes du commissariat les blessures dont M. Carle est atteint. Il insiste pour qu'il soit immédiatement reconduit à son domicile afin d'y recevoir des soins. Il est alors environ 16 heures. Ce n'est qu'à 19 heures 30 que le commissaire Féraud autorise M. Carle à rentrer chez lui.

Dès le lendemain, M. Carle dépose une plainte avec constitution de partie civile contre le commissaire Féraud. Un juge d'instruction de Valence est chargé de l'affaire.

Depuis, il ne se passe pas de journée sans qu'ait lieu sous la direction du commissaire Féraud une descente de police à l'hôtel Touvard. Des agents armés de mitraillettes font brusquement irruption dans l'hôtel, obligent les clients à lever les mains, contrôlent leur identité, les fouillent et en embarquent certains dans le car de police qui démarre à grand bruit de sirène.

Des clients de passage ou demeurant à Romans ont été

l'objet de tels traitements. Ils ont consigné leur témoignage dans des attestations dont on peut extraire les passages suivants :

M. Joseph G., de Grenoble, se trouvait devant l'hôtel Touvard le 13 février 1970 vers 23 heures avec l'intention de prendre une chambre, car il était fatigué. « Un fourgon de police est arrivé, raconte-t-il, avec des agents, deux ou trois civils et un commissaire en grande tenue. Ce dernier m'a dit : « Haut les mains ! », m'a fouillé et m'a demandé mes papiers. Il me tenait « braqué » avec un revolver, tout au moins cela en avait l'air, car c'était à travers la poche de son habit. Un agent était derrière avec une mitraillette, bien visible celle-là. Le commissaire en personne, après m'avoir fouillé, m'a demandé où j'allais. Je lui ai répondu que j'allais demander s'il restait une chambre. Il m'a dit : « Pourquoi cet hôtel ? » Je lui ai fait remarquer que c'était le seul ouvert sur la place de la gare. Il m'a répondu : « C'est un lieu mal famé, je vous conseille d'aller plus loin. »

M. Alain F., de Romans, raconte, lui, comment il a été pris dans une rafle, alors qu'il consommait au bar de l'hôtel Touvard : « J'ai été emmené au commissariat dans le fourgon de police avec plusieurs autres personnes. Monsieur le commissaire, qui était en grande tenue, m'a reproché de me trouver dans un lieu mal famé. S'adressant à un entrepreneur de Saint-Didier-de-Charpey, il a lancé : Si je vous retrouve dans cet établissement, j'en avertis votre femme. »

L'entrepreneur de Saint-Didier-de-Charpey confirme les faits et ajoute : « Depuis la création de cet établissement, j'ai eu l'occasion de m'y rendre plusieurs fois et je n'ai jamais rien vu qui puisse le faire qualifier de mal famé. »

M. D., grand invalide de guerre, est entré le samedi 14 février vers 17 heures à l'hôtel en compagnie de M. F., boulanger à Bourg-de-Péage. « A 17 heures 15, monsieur le commissaire de police, accompagné d'un agent en civil, est entré dans le bar en criant : « Police, contrôle d'identité ! » et à l'adresse du patron, M. Carle : « Toutes les douzes heures, jusqu'à ce que mort s'ensuive ! » Nous avons présenté nos pièces d'identité. Deux jeunes gens de dix-huit à vingt ans qui venaient d'entrer et n'avaient pas de pièces d'identité, furent priés de monter dans le car de police. Or, ces jeunes gens étaient deux sportifs très connus dans la région. L'un d'eux avait, le matin même, eu sa photo dans le *Dauphiné libéré*. Ils ont été relâchés quelques minutes plus tard rue Jacquemart au bruit de la sirène de la voiture de police. »

M. Ferdinand R. d'Alixan, fidèle client de l'hôtel Touvard, se trouvait, lui aussi, le 14 février 1970 à l'hôtel dans la salle de billard. « Le commissaire m'a demandé mes papiers, je les lui ai montrés. M. C., professeur de lycée et entraîneur de l'équipe de rugby, jouait au billard. Il présente ses papiers. Le commissaire lui dit : « Je vous ai trouvé dans un lieu mal famé, je demande votre révocation. » Il s'ensuit une petite altercation entre le commissaire et M. C. Pendant ce temps, je reviens dans le bar où se trouvent d'autres clients. Le commissaire arrive, le patron de l'hôtel lui dit : « Il me semble que vous outrepassez un peu vos droits. » Le commissaire continue son chemin en chantonnant à plusieurs reprises : « Mon cul, c'est du poulet. »

M. Gérard C., commerçant à Saint-Donat, qui a assisté à la scène, confirme en tous points le précédent témoignage.

Les plus intéressantes déclarations sont celles de M. Robert Bertrand :

« Je suis employé chez M. Carle à l'hôtel Touvard à Romans depuis le début de septembre 1969 en qualité de directeur.

J'ai quarante-six ans, je suis très connu à Romans, étant ancien gendarme, aîné d'une famille nombreuse. Mes frères et sœurs jouissent de l'estime générale.

J'ai tenu deux commerces en gérance à Romans sans avoir jamais eu d'histoires. Il en est de même à l'hôtel Touvard où les clients du bar et de l'hôtel sont enchantés de l'accueil et de la bonne tenue de l'établissement. Personnellement, je suis très satisfait de mon employeur et de la très bonne marche de l'hôtel. Or, depuis quelques jours, avec l'arrivée du nouveau commissaire de police, nous sommes sujets à des contrôles d'identité envers les clients par des agents armés de mitraillettes, commissaire en tête. Des jeunes gens, fils de commerçants ou sportifs très connus, qui jouent au billard, sont embarqués dans le panier à salade, promenés en ville et relâchés au son de la sirène dans la rue la plus animée de Romans.

Il leur est reproché de fréquenter un lieu mal famé, il leur est conseillé de ne pas consommer dans cet établissement afin de faire baisser les recettes. Deux moniteurs d'éducation physique ont été menacés de révocation s'ils continuaient à fréquenter les lieux. Ces contrôles d'identité fréquents ainsi que les mauvaises paroles de M. le commissaire n'arrangent pas la renommée du Touvard. Romans étant une petite ville, les bruits les plus divers circulent.

Nous sommes une dizaine d'employés, nous attendons plusieurs cars de touristes étrangers pour les fêtes de Pâques et je pense que si ces agissements continuent, ils vont nuire à la renommée de la ville et de notre établissement, car la surveillance exagérée dont nous sommes l'objet de la part des services de police de Romans est vraiment injustifiée. »

Saisie par Mᵉ Louis Campouropoulos, l'avocat de M. Carle, la Ligue des droits de l'homme signale les faits au ministre de l'Intérieur et au préfet de la Drôme.

M. Marcellin ne répond pas ; quant au préfet de la Drôme, M. Jacques Patault, dans une lettre du 27 mars 1970, il réplique :

« Ne fréquentant pas habituellement l'établissement de M. Carle, je me garderai bien personnellement de porter un jugement sur son honorabilité, ainsi que sur celle de ses clients...

J'ignore si, en témoignant toute cette sollicitude à l'égard de cette personne, vous étiez exactement informé de la réalité des faits.

Quant à ceux-ci, croyez bien que j'y veille personnellement ; je crois savoir qu'en ce qui concerne la plainte pour coups et blessures déposée par les défenseurs de M. Carle, le parquet n'a pas l'intention de lui donner suite.

Par ailleurs, si quelques personnes séjournant dans cet hôtel ont vivement protesté pour avoir été contrôlées, et par conséquent identifiées en ce lieu, je puis vous assurer que la plus grande partie de la population romanaise n'éprouve au contraire que satisfaction à voir enfin suivi de près le commerce de M. Carle.

Compte tenu de votre intervention, soyez sûr néanmoins que je veillerai de plus près encore sur l'activité de l'hôtel Touvard et sur les modalités du contrôle qu'il m'apparaît opportun de maintenir sur ce dernier... »

Il faut tourner sept fois sa plume dans l'encrier avant d'écrire. Pour ne pas avoir suivi ce précepte et avoir voulu « couvrir » à tout prix le commissaire Féraud, le préfet de la Drôme doit se trouver aujourd'hui dans une fâcheuse posture.

Quelques mois plus tard, tout le monde est, en effet, fixé sur le commissaire Georges Féraud.

« Il y avait à Romans, écrit Bernard d'Api dans *l'Aurore* du 28 septembre 1970, un commissaire de police qui se croyait au Far-West et qui se prenait pour un shérif. Il pensait être autorisé à employer des méthodes violentes pour « faire régner l'ordre », et les « passages à tabac » étaient monnaie courante au commissariat de Romans, à tel point que même les citoyens les plus respectueux de l'application stricte de la loi ont fini par s'émouvoir. »

« En quelques semaines, écrit Yvon Le Vaillant dans *le Nouvel Observateur*, Romans était devenue la ville dont le prince est un commissaire de police. Un prince noiraud. Né à Lyon. Fils et petit-fils de militaires, il avait passé sa jeunesse dans les colonies françaises. Il s'était rempli la tête aux lycées de Tananarive, Dakar, Saint-Louis du Sénégal... Licencié en droit, études supérieures de Droit public, diplômé de l'Institut de police scientifique et diplômé de législation musulmane, il avait fourbi ses armes sur le terrain, à Alger, Tamatave, Tananarive. Chef de la sûreté urbaine, sous-chef de la police judiciaire territoriale, commissaire à Dunkerque, Caen, Saint-Etienne, voici maintenant qu'il régnait à Romans. C'était sa nouvelle colonie. »

A peine arrivé à Romans en janvier 1970, il avait déclaré qu'il allait « nettoyer » la ville des 70 % de voyous qui la pourrissaient. « Ce qu'il faut, disait-il, c'est une sulfateuse. »

Et dès lors la terreur avait régné à Romans. Le commissaire avait commencé par les automobilistes. Une pluie de contraventions pour stationnement irrégulier, usage d'avertisseur et feux non respectés s'était abattue sur les Romanais.

Ensuite il s'était attaqué aux bars, cafés et hôtels de la ville où se cachaient selon lui « les canailles de tout poil ». L'hôtel Touvard était loin d'être le seul touché. Le commissaire était infatigable dans ses rafles. A toute heure du jour et de la nuit, il était là, dans son uniforme noir, accompagné d'agents armés de mitraillettes.

Un soir, il arrive avec toute sa troupe au café *Le Négociant*, près de la gare. L'arrière-salle est pleine à craquer. Le coup de filet promet d'être fructueux. On embarque tout le monde dans le car de police. Mais au commissariat la surprise est de taille : les suspects sont des membres de l'Amicale des sous-officiers de réserve qui tenaient un banquet.

Le commissaire ne se déclare pas battu pour autant. Il décrète que tous les cafés et boîtes de nuit seront fermés à une heure du matin. Une seule exception : un cabaret, *Le Lautrec*, qui, comme par hasard, est le lieu de rendez-vous habituel des gaullistes de Romans.

Les contrôles d'identité se multiplient dans les rues de la ville. Pour toute infraction, même la plus minime, les agents ont ordre de verbaliser. Le commissaire met lui-même la main à la pâte. Le regard noir et l'air vengeur, on le voit partout. On l'a surnommé « le SS » ; des inscriptions apparaissent sur les murs. Il s'en fiche et continue ses descentes nocturnes et ses passages à tabac. Les victimes sortent le visage en sang du commissariat, mais elles hésitent à porter plainte comme l'a fait M. Carle, le propriétaire de l'hôtel Touvard. « D'ailleurs, dit-on à Romans, ça ne sert à rien, le commissaire a des appuis. » Le préfet et le député, tous deux gaullistes, le « couvrent » à qui mieux mieux. Lui-même se plaît à répéter qu'il n'y a personne au-dessus de lui, en dehors de son ami Marcellin.

Sûr de son impunité, le commissaire Féraud va cependant aller trop loin et ses protecteurs seront obligés de l'abandonner.

Il commence par traiter de « milicien » M. Paul Deval, l'ancien maire de Romans, qui a participé activement au maquis du Vercors. C'en est trop, M. Deval porte plainte pour diffamation.

Le 10 juin 1970, c'est la goutte d'eau qui fait déborder le vase. A un feu rouge de Romans, deux voitures et un camion sont arrêtés. Le feu passe au vert, la première voiture redémarre, la seconde reste à l'arrêt. Derrière, dans son camion, M. Felice Quercia, marchand de légumes à Grenoble, commence à s'impatienter. Il klaxonne. Le conducteur de la voiture descend en trombe, bondit sur le marchepied du camion et exige les papiers de M. Quercia. Celui-ci lui demande de quel droit. L'autre exhibe alors une carte barrée de tricolore. C'est le commissaire Féraud. M. Quercia sort ses papiers, le commissaire les lui arrache des mains et l'invite à le suivre au commissariat.

Là, fidèle à ses habitudes, le commissaire le roue de coups pendant une heure, puis lui fait signer une déclaration de refus de se soumettre à des vérifications d'identité.

Quand M. Quercia revient à son camion où l'attendent deux amis, il a le visage ensanglanté et les vêtements déchirés. Les deux amis se rendent au commissariat et demandent ce qui s'est passé. « Ce n'est rien, répond le commissaire, il s'est légèrement blessé en tombant dans l'escalier. »

De retour à Grenoble, M. Quercia fait constater son état par un médecin, puis porte plainte contre le commissaire Féraud.

Il est cependant poursuivi pour outrage à un commissaire dans l'exercice de ses fonctions. Mais les témoignages en sa faveur sont tels que le tribunal de Valence ne peut que l'absoudre et déplorer les « agissements » du sieur Féraud.

Dès lors, les protecteurs du commissaire préfèrent prendre leurs distances. Le commissaire Féraud profite des vacances pour tomber malade. Pendant son congé maladie, il n'est pas muté officiellement, mais on ne le revoit pas à Romans.

Aux dernières nouvelles, il serait à Clermont-Ferrand.

Le 24 avril 1968, vers 15 heures 30, M. Aubin Mathurin, directeur de l'auto-école Saint-Christophe à Montpellier, raccompagne jusqu'à son siège, rue des Sœurs-Noires, un élève auquel il vient de donner une leçon.

La rue des Sœurs-Noires présente cette particularité d'être interdite dans un sens à la circulation entre 15 et 19 heures ; mais un arrêté municipal du 23 août 1967 précise que cette interdiction ne concerne pas les riverains.

M. Mathurin arrête donc sa voiture devant le bureau de l'auto-école et fait descendre son client. Il se dispose à repartir pour garer sa voiture dans la rue Gagne-Petit où il possède un garage. C'est alors que surviennent deux agents de police à bicyclette, les sous-brigadiers Cabanes et Yrles, qui suivaient la voiture à une vingtaine de mètres. Ils s'approchent du conducteur et lui signalent qu'il circule en sens interdit. M. Mathurin répond que le sens est effectivement interdit, mais qu'il y a un arrêté municipal qui dit « sauf pour les riverains ». Le sous-brigadier Yrles n'accepte pas cette exception et fait remarquer qu'aucun panneau ne l'indique, alors qu'un panneau de sens interdit existe bel et bien. M. Mathurin arrête le moteur de sa voiture et propose d'aller chercher le texte de l'arrêté municipal. Les deux agents refusent. Le ton monte. M. Mathurin dit : « Je suis moniteur d'auto-école et je suis payé pour connaître la réglementation. » Aux fenêtres de la rue apparaissent des têtes curieuses. Le sous-brigadier Yrles, ne voulant pas perdre la face, s'écrie : « Montrez-moi vos papiers ! » Son collègue sort de sa poche un carnet. A ce moment, M. Mathurin effectue une manœuvre pour se garer ; l'un des sous-brigadiers s'accroche à sa portière, l'autre se place devant la voiture. M. Mathurin descend et répète qu'il n'a commis aucune infraction et qu'il veut d'abord aller garer sa voiture

Des voisins sont descendus dans la rue, un attroupement

commence à se former. « Il est fou celui-là ! » lance l'un des agents. M. Mathurin prend à témoin une voisine qu'on l'a traité de fou.

Les policiers décident d'en finir : « Vous montrez vos papiers ou on vous emmène au poste. » M. Mathurin n'a guère le temps de répondre. Le sous-brigadier Cabanes l'attrape par le col de sa veste et l'entraîne de force avec l'aide de son collègue. Mme Mathurin sort alors du bureau de l'auto-école et proteste contre cette arrestation. Des curieux accompagnent le groupe. M. Mathurin tente vainement une nouvelle fois d'expliquer qu'il n'a commis aucune infraction, que l'arrêté du maire est formel. Il essaie également de se dégager. On le fait entrer en le tenant toujours par le col de sa veste dans le poste de police du quartier. La porte est refermée, tous les autres restent dehors. Mme Mathurin parviendra cependant à entrer dans le poste et son mari lui demandera de téléphoner à son avocat pour le prévenir de ce qui lui arrive. Les agents, de leur côté, téléphonent au commissariat central et demandent qu'on leur envoie immédiatement un car de police. Quelques instants plus tard arrive un fourgon conduit par l'agent Connac.

On charge M. Mathurin, toujours accompagné de ses deux cerbères. Sa femme veut, elle aussi, monter dans le fourgon, mais elle est repoussée. Le fourgon démarre vers le commissariat central et, à partir de là, les versions divergent.

M. Mathurin affirme que le fourgon arriva dans la cour du commissariat, après avoir pris en cours de route un agent de police chargé de la circulation. On le fit descendre dans la cour et entrer dans une salle dite « de la police de la voie ». Là, l'un des agents lui demanda ses papiers d'identité. Il présenta sa carte d'ancien combattant et son permis de conduire. Alors que l'agent relevait le numéro et la date du permis de conduire, M. Mathurin lui fit remarquer qu'il inscrivait une date postérieure à celle d'origine, car le permis avait été renouvelé. L'agent se fâcha et lança : « Vous n'allez tout de même pas m'apprendre mon métier ! » C'est alors que survint le brigadier de poste Clanet qui s'écria :

« Il n'est pas content celui-là ? Qu'est-ce qu'il a ? » et, se tournant vers M. Mathurin : « Vous commencez sérieusement à nous faire ch... ! Il y en a marre ! » Et il lui envoya un grand coup de poing dans le nez. L'agent Cabanes, qui se trouvait tout près, vint à la rescousse et tous deux se mirent à frapper M. Mathurin sur la tête. Il reçut notamment un violent coup de poing sur l'oreille gauche qui le rendit sourd. A l'instant même, le sang se mit à couler abondamment.

Le brigadier le saisit alors par le col de sa veste, l'entraîna jusqu'au lavabo et lui ordonna de se laver. Il refusa en disant que l'eau était sale et qu'il ne voulait pas s'infecter.

Le brigadier n'insista pas et M. Mathurin put sortir dans la cour s'éponger avec son mouchoir. Il resta là près d'une heure, sous la surveillance de l'un des agents. Puis on lui signifia qu'il était gardé à vue. On lui retira alors sa cravate, ses lacets de chaussures et le contenu de ses poches.

Il resta jusqu'aux environs de 18 heures, enfermé dans une cellule. Le commandant de la police de Montpellier vint en personne au poste. A travers les grilles, M. Mathurin, qui le connaissait, lui fit part des raisons de sa présence au poste. Le commandant se contenta de dire qu'il vérifierait si les riverains avaient le droit de circuler dans la rue des Sœurs-Noires.

Un brigadier de police vint ensuite le prévenir qu'il allait être présenté au commissaire du 2e arrondissement. Quelques instants plus tard, il était dans le bureau du commissaire-adjoint Lautard. Celui-ci lui indiqua les faits qui lui étaient reprochés par les deux agents : circulation en sens interdit, refus de présenter ses papiers, rébellion et outrages à agents de la force publique.

On lui lut en entier le rapport du sous-brigadier Cabanes qui était rédigé en ces termes :

« J'ai l'honneur de vous rendre compte de ce que, ce jour, à 15 heures 40, de patrouille en compagnie de mon collègue Yrles dans la rue Saint-Paul, nous remarquions rue des Sœurs-Noires une voiture Simca n° 383 MM 34 se trouvant en stationnement devant le bureau de l'auto-école, tournée en sens interdit.

Le sous-brigadier Yrles interpella le conducteur de ce véhicule et lui fit remarquer qu'il avait circulé en sens interdit. Il a contesté avec véhémence, indiquant que cela ne le concernait pas et qu'il connaissait les arrêtés mieux que nous.

Nous avons demandé à ce monsieur de nous présenter ses pièces d'identité, en lui faisant remarquer qu'aucune mesure restrictive au sens interdit ne se trouvait placée sur le panneau de signalisation. Il s'est catégoriquement refusé à nous présenter ses pièces, est monté dans son véhicule et, le mettant en marche, l'a mis en travers de la rue, obstruant cette dernière d'une façon volontaire. Sur interpellation, refusant à nouveau de nous donner son identité, nous l'avons prié de nous suivre au commissariat du Théâtre. Sur sa réponse négative, nous avons dû nous emparer de sa personne et le faire suivre de force.

Tout le long du trajet, il nous a injuriés, nous traitant d'incapables, ainsi que sa femme qui nous suivait à distance. Il nous a aussi menacés d'user à notre encontre de ses relations, disant notamment : « Avant qu'il ne soit trop tard, laissez tomber cette affaire. Si vous insistez, vous verrez ce qui va vous arriver ! Parce que, moi, je pousserai ! »

Il tentait par tous les moyens d'attirer la foule, créant un scandale, nous tournant en ridicule. Il se débattait pour se dégager, mais il n'a pas tenté de nous frapper.

Arrivé au poste du Théâtre, il a maintenu son attitude et nous avons fait appel au chef de poste pour qu'il nous fasse venir le fourgon. Ce qui a été fait par le chauffeur Connac.

Sa femme, qui avait pénétré à l'intérieur du poste, nous criait toujours après. Dans le fourgon, où nous n'avons pas permis à la femme de pénétrer, cet individu a continué à crier et à se débattre, menaçant de descendre en marche. C'est ainsi qu'au cours d'une manœuvre en rentrant au commissariat central, il a perdu son équilibre et s'est heurté le nez contre les parois du fourgon, provoquant une légère hémorragie nasale.

Nous l'avons immédiatement conduit dans le bureau de la voie publique où le brigadier Clanet est venu nous rejoindre quelques instants après, pour avoir des renseignements. Ce dernier a accompagné l'homme au lavabo pour qu'il se lave, mais il a refusé catégoriquement en disant que l'eau était empoisonnée.

Sur les conseils de notre chef, après son identification, il a été présenté au commissariat du 2e arrondissement pour être entendu par monsieur l'officier de police Lautard, retenant à son encontre les menaces, outrages et rébellion. »

C'est en termes à peu près identiques que le sous-brigadier Yrles relate les faits. Sur le point le plus important, celui des blessures de M. Mathurin, il déclare : « L'homme a continué à se débattre, car nous le tenions puisqu'il menaçait de descendre du fourgon en marche. Il a perdu, dans une manœuvre, son équilibre et s'est légèrement touché au nez en se heurtant contre le fourgon.

J'estime, ajoute-t-il, que l'attitude de cet homme est inconcevable de la part d'un directeur d'auto-école. Je précise que notre attitude a toujours été calme, mais ferme et d'une parfaite correction envers ce délinquant. »

M. Mathurin n'accepte pas cette version des faits. Il affirme qu'il n'a pas injurié les policiers. Il a simplement dit : « Si vous continuez cette affaire, moi aussi je continuerai. » Il ne s'est pas débattu dans le fourgon. Il n'a jamais cherché à en descendre en marche. Cela pourrait d'ailleurs être confirmé par le policier qui est monté dans le fourgon en cours de route. Il affirme également qu'il n'a jamais perdu son équilibre dans le fourgon et ne s'est donc pas blessé au nez.

Il demande à l'officier de police de venir constater avec lui qu'il n'y a aucune trace de sang dans le fourgon, alors qu'on peut en trouver au poste de police.

Tout le monde se rend donc dans la salle de la voie publique. M. Mathurin désigne une tache au sol. Mais l'officier Lautard considère que le sol est propre et que l'on ne peut pas dire qu'il y ait des traces de sang. M. Mathurin répond que le sol de la salle a été lavé, mais les sous-brigadiers Nozières et Portal qui sont présents attestent que le sol de la pièce est sec.

Dans le fourgon, par contre, à la grande surprise de M. Mathurin, il y a des traces de sang sur le tour de la vitre droite, ainsi que sur le dossier et le siège de la banquette.

M. Mathurin demande alors que des prélèvements de sang soient effectués pour déterminer s'il s'agit bien du sien. L'officier de police lui fait remarquer que cela entraînera des frais considérables. M. Mathurin s'engage à payer tous les frais. On fait alors venir un spécialiste de l'Identité judiciaire qui procède à des prélèvements à l'intérieur du fourgon et dans la salle de la voie publique où M. Mathurin a trouvé une petite tache de sang séché près du pied d'une table. Du sang est également relevé dans la cour.

Tous ces prélèvements sont placés sous enveloppes cachetées par le spécialiste de l'Identité judiciaire et les enveloppes sont signées par M. Mathurin.

Il est alors 20 heures 05. M. Mathurin, qui était placé en garde à vue depuis 17 heures 10, est remis en liberté avec avis de se tenir à la disposition constante du procureur de la République de Montpellier.

Il se rend directement chez son avocat, Me Robert Divol, qui lui conseille d'aller voir immédiatement un médecin. Le docteur Chassing l'examine et constate des ecchymoses, un hématome et un œdème du nez avec inflammation des muqueuses des deux narines et des traces de sang, notamment des caillots dans la fosse nasale gauche. Dans le certificat qu'il rédige, il constate également une douleur à la palpation de la région maxillaire supérieure gauche et une gêne à l'ouverture de la bouche ainsi qu'aux mouvements de mastication.

Il note également que M. Mathurin présente une baisse importante de l'audition de l'oreille gauche.

Cet état nécessite, selon le docteur Chassing, un repos de quatre jours sauf complications. Des radiographies devront être pratiquées et une consultation auprès d'un spécialiste oto-rhino-laryngologiste demandée le plus rapidement possible.

Le surlendemain, M. Mathurin est examiné par le docteur Camps, spécialiste O.R.L. Celui-ci constate l'existence dans l'oreille gauche d'une « importante ecchymose du tympan avec perforation par éclatement de celui-ci ». Il existe encore un caillot dans le conduit.

Le docteur Camps diagnostique également un œdème à l'angle gauche de la mâchoire, un empâtement avec œdème dans la région des os du nez. Les fosses nasales sont encore encombrées de caillots. On aperçoit une fissure très nette dans la cloison du nez.

En conclusion, il précise que l'origine traumatique de ces lésions est indiscutable. L'importance des lésions du tympan explique parfaitement la baisse auditive, le sifflement et le vertige éprouvés par M. Mathurin.

« Si les anomalies du nez et de l'angle gauche de la mâchoire se cicatriseront sans doute sans séquelle, il n'en sera certainement pas de même, conclut-il, des lésions de l'oreille gauche pour lesquelles les plus grandes réserves doivent être faites. »

Le 2 mai 1968, M. Mathurin adresse au procureur de la République de Montpellier une plainte pour abus de pouvoir, voies de fait et coups et blessures ayant entraîné une incapacité de travail.

Ce n'est que vers la fin du mois de mai que le rapport de la police parvient au parquet. Il a été augmenté d'un certain nombre de procès-verbaux. On a notamment interrogé Mme Barrel, une voisine qui a assisté à l'arrestation de M. Mathurin, et qui précise qu'aucun coup et aucune injure n'ont été échangés de part et d'autre dans la rue. De son côté, M. Pecarrère, l'élève qui se trouvait dans la voiture de M. Mathurin, indique qu'un agent a dit à celui-ci : « Monsieur, vous êtes fou ! », mais d'un ton exclamatif et non affirmatif. Au cours de la discussion, il n'a entendu aucune injure ou grossièreté de part et d'autre. Par ailleurs, il n'a été le témoin d'aucune brutalité, « dans la mesure où le fait de prendre quelqu'un par le col de sa veste n'est pas considéré comme une brutalité ».

Le sous-brigadier Cabanes, mis directement en cause par M. Mathurin, a été de nouveau entendu. Il maintient sa précédente déposition, mais ajoute : « M. Mathurin ment quand il déclare que nous l'avons frappé dans la salle de la voie publique au commissariat central. Il ment quand il m'accuse et quand il accuse le brigadier Clanet. Je n'ai pas frappé cet homme. Le brigadier Clanet ne l'a pas frappé en ma présence. Aucun de mes collègues ne l'a frappé en ma présence. Il s'est touché au nez dans le fourgon en heurtant le côté droit quand nous le maîtrisions. Il a toujours voulu créer un scandale et nous mettre en difficulté, il était furieux d'avoir échoué en cela. Il invente cet acte de brutalité de notre part pour nous porter préjudice et pour se venger. Il a bien taché de sang le fourgon. Sur le sol de la cour du commissariat et dans la salle de garde à vue, c'est du sang qui coulait de son nez qui est tombé sur le sol. Je ne comprends pas l'attitude de cet homme, car nous avons toujours été corrects avec lui. »

Quant au brigadier Clanet, accusé par M. Mathurin de lui avoir porté le premier coup, il déclare qu'il classait des papiers dans un bureau quand il vit arriver le fourgon dans la cour du commissariat, puis descendre les sous-brigadiers Cabanes et Yrles ainsi qu'un individu qui tenait un mouchoir à hauteur de sa bouche.

Il se rendit dans le bureau de la voie publique et remarqua quelques taches de sang à l'entrée et à l'intérieur du bureau. Les deux sous-brigadiers lui expliquèrent alors que M. Mathurin s'était rebellé et que la force avait dû être employée pour le maîtriser. C'est ainsi qu'il s'était blessé au nez au cours d'une manœuvre en arrivant au commissariat.

« Je tiens à signaler, ajoutait le brigadier Clanet, que le nommé Mathurin se trouvait fort excité et menaçait verbalement les agents. Je lui demandai de bien vouloir se calmer et l'invitai ensuite à se laver, ce qu'il refusa avec la plus grande énergie. Voyant cela, je le pris par le bras et l'accompagnai de force dans le local où se trouvent les douches et un lavabo pour qu'il puisse se rincer le nez et les mains. Il refusa encore avec force gestes et en prétextant même : « Votre eau est empoisonnée, je vous connais. »

Je suis persuadé, concluait le brigadier, que par sa déclaration et ses manœuvres, M. Mathurin, qui a toujours, par son attitude irrévérencieuse et arrogante, tenté de créer un incident et des difficultés à nos services de police, tente de jeter à nouveau le discrédit sur notre fonction. »

L'agent Grasseau, celui qui monta dans le fourgon en cours de route, indique qu'à la hauteur de la rue des Etuves, M. Mathurin s'est brusquement dressé pour se jeter vers la porte arrière, comme pour sauter en marche du fourgon. Les deux sous-brigadiers « l'ont ceinturé et rabattu vers les sièges où ils l'ont maîtrisé et maintenu sur le siège de droite ».

« Il est fort possible que dans cette action, conclut l'agent Grasseau, l'homme ait heurté la paroi du fourgon. Je n'ai pas participé à cette affaire. Arrivé au commissariat central, je suis descendu et ai regagné mon propre service. »

Curieuse coïncidence : une quinzaine de jours auparavant, l'agent Grasseau avait déjà voulu dresser contravention à M. Mathurin pour circulation en sens interdit dans la rue des Sœurs-Noires. M. Mathurin lui avait répondu que le sens interdit ne concernait pas les riverains. L'agent de police reconnaît que « le ton de la conversation avait été calme et courtois ». « J'ai dit à M. Mathurin, ajoute-t-il, que je procéderais à une vérification et que si l'arrêté restrictif existait réellement, je ne dresserais pas contravention. J'ai vérifié : *cet arrêté existe.* »

Après avoir examiné cet ensemble de dépositions, le procureur de la République décide de classer l'affaire sans suite et de ne pas poursuivre les agents de police.

Pour l'amener à revenir sur cette décision, Mᵉ Divol, l'avocat de M. Mathurin, fait alors parvenir au procureur une note détaillée où il relève les contradictions des déclarations des policiers.

Selon les deux agents, M. Mathurin, pris au collet et amené de force au commissariat du Théâtre, n'aurait cessé de les injurier tout au long du chemin, tentant d'attirer l'attention de la foule pour créer un scandale. Or, les deux témoins, Mme Barrel et M. Pecarrère, précisent que M. Mathurin n'a injurié à aucun moment les agents.

Les mêmes agents affirment que M. Mathurin aurait tenté de se jeter hors du fourgon en marche et se serait ainsi « légèrement » blessé au nez, ce qui aurait amené une hémorragie nasale ayant taché le fourgon.

Or le sous-brigadier Grasseau, monté en cours de route, s'il ne dément pas la version de ses collègues, se contente d'ajouter : « Il est fort possible qu'il ait heurté la paroi. » Ce sous-brigadier, assis à côté de M. Mathurin, n'aurait donc pas vu le heurt et, chose plus invraisemblable encore, n'aurait pas remarqué que M. Mathurin saignait au point de tacher le fourgon.

En outre, les agents Cabanes et Yrles ne font état que d'un seul heurt léger au nez. Comment alors expliquer le coup violent reçu à l'oreille, qui a perforé le tympan et entraîné la perte de l'audition ?

En ce qui concerne la présence de sang dans le bureau du commissariat central, les policiers se contredisent également gravement.

Le brigadier Clanet, directement mis en cause par M. Mathurin, indique qu'en arrivant dans le bureau, il a remarqué des taches de sang à l'entrée et à l'intérieur de celui-ci. De son côté, l'agent Cabanes déclare : « Dans la salle de garde à vue, c'est du sang qui coulait du nez de M. Mathurin qui est tombé au sol. »

Or, quand l'officier de police Lautard se rend dans la salle avec M. Mathurin, « le sol est propre et il n'est pas possible de dire qu'il y a une trace de sang ». M. Mathurin fait alors remarquer que le sol de la salle a été lavé ; mais les sous-brigadiers Portal et Nozières déclarent que le sol de la pièce est sec.

Il est pourtant évident que les traces de sang ont été effacées entre-temps. Alors, pourquoi ce mensonge ?

En ce qui concerne les taches de sang relevées dans le fourgon, M. Mathurin a toujours affirmé qu'il ne pouvait s'agir de son sang. Des prélèvements ont été effectués, mais à la date du 27 mai 1968 les analyses n'ont toujours pas été faites.

En s'appuyant sur ces éléments, M. Mathurin adresse une nouvelle plainte au procureur de la République. Comme la première, elle est rejetée.

Il ne lui reste plus qu'à se porter partie civile pour provoquer la réouverture du dossier.

C'est ce qu'il fait le 24 février 1969 en joignant à sa plainte un nouveau certificat du docteur Camps, qui précise qu'il a donné ses soins à M. Mathurin du 26 avril au 27 mai 1968, soit pendant un mois, pour traitement du traumatisme subi le 24 avril. « Je puis assurer, ajoute-t-il, que les lésions constatées chez M. Mathurin rendaient absolument impossible toute activité professionnelle pour une durée de dix jours minimum. »

Toute plainte avec constitution de partie civile doit être accompagnée d'une consignation pour frais d'enquête et d'expertise. Dans l'affaire qui nous préoccupe, le doyen des juges d'instruction fixe la consignation au chiffre considérable de 3 000 F. L'avocat de M. Mathurin tente de faire ramener cette consignation à un chiffre plus raisonnable, mais le juge d'instruction reste inflexible.

M. Mathurin verse cependant la consignation. Le juge d'instruction, M. Daumont, le convoque le 28 avril 1969 et lui fait savoir qu'il demande au médecin légiste d'examiner les échantillons de sang que l'on a enfin retrouvés au greffe du tribunal. Il prévient donc M. Mathurin qu'il devra se soumettre à une prise de sang pour que la comparaison soit possible.

Or, lorsqu'il est convoqué par les deux experts, M. Mathurin est surpris d'être soumis à un examen médical complet, au lieu d'une simple prise de sang.

Malgré le certificat du docteur Camps qui estimait l'incapacité totale à dix jours au moins, les experts considèrent que la durée de l'incapacité totale de travail éprouvée par M. Mathurin du fait des violences qu'il aurait subies n'a pas excédé huit jours, c'est-à-dire que les faits ne relèvent que du tribunal de simple police et non du tribunal correctionnel. Ils sont de plus amnistiés et les policiers n'auront même pas à comparaître devant la justice.

En ce qui concerne les échantillons de sang, les experts ont constaté qu'ils étaient tous trois d'origine humaine, mais n'ont pu déterminer s'ils étaient ou non du même groupe, en raison de leur ancienneté.

Le rapport de cette expertise effectuée le 6 mai 1969 n'est curieusement déposé que le 16 février 1970, après une intervention de la Ligue des droits de l'homme auprès du procureur de la République de Montpellier.

Sa lecture ne manque pas de surprendre M. Mathurin et son avocat, qui s'empresse de rédiger un mémoire en réponse.

« Il eût été souhaitable, écrit Mᵉ Divol, que M. Mathurin puisse être assisté, lors de l'expertise médicale, d'un spécialiste oto-rhino-laryngologiste, d'autant plus que les experts n'étaient pas spécialisés dans ce domaine.

Il en résulte qu'il n'y a pas concordance entre les constatations et avis motivés que donnent les médecins traitants de M. Mathurin, en particulier le docteur Camps, chef de clinique O.R.L., dont la compétence est indiscutée, et les conclusions des experts qui n'ont pas utilisé les moyens et méthodes indispensables à cette spécialité et ont procédé à leur examen plus d'un an après les brutalités subies par M. Mathurin.

Or, le docteur Camps avait diagnostiqué la nécessité d'un arrêt total de travail de dix jours au moins. C'est cette incapacité totale qu'il faut retenir ou bien désigner à titre d'experts des spécialistes O.R.L. »

En ce qui concerne l'examen des échantillons de sang auquel les experts ont procédé, il appelle, selon Mᵉ Divol, les plus vives réserves.

« Il est tout d'abord regrettable, écrit-il, que les experts aient cru devoir ouvrir les scellés et procéder à l'examen des échantillons dans le secret des laboratoires sans que M. Mathurin ait pu le savoir et apporter éventuellement le concours ou l'avis des spécialistes qu'il avait consultés sur ce problème.

La partie du rapport d'expertise qui concerne l'analyse sanguine se ramène à trois lignes qui indiquent, que des recherches effectuées, il résulte que les trois sangs prélevés sont d'origine humaine, mais que leur ancienneté n'a pas permis de déterminer s'ils étaient ou non du même groupe antigène. On ignore totalement quels procédés, quelles méthodes ont été utilisés et il n'est fourni aucun compte rendu de résultats.

Or, sans être spécialiste, poursuit Me Divol, il est connu que l'on est arrivé à déterminer le groupe sanguin des momies égyptiennes. Techniquement, il existe une multitude de méthodes d'investigations qui ne paraissent pas avoir été utilisées. »

Et, s'appuyant sur les ouvrages de base et le cours de M. Sauvageot, professeur d'hématologie de la faculté de médecine de Paris, Me Divol cite notamment les méthodes physiques telles que la spectro-photo-colorimétrie qui différencie les sangs d'après leur intensité de coloration.

« Sur le plan même de la méthode classique de recherche de groupes sanguins, l'investigation selon les techniques actuelles doit obligatoirement aboutir, quelle que soit l'ancienneté du sang. Parmi les diverses méthodes possibles, il en est au moins une qui est efficace, puisque l'Institut d'hématologie de Montpellier a indiqué à M. Mathurin, dans une lettre du 11 mars 1970, qu'on peut déterminer le groupe sanguin ABO ou rhésus de sang ancien. »

En conséquence, l'avocat de M. Mathurin demande donc qu'un expert hématologue soit désigné pour procéder à l'examen comparatif des sangs.

La réponse du juge d'instruction est d'ordre matériel. Il demande une nouvelle provision de 2 000 F pour faire procéder à la suite de l'enquête. De nouveaux experts sont enfin désignés. Ils ne se prononcent pas sur l'origine du sang, mais concluent que la perforation du tympan gauche de M. Mathurin « ne peut s'expliquer que par un coup porté directement sur l'oreille et ne peut en aucun cas avoir été occasionnée par une chute ». Dans ces conditions, le juge d'instruction est bien obligé d'inculper le brigadier Clanet et les sous-brigadiers Yrles et Cabanes de coups et blessures volontaires. Le 18 février 1971, ils sont renvoyés devant le tribunal de police de Montpellier.

L'audience est fixée au 4 mars 1971, mais le tribunal ne peut que constater que les policiers bénéficient de plein droit de l'amnistie de juin 1969 et ne peuvent donc plus être condamnés.

Cette affaire que j'ai jugé bon de développer dans ses détails montre quelles difficultés rencontre un particulier qui porte plainte contre des policiers. Il se heurte le plus souvent à l'impossibilité de fournir un témoignage sur la façon dont les choses se sont passées, pour la bonne raison que les seules personnes présentes dans un commissariat sont généralement des policiers. Quant aux autorités judiciaires, elles font très souvent tout pour classer les plaintes et éviter les désagréments à la police. C'est donc à une véritable coalition que doit s'attaquer le plaignant. Comme dans le cas de M. Mathurin, on essaiera de le dissuader par une procédure désespérément languissante et en lui demandant des sommes hors de proportion avec les frais de l'instruction. Quand il parviendra enfin à obtenir la comparution des policiers devant un tribunal, ce sera généralement pour les voir bénéficier de la plus grande indulgence ou, comme dans l'affaire Mathurin, de l'amnistie, car plusieurs années se seront écoulées depuis les faits [1].

1. Il y a lieu de rapprocher de cette affaire de sévices dans un car de police une autre affaire qui fit couler beaucoup d'encre. Le 29 mai 1971, rue de Clignancourt à Paris, un journaliste, Alain Jaubert, monta dans un car de police-secours pour accompagner à l'hôpital un homme blessé au cours d'une manifestation. Durant le trajet il fut violemment frappé et arriva à l'hôpital dans un état grave, puisqu'il dut subir une incapacité totale de travail de vingt et un jours. Il fut toutefois inculpé de violences et d'outrages à agents. Ce n'est qu'un an plus tard, grâce à un puissant mouvement d'opinion et devant les témoignages concordants, que trois policiers furent inculpés de coups et blessures volontaires. (Voir *Guide du militant*, p. 74 à 77.)

Le 30 août 1969, sur l'avenue de la porte de Clignancourt, M. Drai installe son éventaire d'articles de Paris. C'est d'ailleurs son fils âgé de dix-huit ans qui s'en charge, car M. Drai est invalide à 100 % et ne peut effectuer aucun effort physique.

A deux reprises il a, en effet, été frappé d'un infarctus du myocarde et a dû subir six interventions, dont une pour une éventration et une autre pour une péritonite gangréneuse. Il est soumis de façon permanente à un traitement anticoagulant sous contrôle médical.

Il a de ce fait été admis au bénéfice de l'assistance médicale gratuite et perçoit chaque mois une allocation de 245 F que lui verse le Fonds national de solidarité.

C'est insuffisant pour élever ses dix enfants, dont huit vont encore à l'école. C'est pourquoi le préfet de police a accordé à sa femme l'autorisation de vendre des articles de Paris sur la voie publique.

Ce jour-là, devant s'occuper d'un de ses enfants malade, elle est restée à la maison.

M. Drai est donc arrivé avec son fils. Ils n'ont pas trouvé de place pour stationner et ont laissé leur voiture, une 403 Peugeot, le temps de décharger la marchandise, sur un passage clouté où d'ailleurs personne ne traverse.

Le stand de vente constitué de tubes de deux mètres de long emboîtés les uns dans les autres est presque monté ; mais le fils de M. Drai est obligé de partir un moment, car il doit rencontrer un fournisseur d'articles qui lui a fixé rendez-vous non loin de là.

Il est 15 heures. M. Drai est donc seul sur le trottoir et commence à vendre, car des passants s'arrêtent devant son étalage.

Parmi ces badauds, un homme fend la foule et montre une carte barrée de tricolore. C'est un policier en civil. Il demande à M. Drai son autorisation de vente. Celui-ci s'exécute, mais l'autre lui dit : « Vous n'avez pas le droit de vendre ici. »

M. Drai, qui s'est souvent installé à cet endroit, répond que l'emplacement lui a été attribué par l'amicale des démonstrateurs, conformément au règlement des services de police du XVIIIe arrondissement.

Le policier ne veut rien entendre et ordonne à M. Drai de démonter son stand. M. Drai lui explique qu'il ne peut effectuer le moindre effort en raison de son état de santé. Il sort d'ailleurs sa carte d'invalide. Le policier répond qu'il s'en fiche et qu'il ne sait qu'une chose, c'est que le stand doit être démonté. M. Drai lui demande d'attendre le retour de son fils qui ne va pas tarder.

Le policier fait alors signe à un car de police qui passe sur l'avenue. Le car stoppe en double file et les agents commencent à démonter le stand et à entasser pêle-mêle la marchandise dans le car.

Parmi la foule qui s'est massée sur le trottoir, plusieurs personne protestent et disent que c'est une honte de traiter ainsi un invalide. Deux nouveaux agents descendent du car et menacent ceux qui protestent de les embarquer eux aussi. Quelques personnes continuent à manifester leur réprobation, mais les policiers s'avancent pour disperser la foule.

Leurs collègues ont fini d'entasser la marchandise dans le car. M. Drai est toujours sur le trottoir, son autorisation à la main. Un agent s'approche et la lui arrache en disant que les « crétins de son espèce » n'ont pas à bénéficier de telles faveurs.

M. Drai s'était efforcé de conserver son calme, mais à la vue de sa marchandise détériorée, il est pris d'une crise et commence à étouffer. Les agents le saisissent alors sous les bras et le traînent jusqu'au car de police.

Dès que le chef de poste l'aperçoit, il ordonne son transfert à l'hôpital Bichat. M. Drai y est admis en urgence dans le service du professeur Turiaf et soumis aussitôt à une perfusion intraveineuse, car un nouvel infarctus s'est déclaré.

Il sera très long à se rétablir et, aujourd'hui encore, il doit être suivi de façon permanente par les médecins.

Au moment de son arrestation, et sans attendre le retour de son fils, la police a fait emmener à la fourrière sa voiture qui stationnait sur le passage clouté.

Quand, deux mois plus tard, M. Drai sera en mesure d'aller la récupérer à la fourrière de Clichy, ce ne sera plus qu'une épave. Bien qu'il s'agisse d'une mise sous séquestre, les portes sont restées ouvertes. Deux repose-tête que M. Drai venait d'acheter ont disparu ainsi que l'un des phares. Un pneu est crevé. La carrosserie est rayée et bosselée en plusieurs endroits.

La préfecture de police se rend compte qu'elle est allée un peu loin et accorde gracieusement à M. Drai, « dans un but humanitaire » et à titre tout à fait exceptionnel, la remise des frais de fourrière.

Dans une lettre du 13 avril 1970, le directeur du cabinet du préfet de police, constatant que le procès-verbal d'envoi à la fourrière ne précisait pas qu'un phare manquait, envisage d'examiner, « au bénéfice du doute », la possibilité d'une indemnisation.

Mais il précise qu'il ne restituera pas à Mme Drai son autorisation de vente sur la voie publique, « car il convient que les personnes qui bénéficient de ces mesures de faveur s'attachent à respecter l'ordre public et non à le troubler ».

Depuis plus de deux ans, la Conférence sur le Vietnam tient ses assises à l'hôtel Majestic à Paris. Le service d'ordre a installé des barrières métalliques le long de l'hôtel et notamment sur le trottoir de l'avenue Kléber.

Nous sommes le 16 mai 1970, au début de l'après-midi. Sylvette Cabrisseau, vingt-trois ans, speakerine à la télévision, se promène avec une amie avenue Kléber. Elles arrivent près de l'hôtel Majestic et un agent leur dit : « Le trottoir est interdit. Circulez. »

Les deux jeunes femmes se disposent à traverser, mais la circulation est assez dense. Son amie parvient de l'autre côté, mais Sylvette Cabrisseau est obligée de s'arrêter au milieu de la chaussée. L'agent se précipite vers elle pour la rattraper. Prise de peur, elle se met à courir. L'agent la saisit par le bras. Elle se débat. Ils arrivent de l'autre côté de l'avenue, mais une barrière empêche de monter sur le trottoir. Un autre agent accourt, puis trois, puis quatre. Ils entourent la jeune femme et commencent à la bousculer en la frappant et en la traitant de « sale négresse », car elle est d'origine antillaise. Un car de Police-Secours s'arrête, cinq nouveaux agents en descendent. En tout, il y a là une dizaine d'agents, plus un brigadier, qui essaient de faire monter la jeune femme dans le car. Elle se défend à coups de poing et de pied.

Un photographe de presse qui attendait la sortie des diplomates de la conférence prend des photos. Un agent se précipite en criant : « Si vous ne me donnez pas tout de suite votre pellicule, ça va mal aller pour vous ! » Le photographe s'éclipse. La photographie d'une Sylvette Cabrisseau frappée par dix agents de police paraîtra le lendemain dans la presse.

Quand on la jette dans le car, elle a ses vêtements déchirés et le corps meurtri un peu partout.

Emmenée au commissariat du quartier Chaillot, elle n'est relâchée, en piteux état, que quatre heures plus tard, après avoir subi plusieurs interrogatoires.

Son médecin relève de nombreuses traces de coups et lui prescrit un arrêt de travail de dix jours, sous réserve de complications.

Le lendemain, son avocat, Me Gilles Dreyfus, dépose auprès du doyen des juges d'instruction une plainte pour coups et blessures volontaires et injures publiques de caractère raciste.

Au cabinet du préfet de police, on se contente de répondre que « Mlle Cabrisseau a été interpellée parce qu'elle s'obstinait à enfreindre une interdiction de circuler devant le siège de la Conférence de Paris sur le Vietnam ».

Quelques jours plus tard, le parquet réplique à la plainte de Sylvette Cabrisseau en l'inculpant de rébellion et de coups et blessures à agents.

A la préfecture de police, n'a-t-on pas annoncé avec le plus grand sérieux que trois agents mordus par Mlle Cabrisseau avaient dû être conduits à la maison de santé des gardiens de la paix ?

Sylvette Cabrisseau sera licenciée de la télévision quelques mois plus tard. Dans les semaines qui ont suivi l'incident de l'avenue Kléber, des lettres le plus souvent anonymes n'ont pas manqué de pleuvoir sur le bureau du directeur de l'O.R.T.F.

« N'y a-t-il pas assez de femmes blanches chez nous, pour qu'on nous impose cette négresse tous les jours ? » écrivait l'un.

« Renvoyez-la dans son île, elle fait peur à mes enfants ! » s'écriait une mère de famille.

Un téléspectateur plein d'humour avait même envoyé un colis au bureau des speakerines. Ce colis contenait un pot de peinture blanche avec ce mode d'emploi : « A appliquer en couches épaisses sur le visage de Sylvette Cabrisseau. »

Un couple délégué par cent familles d'Amiens était venu

spécialement à Paris pour exiger « le renvoi immédiat de cette sale négresse ».

Heureusement pour Sylvette Cabrisseau, la direction de l'O.R.T.F. n'est pas raciste. Elle attendit son heure et finit par découvrir un prétexte plus avouable. Sylvette Cabrisseau avait posé nue pour une revue, elle fut donc licenciée pour cause d'impudeur.

M. Akli Ferhat est un Algérien âgé de trente-huit ans qui réside en France depuis près de vingt-cinq ans. Il a effectué son service militaire dans l'armée française. Son grand-père a été tué sous l'uniforme français à la guerre 14-18. L'un de ses frères a lui aussi trouvé la mort durant la dernière guerre au cours de laquelle son père a également été blessé. C'est dire qu'il se considère un peu comme Français, bien qu'il n'en possède pas la nationalité.

Le 25 décembre 1968, vers 19 heures, il consomme avec sa femme dans un café du faubourg Montmartre. A la suite d'une dispute concernant le service, l'un des garçons gifle sa femme. Ne voulant pas se battre, Akli Ferhat se précipite jusqu'à la cabine téléphonique et appelle Police-Secours pour régler le différend.

Mal lui en prend, car les quatre policiers et le brigadier commandant le car de Police-Secours ne se préoccupent guère du litige, mais l'embarquent, et lui seul, au commissariat.

Arrivés au commissariat de la rue Drouot, les policiers lui tombent dessus à coups de pied et de poing en lui criant entre autres gentillesses : « Sale bicot, fous le camp chez toi ! Ordure de raton, va voir Boumedienne, tu nous diras si c'est mieux qu'ici !... »

Sous les coups, il ne tarde pas à s'évanouir. Quand il reprend connaissance, il s'aperçoit qu'il est enfermé dans une cellule. C'est seulement le lendemain matin qu'il sera relâché, après s'être vu dresser une contravention pour ivresse sur la voie publique, à moins que ce ne soit autre chose, car l'avis de contravention est pratiquement illisible.

Dès sa sortie, il se rend chez un médecin du quartier qui l'examine et constate « la présence d'ecchymoses au niveau du front, au-dessus du sourcil gauche et dans la région temporo-maxillaire gauche ».

Le jour même, il porte plainte pour coups et blessures auprès du procureur de la République de Paris. A une démarche effectuée par la Ligue des droits de l'homme, M. Paolini, directeur du cabinet du préfet de police, répond le 14 février 1969 : « J'ai immédiatement prescrit une enquête approfondie sur les faits signalés et je ne manquerai pas de vous tenir informé de ses conclusions et des mesures qui, le cas échéant, seront prises au sujet de cette affaire. »

La même réponse est faite à l'ambassade d'Algérie en France, qu'Akli Ferhat a également alertée.

Malheureusement, depuis cette date, « l'enquête approfondie » de la préfecture ne semble guère avoir beaucoup progressé. En tout cas, ses conclusions n'ont jamais été portées à la connaissance de qui que ce soit [1].

1. Autre affaire plus récente : le 25 mai 1972, à Noisy-le-Sec, deux agents en uniforme et une douzaine de policiers en civil, qui sortaient d'un « vin d'honneur », entrèrent dans un café-hôtel fréquenté par des travailleurs nord-africains. Ils saccagèrent tout ce qui leur tomba sous la main et frappèrent violemment le patron et les consommateurs. Une femme dut être transportée à l'hôpital. Ces faits furent si vivement dénoncés par le maire de Noisy-le-Sec et par plusieurs organisations antiracistes que le ministre de l'Intérieur dut cette fois prendre des sanctions à l'encontre de sept policiers dont deux furent suspendus de leurs fonctions. Une affaire semblable a également eu lieu à Saint-Ouen, dans un foyer de travailleurs immigrés. (Voir *le Monde*, 26 octobre 1972.)

L'abus des armes

C'est le 12 octobre 1958. Il est minuit moins le quart. Un jeune homme de Dommartin-les-Cuiseaux (Saône-et-Loire), M. Raoul Maréchal, vingt-trois ans, mécanicien dans un garage, revient d'un bal à Cousance, par la route nationale 472, au volant d'une 2 CV Citroën. Il ramène chez elles deux jeunes filles de Louhans, Mlle Gisèle Ley, dix-sept ans, et Mlle Renée Gudefin, vingt et un ans, qui se trouve à l'arrière de la voiture.

Afin de fumer une cigarette, M. Maréchal s'arrête à la sortie du bois de Chardenoux. Sa voiture est rangée sur le bas-côté, tous feux allumés. Il redémarre quand, dans son rétroviseur, il aperçoit une voiture arrêtée elle aussi à une vingtaine de mètres derrière lui. C'est alors que des coups de feu claquent dans la nuit. Les deux jeunes filles crient à M. Maréchal d'accélérer. La fusillade continue. Une balle frôle le bras gauche du conducteur. A l'arrière, Mlle Gudefin pousse un cri : « Je suis touchée ! Je suis touchée ! » M. Maréchal roule le plus vite qu'il peut. L'un de ses pneus est crevé. La voiture inconnue, une 4 CV, l'a pris en chasse. Il aperçoit ses phares dans la nuit.

Il parvient enfin aux premières maisons du hameau des Grands-Chemins, stoppe sa voiture et tambourine à la porte du café Guigues pour demander du secours. Avant que quelqu'un ait pu leur ouvrir, la 4 CV les a rejoints et ils ont la surprise d'en voir descendre deux gendarmes en uniforme.

A l'arrière de la 2 CV, Mlle Gudefin agonise. On la couche sur le bord de la route. C'est un commerçant de Cuiseaux, M. Salomon, qui la conduira sans connaissance à la clinique de Louhans. Elle décédera peu après son admission. Une balle lui a perforé le foie.

Pendant ce temps, M. Maréchal et sa seconde passagère ont été arrêtés et gardés à vue à la gendarmerie de Cuiseaux jusqu'à 7 heures 30 du matin.

Les gendarmes sont très ennuyés par cet « accident ». (C'est l'expression qu'ils ont employée pour prévenir la tante de la victime.) La préfecture a été alertée et une réunion s'est tenue pour examiner les conséquences de cette affaire. Une version des faits a été mise au point.

Il s'agit d'un malheureux concours de circonstances. La veille, une voiture avait été volée à Louhans. Toutes les brigades de gendarmerie de la région avaient été alertées. C'est ainsi que, vers 23 heures 30, ordre fut donné au maréchal des logis Bouedec d'effectuer une patrouille en direction de Louhans, afin de rechercher les auteurs du vol.

La voiture de la brigade étant en service, le chef Bouedec, accompagné du gendarme Vuarchez, prit sa voiture personnelle, une 4 CV Renault.

En patrouillant sur la nationale 472, les deux gendarmes remarquèrent une 2 CV Citroën qui stationnait, tous feux allumés, sur le bas-côté de la route et qui était immatriculée dans un département algérien. (M. Maréchal avait, en effet, acheté sa voiture à Alger à la fin de son service militaire et elle était encore immatriculée sous son ancien numéro.)

Afin de contrôler l'identité des passagers, le chef Bouedec arrêta sa voiture, phares allumés, à une vingtaine de mètres derrière la 2 CV et descendit avec le gendarme Vuarchez.

Alors qu'il était parvenu à environ un mètre cinquante des glaces arrière de la 2 CV, le conducteur démarra brusquement.

Ayant crié plusieurs fois, mais en vain : « Halte, gendarmerie ! » et « s'étant mis périlleusement dans les phares de sa voiture pour faire reconnaître sa qualité de gendarme », le chef Bouedec tira alors un premier coup de feu dans la direction des pneus, afin de forcer le véhicule à s'arrêter. Mais, voyant que la voiture roulait de plus en plus vite, il fit feu jusqu'à épuisement de son chargeur, en visant toujours les pneus ; puis il remonta dans sa voiture pour se lancer à la poursuite du véhicule.

Un kilomètre plus loin, au hameau des Grands-Chemins, les gendarmes retrouvèrent la 2 CV arrêtée. Sur la banquette arrière gisait Mlle Gudefin. Conduite à la clinique de Louhans, elle devait y décéder dès son arrivée.

Pourquoi le chef Bouedec a-t-il fait usage de son arme pour un simple contrôle d'identité ? Son explication est la suivante : lorsqu'il s'est approché de la 2 CV, il a vu qu'il s'agissait d'une voiture immatriculée en Algérie et il a cru apercevoir des « têtes bouclées » de Nord-Africains. Or, les attentats des terroristes algériens sont nombreux à l'époque et, près du lieu de l'accident, se trouve « un point sensible » à protéger : un câble hertzien qui traverse la région. De plus, non loin de là, il y a une maison inhabitée qui pourrait très bien servir de « boîte aux lettres » aux terroristes.

Bref, le seul responsable est le conducteur de la 2 CV qui a forcé un barrage de gendarmerie et n'a pas obéi aux sommations qui lui étaient faites. Si le conducteur a agi ainsi, ajoutent les gendarmes, c'est parce qu'il raccompagnait à Louhans Mlle Ley, qui était partie au bal à l'insu de ses parents. Ne voulant pas que sa passagère soit reconnue, il a démarré malgré les sommations du chef Bouedec.

Cette version officielle est loin de satisfaire la famille de Mlle Gudefin et tous ceux qui s'intéressent à cette affaire.

Ils font remarquer que la voiture volée la veille à un épicier de Louhans n'était pas une 2 CV, mais une 203 Peugeot. De plus, elle avait déjà été retrouvée bien avant le drame au lieudit Le Guidou. Les gendarmes n'avaient donc aucune raison d'effectuer une patrouille impromptue en pleine nuit avec une voiture particulière et de se livrer à des contrôles d'identité dans de telles conditions. Cette histoire de voiture volée et de mission confiée aux gendarmes pour la retrouver ne serait-elle pas plutôt un moyen pour ses chefs de « couvrir » le gendarme Bouedec qui était sur la route à bord de sa voiture personnelle pour une toute autre raison ?

On trouve également étrange que, pour contrôler l'identité

des occupants d'une voiture rangée sur le bas-côté de la route et éclairée, les gendarmes se soient arrêtés derrière elle au lieu de venir se placer devant, ce qui aurait permis aux occupants de se rendre compte qu'ils avaient affaire à des gendarmes.

M. Maréchal, le conducteur de la 2 CV, qui a la réputation d'être un jeune homme calme et pondéré, est formel : il n'a pas entendu le gendarme Bouedec crier « Halte, gendarmerie ! ». Sa passagère, Mlle Ley, n'a rien entendu non plus. Il est vrai que le moteur de la 2 CV tournait et que, selon le gendarme Vuarchez, son collègue n'a crié « qu'au moment où la voiture partait ». De plus, il faisait froid et les vitres étaient recouvertes de buée ; il était dès lors impossible de reconnaître un uniforme de gendarme dans la lumière éblouissante des phares de la 4 CV.

Comment pourrait-on reprocher à M. Maréchal de ne pas avoir reconnu dans ces conditions le gendarme Bouedec, alors que celui-ci a pu confondre les cheveux bouclés d'une jeune fille avec ceux d'un Nord-Africain ? M. Maréchal et ses deux passagères ont donc valablement pu se croire victimes d'une agression en pleine nuit de la part de malfaiteurs et leur premier réflexe a été de démarrer et de fuir le plus rapidement possible. S'ils avaient pu penser qu'il s'agissait de gendarmes, ils n'auraient certainement pas pris la fuite et n'auraient pas continué leur route après le premier coup de feu. La preuve en est que M. Maréchal, lorsqu'il vit les gendarmes descendre de la 4 CV, s'écria devant un témoin, M. Thivend : « Ce sont les gendarmes ! Ah ! si j'avais su ! »

Le gendarme Bouedec affirme d'autre part avoir tiré bas pour crever les pneus de la voiture et obliger le conducteur à s'arrêter. D'après lui, si Mlle Gudefin a été touchée, c'est par le « ricochet » d'une balle sur la route. Or, sur la voiture, on relève trois points d'impact, dont deux à mi-hauteur de la capote arrière, là où il n'y a pas de carrosserie. De plus, Mlle Gudefin était assise sur la banquette arriere. Or, dans les 2 CV le siège arrière est très élevé par rapport aux roues. Par ailleurs, une balle a frôlé le bras du conducteur ; ce n'est pas là non plus la hauteur des pneus. Si Mlle Gudefin a été atteinte, c'est donc que le gendarme a vidé au jugé tout son chargeur sur une voiture qui s'éloignait dans la nuit, au risque d'en blesser ou d'en tuer les occupants.

Incontestablement, il a perdu son sang-froid. Certains même n'hésitent pas à dire qu'il a agi comme un « froussard ». Il lui suffisait de remonter dans sa voiture, de se lancer à la poursuite du véhicule suspect et de le doubler pour l'obliger à s'arrêter. La route était rectiligne sur deux kilomètres et même légèrement en montée. Une 4 CV étant plus puissante qu'une 2 CV, les gendarmes n'auraient eu aucun mal à rattraper la voiture avant la fin de la ligne droite.

Le reproche fait à M. Maréchal, d'avoir forcé un « barrage » de gendarmerie, apparaît injuste et ridicule. Peut-on parler de barrage lorsqu'une voiture particulière à bord de laquelle ont pris place deux gendarmes se range à vingt mètres *derrière* une voiture arrêtée sur le bord de la route ? La 2 CV était garée à droite sur le bas-côté, tous feux allumés. Ce n'est certes pas le comportement d'une voiture suspecte cherchant à se dissimuler.

Quant à l'excuse selon laquelle il pouvait s'agir de Nord-Africains, elle laisse un peu sceptiques les habitants de la région. Il n'y a jamais eu le moindre attentat nord-africain en Saône-et-Loire. Il n'y a pratiquement pas d'Algériens dans la région. Aucun incident n'est jamais advenu. Il n'a jamais été question dans le département de collectes du F.L.N. ou du M.N.A. Dès lors, on comprend mal que le gendarme Bouedec ait pu croire qu'il s'agissait de terroristes nord-africains.

L'immatriculation de la voiture en Algérie aurait même dû l'amener, au contraire, à penser qu'il ne s'agissait pas de Nord-Africains, mais à la rigueur de « pieds-noirs ». A-t-on, en effet, jamais vu un Nord-Africain circuler en France à bord d'une voiture immatriculée dans un département algérien ? Des terroristes soucieux de ne pas être remarqués auraient vraisemblablement volé une voiture immatriculée dans le département où ils voulaient commettre un attentat.

Cette psychose raciste que provoque peu à peu la guerre d'Algérie ne manque pas d'être inquiétante. Suffit-il maintenant qu'un policier dise : « J'ai cru qu'il s'agissait d'un Algérien » pour qu'il soit absous ? Aurait-on à présent le droit de tirer sur les Arabes comme sur du gibier, sous prétexte que des attentats nord-africains ont lieu en France ?

Les gens plus terre à terre tentent d'expliquer le manque de sang-froid du gendarme Bouedec par le fait qu'il n'était pas de la région, qu'il était arrivé depuis peu et surtout qu'il venait de subir une cure de désintoxication.

A Louhans, la mère de Mlle Gudefin est effondrée, incapable de surmonter sa peine. C'est la veuve d'un employé de la S.N.C.F. mort en 1950. Sa seconde fille, qui est mariée et habite Mâcon, est arrivée en toute hâte.

Quant à M. Maréchal, il a cessé son travail et ne sort pratiquement plus de chez ses parents. Les gendarmes lui ont tellement répété qu'il était responsable de tout qu'il a fini par s'en persuader.

Le maréchal des logis-chef Bouedec, lui, est toujours à son poste à la gendarmerie de Cuiseaux. Il n'a fait l'objet d'aucune sanction. C'est à peine si on le rencontre un peu moins dans les rues de la ville.

Sur plainte de la famille Gudefin, une information judiciaire pour homicide involontaire est ouverte à son encontre.

L'affaire est d'abord instruite par le parquet de Mâcon. Mme Gudefin a beaucoup de difficultés à trouver à Mâcon un avocat qui accepte de défendre ses intérêts. Elle finit cependant par en trouver un, légèrement moins timoré que les autres, qui lui déclare : « J'accepte de m'occuper de cette affaire ; mais s'il s'agissait d'un gendarme de Mâcon, j'aurais refusé. »

Le parquet de Mâcon, estimant que le gendarme a agi dans l'exercice de ses fonctions, se déclare incompétent et renvoie le dossier à la Cour de cassation en lui demandant de déterminer le tribunal compétent.

La Cour de cassation désigne le tribunal de Chalon-sur-Saône qui, à son tour, se déclare incompétent. Devant tous ces obstacles, la famille Gudefin saisit la section de Mâcon de la Ligue des droits de l'homme. Un avocat de Lyon, Mᵉ Pierre Gueugniaud, est désigné pour suivre cette affaire et l'avocat de Mâcon en profite pour s'éclipser et retourner à des causes moins brûlantes.

Entre-temps, le maréchal des logis-chef Bouedec a été muté dans une autre brigade à Perrecy-les-Forges. C'est lui-même qui en avait fait la demande. Aucune sanction n'a été prise contre lui.

Mᵉ Gueugniaud a beaucoup de mal à obtenir que le juge d'instruction de Chalon-sur-Saône veuille bien se préoccuper du dossier. Le 3 mars 1960, soit un an et demi après le drame, une reconstitution sur les lieux est enfin effectuée avec la collaboration d'experts. Elle met en lumière les faits suivants :

Il était impossible aux occupants de la 2 CV, en raison de l'obscurité et de l'éblouissement des phares, de reconnaître l'uniforme d'un gendarme. De plus, le bruit du moteur couvrait à peu près totalement la sommation « Halte, gendarmerie ! » que le maréchal des logis-chef Bouedec prétend avoir faite.

Lorsqu'il vida son chargeur sur la 2 CV, celle-ci se trouvait à 85 mètres. Dans ces conditions, et compte tenu de l'obscurité, le gendarme, même s'il visait bas pour atteindre les pneus et quelles que fussent ses qualités de tireur, prenait incontestablement le risque de blesser ou de tuer les occupants de la voiture.

A plusieurs reprises, des essais ont été faits avec la voiture personnelle de Bouedec. Chaque fois il s'est avéré que, s'il s'était lancé à la poursuite de la 2 CV de M. Maréchal, il l'aurait rejointe avant la fin de la ligne droite. Il n'avait donc aucunement besoin de faire usage de son arme pour immobiliser la 2 CV.

La responsabilité des gendarmes apparaît donc certaine. Cependant, le 21 septembre 1960, le juge d'instruction, avec la bénédiction du ministre de la Justice de l'époque, M. Edmond Michelet, se déclare à son tour incompétent. D'après lui, le gendarme Bouedec a agi en qualité de militaire chargé du maintien de l'ordre et non en tant qu'officier de police judiciaire. Il renvoie donc le dossier au tribunal militaire. Mme Gudefin fait appel de cette décision, mais la cour d'appel de Dijon confirme le renvoi.

Le tribunal permanent des forces armées de Dijon est donc saisi de l'affaire. L'instruction est des plus expéditives. Le 2 février 1961, une ordonnance de non-lieu est rendue en faveur du gendarme Bouedec. Il n'aura pas à répondre de la mort de Mlle Gudefin.

Dans une lettre adressée le 9 février 1961 à la Ligue des droits de l'homme, le ministre des Armées, M. Pierre Messmer, justifie ainsi cette décision :

« Le juge d'instruction militaire a estimé que les faits reprochés au gendarme Bouedec lui avaient été ordonnés par la loi et commandés par l'autorité légitime au sens de l'article 327 du Code pénal.

L'article 174 du décret du 20 mai 1903 sur le service de la gendarmerie dispose, en effet, que « les militaires de la gendarmerie peuvent faire usage de leurs armes lorsqu'ils ne peuvent immobiliser autrement les véhicules dont les conducteurs n'obtempèrent pas à l'ordre d'arrêt. »

Quelques jours plus tard, le 22 février 1961, une affaire comparable trouve son épilogue devant la 16e chambre du tribunal correctionnel de la Seine :

Deux ans auparavant, un brigadier de police, Guy Toulmé, s'était affolé alors qu'un Algérien s'enfuyait sur le terre-plein central de la place du Châtelet à Paris. Il avait fait feu sur une ombre qui passait devant lui et avait atteint de quatre balles de pistolet le jeune Serge Gillard, quatorze ans, qui était décédé peu après.

Bienveillant, le tribunal ne lui inflige qu'une peine de six mois de prison avec sursis et 300 francs d'amende.

Le père de la victime s'était constitué partie civile. Le tribunal estime à 8 000 francs le prix de la vie de son fils.

Malgré cet exemple peu encourageant, Mme Gudefin décide d'aller jusqu'au bout de cette affaire. Un non-lieu met fin à toutes poursuites pénales. Il lui reste la possibilité de demander des dommages-intérêts à l'Etat devant le tribunal administratif.

C'est seulement le 17 janvier 1964, soit plus de cinq ans après la mort de Mlle Gudefin, que le tribunal administratif de Lyon rend son jugement.

Le ministre des Armées avait demandé le rejet de la demande de dommages-intérêts. « L'immatriculation en Algérie du véhicule, l'attitude intempestive du conducteur, le refus d'obtempérer aux sommations sont, affirmait-il, autant de circonstances qui ont permis cette tragique méprise. Croyant avoir affaire à des Nord-Africains, le chef Bouedec s'approcha jusqu'à 1 mètre 50 du véhicule ; puis, voyant celui-ci démarrer, il fit les sommations d'usage : « Halte, gendarmerie ! » Même en admettant que les occupants n'aient pas entendu les sommations et n'aient pas vu le gendarme en uniforme dans les phares de la 4 CV, il est certain qu'ils ont perçu les coups de feu et n'en ont pas moins continué à fuir, commettant ainsi une faute très grave, alors qu'il ne peut en être relevé à l'encontre des gendarmes. Le maréchal des logis-chef a fait usage de son arme alors qu'il y était habilité par la loi, puisqu'il ne pouvait immobiliser autrement le véhicule dont le conducteur n'obtempérait pas à l'ordre d'arrêt. Il apparaît en conséquence, conclut le ministre, que ce regrettable accident est dû non pas à une faute commise par le gendarme Bouedec, mais à un concours malheureux de circonstances, qui ne saurait en aucun cas engager la responsabilité de l'Etat. »

Pour une fois, le tribunal administratif ne suit pas le ministre dans ses conclusions. Il estime « qu'en arrivant de nuit par-derrière, sans prendre le soin de se faire clairement reconnaître pour procéder au contrôle de l'identité des occupants de la 2 CV, le chef Bouedec a agi de façon inhabituelle et dans des conditions qui étaient bien de nature à inquiéter les occupants de la 2 CV et à provoquer leur fuite. En tirant comme il l'a fait, malgré l'obscurité et la distance, il prenait le très grave risque de tuer ou de blesser les occupants du véhicule. S'il avait poursuivi avec sa 4 CV cette voiture suspecte, celle-ci n'aurait pu lui échapper. Il n'était donc pas dans l'obligation de faire usage de son arme.

Le comportement des occupants de la 2 CV du début à la fin est, conclut le jugement, celui d'honnêtes gens qui croient avoir affaire à des malfaiteurs ; par contre, le comportement du chef Bouedec est constitutif de fautes, non détachables du service, de nature à engager la responsabilité de l'Etat ».

En conséquence, le tribunal administratif décide que l'Etat est entièrement responsable de la mort de Mlle Gudefin et le condamne à verser 30 000 francs de dommages-intérêts à la mère de la victime et 3 000 francs à la sœur de celle-ci.

Malgré les graves fautes relevées par le tribunal administratif, le non-lieu dont avait bénéficié le maréchal des logis-chef Bouedec ne sera pas remis en cause. L'intéressé n'aura fait l'objet d'aucune sanction.

On pourrait croire que cette affaire est liée à la guerre d'Algérie, que cet usage inconsidéré d'armes s'explique par le climat d'insécurité et de peur qui régnait alors. Il n'en est rien. Il n'est guère de mois et même de semaine où l'on n'apprenne qu'un policier ou un gendarme a abattu un cambrioleur « qui tentait de s'enfuir ». Prenons quelques exemples récents parmi beaucoup d'autres :

Le 11 août 1970, à Péage-de-Roussillon, une patrouille de gendarmes appartenant à la brigade de Roussillon a surpris trois « dangereux malfaiteurs » qui se livraient à un siphonnage d'essence sur une voiture en stationnement. Ils les interpellèrent, mais les trois hommes prirent la fuite. « Comprenant qu'il ne s'agissait pas de menu fretin, raconte *le Dauphiné libéré*, les gendarmes engagèrent alors la poursuite et, après de nouvelles sommations, ouvrirent le feu. L'un des malandrins s'affaissait immédiatement (il devait décéder durant son transfert à l'hôpital), tandis que son compagnon, blessé aux jambes, s'écroulait un peu plus loin. » Il est à noter qu'aucun des trois voleurs n'était armé.

Le même jour, à Méreau près de Vierzon, c'est un jeune cambrioleur de vingt-six ans qui est gravement blessé d'une balle de revolver dans la tête alors qu'il essayait d'échapper aux gendarmes qui le poursuivaient. Dans un état désespéré, il a été transporté à l'hôpital d'Orléans. Lui non plus n'était pas armé.

Dans la nuit du 21 au 22 septembre 1970, c'est au tour d'un jeune garçon de dix-neuf ans, Paul Revertegat, d'être abattu par un gendarme sur l'autoroute de l'Estérel à la sortie de Fréjus.

Soupçonné d'avoir volé un vélomoteur, il fut interpellé par une voiture de la gendarmerie qui patrouillait sur l'autoroute. Sans quitter son siège, l'un des gendarmes braqua sur lui son revolver. Selon le rapport officiel, le jeune homme se serait alors jeté sur le gendarme et lui aurait frappé le poignet, comme pour faire tomber l'arme. C'est à ce moment-là que le coup de feu serait parti accidentellement. Pénétrant dans le flanc droit, la balle traversa l'abdomen pour ressortir à hauteur de la ceinture. Le jeune garçon devait décéder durant son transport à l'hôpital.

Ses parents portèrent plainte. M. Huot, juge d'instruction à Draguignan, voulant se rendre compte si le coup de feu avait pu partir accidentellement, s'installa dans la voiture et se fit frapper sur le bras ; mais le coup ne partit pas. M. Huot s'empressa cependant d'ajouter que cette expérience négative n'avait pas grande signification, « dans la mesure où il n'était pas placé dans les mêmes conditions psychologiques que le gendarme ».

Lors de l'enterrement du jeune Revertegat, un vigneron de Montfort-sur-Argens osa déclarer : « Même quand un chien enragé traverse le village, on l'attrape avec un filet, on ne l'abat pas. » Les gendarmes sont venus lui demander des comptes. Il n'est pas exclu qu'il soit poursuivi pour insultes à la gendarmerie.

Dernière affaire en date : la « tragique méprise » de Coudray dans l'Eure-et-Loir.

Le 29 novembre 1970, les gendarmes de la brigade d'Anet étaient avisés par un appel téléphonique qu'une fourgonnette Renault stationnait devant une propriété inoccupée de Coudray. Pensant avoir affaire à des cambrioleurs, ils envoyèrent sur les lieux une patrouille. A leur arrivée, les gendarmes virent la fourgonnette démarrer. Ils tirèrent. Le véhicule s'arrêta. Le gendarme Poirier s'approcha alors, revolver au poing, ouvrit la portière et fit feu. La balle traversa le crâne du conducteur, M. Bernard César, 37 ans, boucher à Paris, le tuant sur le coup, et blessa grièvement la passagère, Mlle Christiane Beldame, 20 ans.

Loin d'être un cambrioleur, M. César venait de procéder à l'emménagement d'un ami qui avait été engagé comme gardien de la propriété.

Devant la gravité des faits, il fallut bien inculper le gendarme de coups et blessures ayant entraîné la mort ; il comparut le 25 septembre 1972 devant la cour d'assises de Chartres. Pour sa défense, il affirma qu'il avait tiré parce qu'il s'était cru menacé et donc en état de légitime défense. La cour d'assises le suivit largement dans cette voie, puisqu'elle ne prononça qu'une condamnation à un an de prison *avec sursis*.

Par ailleurs, il n'est pas rare qu'un malfaiteur ayant abattu un policier ou un gendarme soit abattu à son tour, selon la loi du talion et au mépris de toute justice que les intéressés sont pourtant chargés de faire respecter.

Au début de 1970, un forcené réfugié chez lui, qui avait gravement blessé un policier, se suicida juste avant que la police ne parvienne à faire irruption dans la pièce où il s'était barricadé. L'autopsie montra qu'il s'agissait d'un curieux suicide et les policiers furent obligés de reconnaître qu'ils avaient procédé à une véritable exécution en tirant presque à bout portant. Il ne semble pas qu'il y ait eu de poursuites judiciaires [1].

1. Une affaire comparable s'est produite le 10 octobre 1970 à Sélestat dans le Bas-Rhin : Charles Cohen, 56 ans, qui était recherché pour le meurtre de sa femme, a été abattu par les gendarmes alors qu'il descendait d'un car. Les gendarmes déclarèrent d'abord qu'ils

Plus récemment, le 24 juillet 1970, un repris de justice, Emile Kunérat, soupçonné d'avoir tué un gendarme de Colmar, a été abattu à son tour dans une ferme de Dessenheim (Haut-Rhin) où il s'était réfugié. Les premières informations officielles qui furent diffusées faisaient état d'un siège auquel avaient participé deux cents gendarmes accompagnés de chiens policiers. Kunérat avait ouvert le feu, blessant deux gendarmes et un inspecteur de police. Un gendarme avait riposté et l'avait abattu d'une rafale de mitraillette.

Le lendemain, la version avait sensiblement varié. Kunérat n'avait pu ouvrir le feu pour la bonne raison qu'il n'était armé que d'un couteau. Il avait été dénoncé par les habitants de la ferme et les gendarmes n'avaient eu aucune difficulté à parvenir jusqu'à sa cachette. Ils avaient forcé la porte. Kunérat se trouvait dans un coin de la pièce, à portée de leurs mains. Il aurait alors détourné le pistolet mitrailleur que braquait sur lui l'un des gendarmes. Ce geste aurait entraîné le déclenchement de l'arme et deux gendarmes ainsi qu'un policier avaient été blessés. Un officier de police avait finalement abattu Kunérat d'une balle dans le front. A ce moment-là, son corps était déjà criblé de balles.

Comment Kunérat, aussi adroit fût-il, a-t-il pu, alors qu'il n'était armé que d'un couteau, blesser par balles trois de ses assiégeants ? C'est un mystère qui ne sera sans doute jamais éclairci. A Colmar, on émet cependant l'hypothèse que, dans la ferme de Dessenheim, ce fut une véritable curée. Chacun voulait être celui qui abattrait Kunérat et vengerait ainsi son collègue tué cinq jours plus tôt. Dans cette bousculade, un gendarme armé d'un pistolet mitrailleur commit une fausse manœuvre et une rafale partit dans la pièce.

avaient tiré sans faire de sommations, car ils avaient cru voir Cohen mettre la main à sa poche où se trouvait un pistolet chargé. Le lendemain, la version était différente : Cohen avait ouvert le feu et les gendarmes avaient riposté. Finalement, on en arriva à la conclusion désormais officielle que, sur le point d'être arrêté, Cohen s'était suicidé en se tirant une balle dans la tête...

« De toute façon, rétorquait un fonctionnaire de la préfecture de police à qui l'on demandait son avis, celui qui tue un policier ou un gendarme est toujours condamné à mort. Alors, un peu plus tôt, un peu plus tard... »

Cependant, avec des méthodes expéditives de ce genre, ne risque-t-on pas de voir s'installer en France une sorte d'« escadron de la mort » comparable à celui qui existe au Brésil et qui, composé de policiers, s'est donné pour mission de venger les représentants de l'ordre tués en service ? « Pour le cadavre d'un policier, il nous faut les cadavres de dix bandits » : telle est sa devise [1].

Les imitateurs risquent de ne pas manquer. Dernièrement, les journaux de Buenos Aires ont reçu un communiqué portant le tampon de la police de la ville et annonçant la création d'un « escadron de la mort » argentin. Son but : « S'assurer, en dehors de toute légalité, le pouvoir de juger et exécuter tous les éléments subversifs qui portent préjudice à la police et à ses hommes. »

En France même, en octobre 1970, les jurés de la cour d'assises du Rhône qui venaient d'acquitter les jeunes Raton et Munch, reconnus non coupables de la mort du commissaire Lacroix lors des manifestations de mai 1968 à Lyon, ont reçu une lettre de menaces.

Tapée à la machine sur un papier portant l'en-tête du « ministère de l'Intérieur — secrétariat général pour la police » et signée « Un groupe de policiers », cette lettre était ainsi rédigée :

« Vous nous avez rejetés. Nous vous rejetons à notre tour, nous les défenseurs apolitiques et intransigeants de l'ordre légal établi... A la suite de ce procès, vous avez déclenché

1. C'est ainsi que depuis 1968, le nombre des « irrécupérables » exécutés par les justiciers de « l'escadron de la mort » se monte à plus d'un millier. En trois jours, au mois de juillet 1970, dans la seule ville de Saô Paulo, dix personnes ont été exécutées sommairement et retrouvées dans les rues ou les terrains vagues. Depuis quelque temps, « l'escadron de la mort » a même élargi ses activités aux opposants politiques (Cf. la mort de Marighela en décembre 1969 et de Ferreira en octobre 1970).

dans les esprits de tous les émeutiers en puissance un sentiment d'impunité... Qu'y avait-il derrière vous ? La peur ? La compromission politique ? Des marchandages ? Nous attendons votre réponse à l'ensemble policier de Lyon. »

Il n'est pas inutile de rappeler qu'un troisième inculpé, Michel Mougin, dix-huit ans, fut retrouvé agonisant dans une rue de Lyon le 16 février 1970 et mourut à l'hôpital dans des conditions mystérieures, quelques semaines après avoir été mis en liberté provisoire.

Mai 1968. Les manifestations de rues se succèdent à Paris et dans toutes les grandes villes avec les excès que l'on sait de la part des forces de l'ordre[1]. N'en rappelons qu'un exemple et ses suites :

Le 25 mai, dans la rue du Four, entre le boulevard Saint-Germain et la rue de Rennes, de violentes bagarres se produisent entre manifestants et service d'ordre. Il est trois heures du matin. Chargés à coups de matraques, de mousquetons et à grand renfort de grenades lacrymogènes, les étudiants s'enfuient dans les petites rues avoisinantes. Un groupe cherche refuge dans la rue Princesse, mais les policiers parviennent à contourner le pâté de maisons. Les grenades lacrymogènes et les grenades offensives créent une telle fumée qu'il est difficile d'y voir à plus de deux mètres. Pris entre deux feux, les manifestants essaient de se réfugier dans les immeubles.

La charge qui succède est d'une particulière violence. Les vitres volent sous les déflagrations des grenades. Les portes sont enfoncées et une chasse à l'homme commence dans les escaliers.

Quand le calme revient, dans l'âcre odeur des grenades lacrymogènes qui persistera plusieurs jours, les blessés sont nombreux. Dans la loge du 7, rue Princesse, on relève M. et

1. Voir *le Livre noir des journées de mai* et *Ils accusent*, Seuil, coll. « Combats ». M. Grimaud, préfet de police, a lui-même condamné « les excès de l'emploi de la force » dans une lettre adressée le 29 mai 1968 aux agents de la police parisienne. N'écrivait-il pas : « Passé le choc inévitable du contact avec des manifestants agressifs qu'il s'agit de repousser, les hommes d'ordre que vous êtes doivent aussitôt reprendre toute leur maîtrise. Frapper un manifestant tombé à terre, c'est se frapper soi-même, en apparaissant sous un jour qui atteint toute la fonction policière. Il est encore plus grave de frapper des manifestants après arrestation et lorsqu'ils sont conduits dans les locaux de police pour y être interrogés. »

Mme Bellet, les concierges, qui gisent inanimés, asphyxiés par les gaz. Ils sont conduits à l'hôpital Fernand-Widal. M. Bellet, plus gravement atteint, sera par la suite soigné à l'hôpital Curie, puis à l'hôpital Cochin. Il décédera le 12 avril 1969.

Quelques semaines avant sa mort, il avait été examiné par le professeur Piédelièvre, médecin expert désigné par la préfecture de police à la suite d'une demande d'indemnisation de M. et Mme Bellet.

Le professeur Piédelièvre, après avoir noté qu'avant d'être intoxiqué par les gaz lacrymogènes, M. Bellet était déjà malade, avait précisé que, sur un organisme affaibli, il avait pu y avoir une aggravation du fait de ces gaz.

La préfecture de police ne discuta d'ailleurs pas sa responsabilité et offrit une indemnisation amiable à Mme Bellet.

En ce qui concerne cette dernière, les gaz lacrymogènes avaient agi très profondément sur ses yeux et, aujourd'hui encore, elle doit recevoir des soins.

D'une façon systématique, les victimes des événements de mai furent indemnisées selon une procédure aussi discrète que possible, en évitant que les affaires viennent devant les tribunaux. Cela ne permet pas aujourd'hui de savoir quel est le nombre de victimes dues aux excès des forces de l'ordre. Mais il est permis de se demander combien il y a eu de M. Bellet morts au bout de plusieurs mois de souffrances pour avoir respiré un peu trop abondamment ces gaz lacrymogènes que les spécialistes de la préfecture de police s'accordent toujours à trouver totalement inoffensifs.

L'impunité

Tout commença en décembre 1945, quand M. Bolloch, dit « Paul le Tatoué », honorable tenancier d'une maison close à Bordeaux, se fit voler sa montre en platine par des cambrioleurs.

Les policiers procédèrent à une enquête et apprirent que la montre était passée entre les mains des nommés Lebret et Dubos, avant de parvenir chez Roger Grangé, un petit brocanteur de la rue Roquelaure.

Appréhendé le 18 février 1946, celui-ci indiqua qu'il avait revendu la montre à un client dont il ne connaissait ni le nom ni l'adresse. Les policiers le remirent en liberté sous la promesse de retrouver la montre ou l'acheteur. Malheureusement, ses recherches furent vaines et, le 20 février, il revint de lui-même au commissariat de la rue Victoire-Américaine pour en informer les inspecteurs de police.

Il fut alors gardé à vue dans une cellule du sous-sol et soumis, le même jour, à des interrogatoires et à des confrontations auxquels procédèrent le commissaire Nardon et les inspecteurs Cazenave et Benquet.

Grangé était entré bien portant dans les locaux de la police, le 20 février 1946 au matin. Quand il en ressortit le soir, il était étendu sur une civière, la tête couverte d'ecchymoses et dans un état comateux. Transporté à l'hôpital Pellegrin, il y décéda sans avoir repris connaissance. L'autopsie à laquelle il fut procédé établit qu'il avait reçu à la tête des coups violents et que l'un d'eux avait déterminé une hémorragie interne qui avait entraîné la mort.

Les rapports établis sur-le-champ par la police affirmaient

eux, que Grangé n'avait pas été frappé, mais que sa mort était due à une crise d'alcoolisme ou d'épilepsie, au cours de laquelle il s'était heurté aux meubles ou au plancher et s'était ainsi fait lui-même les blessures dont il portait les traces.

Mais les personnes qui s'étaient trouvées détenues en même temps que lui révélèrent qu'elles avaient entendu Grangé pousser des cris affreux tandis que les policiers l'interrogeaient. Bientôt il ne fit plus de doute que Grangé avait succombé à des violences. Sa femme porta plainte et déposa entre les mains du juge d'instruction des attestations établissant que Grangé n'était ni épileptique ni alcoolique.

Bon gré mal gré, le parquet de Bordeaux ouvrit une information contre X pour coups mortels. Cette information fit très nettement apparaître la culpabilité du commissaire et des inspecteurs. C'est cependant par une ordonnance de non-lieu qu'elle fut close le 13 novembre 1946. Le procureur de la République et le juge d'instruction s'étaient accordés à penser « qu'il ne paraissait pas douteux que Grangé avait été victime de violences le 20 février 1946, alors qu'il était gardé à vue dans les locaux de la police, et même que, selon toute vraisemblance, ces violences avaient causé son décès ; mais que l'information n'avait pu établir la discrimination des responsabilités et, partant, celle des culpabilités individuelles entre les fonctionnaires impliqués dans cette affaire ».

En bref, cela revenait à dire : on ne sait pas lequel des trois a tué, on n'en jugera aucun.

Mme Grangé, partie civile, fit aussitôt appel de cette décision. Devant la chambre d'accusation, le procureur général demanda la confirmation pure et simple de l'ordonnance de non-lieu. Il admettait que les renseignements fournis par la police et tendant à présenter Grangé comme alcoolique et épileptique étaient inexacts. Il reconnaissait que Grangé avait été soumis à des violences de la part des policiers. Mais il reprenait la thèse du juge d'instruction selon laquelle les responsabilités individuelles, devant les dénégations des policiers et en l'absence de témoins oculaires, ne pouvaient être établies avec certitude.

La chambre d'accusation ne le suivit pas dans cette voie. Par un arrêt du 30 janvier 1947, elle constata l'existence du crime et estima les charges suffisantes pour justifier des poursuites contre les trois policiers. Mais l'un d'entre eux, le commissaire Nardon, étant un officier de police judiciaire et le crime ayant été commis dans l'exercice de ses fonctions, elle se borna à annuler l'ordonnance de non-lieu et demanda la désignation d'un nouveau juge d'instruction.

La seconde information aboutit aux mêmes résultats que la précédente, c'est-à-dire au non-lieu. L'affaire revint donc devant la chambre d'accusation. Comme la première fois, le procureur général demanda la confirmation du non-lieu. « La notion de responsabilité solidaire des membres composant une équipe de policiers étant, déclarait-il, radicalement écartée par notre droit pénal qui ne connaît que des responsabilités et des culpabilités individuelles, on ne peut en l'état renvoyer les trois prévenus devant la juridiction répressive. »

Mais fidèle à sa première position, la chambre d'accusation rejeta de telles conclusions. Elle estima que la procédure contenait des charges suffisantes contre les trois policiers d'avoir « ensemble et de concert » porté à Grangé des coups mortels. En conséquence, elle les renvoyait devant la cour d'assises de la Gironde.

Les policiers firent bien sûr appel de cette décision, mais leur pourvoi fut rejeté le 7 mai 1948 et la cour d'assises de Bordeaux se réunit sept mois plus tard pour les juger.

C'est alors que se produisit un nouvel incident. Le préfet de la Gironde contesta que la cour d'assises, compétente pour examiner les poursuites pénales, le fût pour juger de l'action civile et fixer le montant des dommages-intérêts qui relevaient, selon lui, du tribunal administratif.

Il lui apparaissait, en effet, que les fonctionnaires de la police, en interrogeant Grangé, « n'avaient fait que se livrer à l'exercice normal de leurs fonctions et qu'ils n'avaient commis aucune faute détachable du service ».

Le litige fut porté devant le tribunal des conflits, qui reçut le dossier le 20 janvier 1949.

Ce n'est que le 9 juillet 1953, soit plus de quatre ans après, qu'il trancha l'affaire. Il annula l'arrêté du préfet, estimant que les faits reprochés aux trois policiers se rattachaient au fonctionnement de la police judiciaire et que l'appréciation de tels actes n'appartenait pas aux tribunaux administratifs.

Ainsi, après huit années de procédure, les policiers qui étaient restés libres pendant tout ce temps, allaient enfin être jugés.

La cour d'assises de Bordeaux se réunit en janvier 1954. L'audience eut lieu pratiquement à huis clos, car un service d'ordre d'une importance exceptionnelle défendait l'accès de la salle d'audience. Les journalistes eurent beau protester, seuls les policiers eurent le droit d'entrer. Ce qui fit dire à Me Odin, l'avocat de la partie civile : « Je croyais plaider devant une cour d'assises, je me retrouve dans une "cage à poulets". »

Finalement on ne plaida pas, car au dernier moment le procureur général de Bordeaux — toujours lui — déposa une requête en suspicion légitime. Il demandait que, pour des raisons de sûreté publique, l'affaire fût jugée ailleurs qu'à Bordeaux, car le prestige de la police bordelaise risquait de s'en trouver atteint. A Bordeaux, les accusés seraient jugés devant leurs justiciables, du moins pour l'inspecteur Cazenave qui était toujours en poste dans la ville. La pègre bordelaise ne manquerait pas de se réjouir d'assister au procès de ceux-là mêmes qui étaient chargés de la surveiller. De plus, pour les policiers de Bordeaux en général, la comparution de leurs collègues en cour d'assises risquait de provoquer chez eux « une inquiétude certaine et des remous fâcheux ».

L'affaire revint donc devant la Cour de cassation. Le conseiller Maurice Patin, qui avait été désigné comme rapporteur, ne ménagea pas le procureur général de Bordeaux.

« Il est sans doute regrettable, lui répondit-il, que des fonctionnaires de la police bordelaise soient appelés à comparaître devant la cour d'assises de la Gironde et il peut en résulter sans doute, pour la police bordelaise, un certain discrédit, et même chez certains des fonctionnaires appartenant à ce corps, une « inquiétude certaine et des remous fâcheux », encore que nous soyons intimement persuadés que l'immense majorité d'entre eux désapprouvent l'emploi, par certains de leurs collègues, de pratiques que la Gestapo a fâcheusement illustrées. Mais ce qui serait plus regrettable encore, ce serait que les pouvoirs publics se donnent l'apparence, sinon d'encourager de telles pratiques qui soulèvent la réprobation et menacent de discréditer nos institutions, du moins de les tolérer ou d'hésiter à les réprimer avec la vigueur qui convient. »

A son tour l'avocat général Lebègue se dressa pour dénoncer les « agissements incompréhensibles » du procureur de Bordeaux et du préfet de la Gironde qui, en utilisant des « procédés dilatoires de procédure », se sont efforcés d'empêcher l'affaire de venir en pleine lumière.

La Cour de cassation suivit ces réquisitions et, dans un arrêt du 18 février 1954, ordonna à la cour d'assises de la Gironde « de statuer sans autre retard sur l'accusation ».

Si l'on se penche sur les articles de presse qui parurent avant le procès, on constate une unanimité pour dénoncer les sévices dont se sont rendus coupables les policiers bordelais et condamner l'attitude des autorités dans cette affaire.

La lecture de journaux aussi peu suspects de préjugés défavorables à l'encontre de la police que *l'Aurore, le Figaro* ou *Paris-Presse* est à cet égard significative.

Dans la chronique quotidienne « Le rayon Z » de *l'Aurore,* nous lisons :

« On ne comprend pas très bien pourquoi M. le préfet de la Gironde a jugé bon de soustraire à la justice, pendant des années, le sinistre trio d'enquêteurs qui, à Bordeaux, poussèrent si loin « l'interrogatoire » d'un témoin que celui-ci en mourut le lendemain. Il s'agissait, non de l'un de ces assassins monstrueux devant lesquels on serre instinctivement les poings, mais d'un petit brocanteur qui s'était trouvé, sans doute par hasard, sur le circuit d'une montre volée à un honnête tenancier d'une maison close, plaignant si touchant que l'on ne pouvait assurément faire moins que de mobiliser à son service deux inspecteurs et un commissaire choisis parmi les plus vigoureux du département.

Qu'il soit commis par un policier, n'empêche pas un meurtre d'être un meurtre, qui appelle un jugement. Je ne crois pas qu'il y ait en France beaucoup de policiers sérieux qui soient d'un autre avis. En tout cas, si j'appartenais à la corporation, je pardonnerais difficilement à M. le préfet de la Gironde d'avoir prétendu qu'en « interrogeant » le malheureux brocanteur, les enquêteurs de Bordeaux « n'ont fait que se livrer à l'exercice normal de leurs fonctions », assimilant ainsi la mort d'un témoin sous les coups à une sorte d'accident du travail. Je n'aimerais pas du tout qu'un préfet se fît cette idée-là de mon métier et, par conséquent, de ma personne. »

Paris-Presse, journal aujourd'hui disparu, écrit : « Il est inadmissible que des policiers coupables d'un meurtre commis dans des conditions particulièrement odieuses aient pu espérer échapper à toute sanction, uniquement parce qu'ils sont des policiers... La police ne sort pas grandie de cette lamentable affaire. La justice s'est montrée d'une rare complaisance à l'égard des accusés : les inspecteurs Benquet et Cazenave ont bien été incarcérés, mais on les a libérés au bout de quelques jours. Ils n'ont encouru aucune sanction administrative, mais au contraire ont eu de l'avancement... »

Plus prudent, *le Parisien libéré* écrit cependant : « Il semble bien que, afin de couvrir leurs auxiliaires, les magistrats du parquet aient tenté d'étouffer cette affaire fort regrettable à tout point de vue. »

« Une mort mystérieuse ? s'interroge *Combat*. Non, une scandaleuse affaire dont le dossier s'est longtemps promené de greffe en greffe, une sinistre plaisanterie. »

De son côté, *le Figaro* rappelle que Paule Guilloux, en faveur de qui une demande de révision vient d'être déposée, fut condamnée naguère par cette même cour de Bordeaux pour l'empoisonnement à l'arsenic de trois personnes. La conviction de la cour fut entraînée par des aveux que l'accusée avait passés devant les policiers et qu'elle rétracta par la suite, affirmant qu'ils lui avaient été extorqués par la violence. « Il est impressionnant de savoir, écrit Pierre Scize, que cette jeune femme, alors enceinte de sept mois, avait été interrogée par la même section de police, dans les mêmes locaux — on n'ose dire avec les mêmes méthodes — que l'infortuné Grangé, et ceci moins de deux mois avant lui. »

Plus loin, il écrit :

« Le cas individuel des policiers poursuivis est peu de chose. Ce qui est en cause les dépasse de beaucoup. Il s'agit de savoir si les méthodes de la police changeront. Il s'agit de savoir si oui ou non les gardiens de l'ordre n'ont pas d'autres moyens pour faire leur métier que les coups.

Que « faire la police » soit parfois une vilaine mais nécessaire besogne, on y consent. Qu'on n'y regarde pas de trop près quant au choix des moyens, c'est un mal inévitable. Indicateurs, provocateurs, « moutons », leur utilisation peut se défendre en fait sinon en droit. Mais que peu à peu, par un pourrissement progressif de l'institution, par une insensibilité qui gagne vite les professionnels des « interrogatoires serrés », comme disait la Gestapo, par une complicité des chefs qui organisent l'impunité des subalternes, on en vienne à assommer de coups l'homme qu'on interroge, est-ce que cela peut se défendre ? Est-ce que cela peut continuer ? La question intéresse tous les citoyens. »

Une seule fausse note dans cette indignation générale de la presse, qu'elle soit de droite ou de gauche, celle de *la Nouvelle République de Bordeaux et du Sud-Ouest*, dont l'article constitue une sorte de plaidoyer en faveur des sévices.

N'écrit-elle pas, après avoir faussement déclaré que l'autopsie de Grangé a fait apparaître « une cirrhose du foie » :

« Il n'arrive pas aux citoyens honnêtes et paisibles de devoir subir un interrogatoire dans les locaux de la police pour attentat, coups, vol ou recel.

Ce que nous demandons tous à la police, c'est d'assurer notre sécurité et personne ne saurait nier qu'en France la criminalité est en régression sérieuse et que, de tous les pays, elle est celui où elle sévit le moins. Et il serait injuste, au moment où va s'ouvrir ce procès, de ne pas rappeler qu'arrêter certains « durs » n'est pas un sport de tout repos.

Sait-on que selon le Code d'instruction criminelle, le rôle de la police pourrait se borner à l'arrestation du suspect et du coupable et à un simple interrogatoire d'identité, celui sur le fond, celui tendant à l'obtention des aveux et des circonstances, incombant au juge d'instruction ?

Sans vouloir juger au fond de l'affaire Grangé, qui appartient aux juges et aux jurés de la cour d'assises, nous poserons une seule question : quelle serait la réaction de ceux qui parlent et qui écrivent — souvent de loin, sans connaître très bien ni les affaires ni les hommes — sur l'action de la police et les méthodes d'instruction en matière criminelle, si demain ils étaient cambriolés, roués de coups et délestés de leurs portefeuilles, attaqués comme un trop grand nombre de chauffeurs de taxis, et voyaient sortir, le sourire aux lèvres, du bureau du commissaire ou du cabinet du juge, le « dur » trop malin pour passer des aveux ? « Messieurs les truands, cessez les premiers... »

C'est le jeudi 29 avril 1954 que s'ouvre le procès qui doit durer deux jours. La date en a été judicieusement choisie. Le procès se terminera le vendredi 30 avril. Le lendemain, c'est le 1er mai, le seul jour férié de l'année où les journaux ne paraissent pas. Le surlendemain est un dimanche, pas de journaux non plus. Donc pas d'informations sur le verdict avant le 3 mai.

Un service d'ordre impressionnant a pris position tout autour du palais de Justice. Il faut montrer patte blanche à tout propos. Quand les portes du tribunal s'ouvrent à 13 heures, le public qui est venu assez nombreux constate que la salle est déjà presque entièrement pleine. « Le policier s'y épanouit sur tous les bancs et à tous les étages », écrira un journaliste.

L'affaire a fait grand bruit. Toute la presse parisienne est « descendue » à Bordeaux et une vingtaine d'envoyés spéciaux essaient de trouver place aux tables qui leur sont réservées. Cela rappelle l'affaire Marie Besnard, « l'empoisonneuse » de Loudun, jugée dans cette même salle il y a seulement quelques semaines.

Quand les trois accusés sont introduits dans le box par les gendarmes, une nuée de photographes se précipitent. (Les photographies ne seront interdites dans les salles d'audience qu'en décembre 1954.) Eblouis par les flashes, les trois policiers, cravatés de frais et cheveux gominés, écarquillent les yeux. Ils ne tardent pas à retrouver le sourire en apercevant leurs collègues qui garnissent la salle et leur font des signes d'amitié.

La cour fait à son tour son entrée. Elle est présidée par le conseiller Roux.

Au banc de la défense, on trouve deux avocats, l'un de Bordeaux, au visage gras et au menton tombant, Me Daninos, et l'autre de Paris, Me René Floriot, qu'on s'étonne de trouver à pareille place alors que sa notoriété lui permet de choisir de meilleures causes.

La veuve de Roger Grangé est présente dans la salle. Elle est assistée par deux avocats bordelais : Me de La Chapelle et Me Odin. C'est grâce à eux et surtout au second que l'affaire, après huit ans de procédure, est aujourd'hui jugée. Jamais ils ne se sont découragés.

Le tirage au sort des jurés donne lieu à une surprise de taille. Le premier juré désigné est le commandant Arthur Richards, conseiller général de la Gironde, mais surtout conseiller municipal gaulliste de Bordeaux et plus spécialement chargé par M. Chaban-Delmas, maire de la ville, des rapports avec la police. En bref, quelqu'un qui s'entretient journellement avec ceux qui doivent être aujourd'hui jugés.

Parmi les autres jurés figurent M. Deschamps, ancien maire de Cadarsac, un boulanger-pâtissier de Bordeaux, un exploitant forestier et un retraité.

L'appel des témoins réserve aussi quelques surprises : le docteur Jourdan, médecin de l'administration, qui affirma que Grangé ne portait aucune trace de coups à sa sortie du commissariat, brille par son absence. Un certain René

Rouille, « retenu par le préfet en mission extraordinaire », n'est pas là non plus, de même qu'un policier du nom de Parré qui n'a pu se déplacer « étant donné la situation sociale actuelle ».

Pendant tout ce temps, on a pu observer les accusés.

Benquet est le benjamin du trio. Il a trente-deux ans. Au moment des faits, il en avait vingt-quatre. Il présente un front soucieux sous ses cheveux de blondinet de village et a des joues roses de nourrisson.

Les deux autres affichent plus d'assurance. Le front bas, le sourcil épais et noir, Cazenave, comme le décrit un journaliste, « pourrait avoir l'air ingénu d'un garçon boucher s'il n'avait le regard si lourd ». Malgré son apparente tranquillité, c'est un inquiet. Il a, dit-il, perdu le sommeil. Mais pas depuis huit ans, seulement depuis qu'il sait qu'il lui faudra comparaître devant les Assises.

Grand, brun, le visage maigre, les lèvres minces et les joues mal rasées, le commissaire Nardon est visiblement l'intellectuel de l'équipe. C'est lui d'ailleurs qui porte la serviette aux documents et se prépare à prendre des notes.

Le président élève alors sa voix fluette pour insister avec complaisance sur les « renseignements particulièrement favorables » recueillis sur le compte des trois accusés. C'est vrai, jamais de meilleurs renseignements ne furent glanés par la police sur des accusés.

Tous trois sont consciencieux, dévoués, zélés, intègres, bons pères, bons époux, remarquables par leurs qualités professionnelles. L'inspecteur Benquet a onze ans de « maison ». Il est noté comme un « fonctionnaire doué, connaissant son métier à la perfection, un peu timide toutefois ». Il officie maintenant à Besançon comme inspecteur des Renseignements généraux.

« Bien entendu, vous n'avez pas de mention à votre casier judiciaire », glisse négligemment le président.

Benquet acquiesce d'un sourire un peu forcé.

Le casier du brun Cazenave est tout aussi vierge. Il a quarante et un ans. Entré dans la police en 1940, « il a toujours donné satisfaction dans sa façon de servir ». Il est réputé à la police judiciaire de Bordeaux où il est toujours affecté, « pour sa conscience professionnelle et la sagesse de sa vie familiale ». Inspecteur au moment des faits, il est aujourd'hui inspecteur-chef.

Quant au commissaire Nardon, il a quarante-trois ans. Avant d'entrer dans la police, il a été élève à l'école des Beaux-Arts. La Résistance lui a valu un bel avancement qui n'a nullement été stoppé par la mort de Grangé en 1946, puisqu'il dirige comme adjoint la police de l'air à Toulouse.

Lorsqu'il s'agit d'ouvrir véritablement le dossier de l'affaire, l'enthousiasme du président Roux vacille quelque peu. Il est bien obligé de donner quelques explications sur les lenteurs de la justice, puisque les faits remontent à huit ans. Il le fait d'abord avec un soin méticuleux, en n'oubliant aucun des non-lieux dont ont bénéficié les accusés, puis brusquement il est pris d'un accès de célérité comme s'il voulait rattraper le temps perdu au cours de ces huit années. Cela lui fait totalement escamoter l'élément le plus important, le mémorable arrêt de la Cour de cassation du 18 février 1954 et le débat qui l'avait précédé, au cours duquel, on s'en souvient, l'avocat général Lebègue avait stigmatisé « l'attitude incompréhensible du parquet général et du préfet de Bordeaux dans cette affaire ». C'est pourtant en vertu de cet arrêt que les trois policiers se trouvent aujourd'hui devant les Assises.

M. Roux serait-il un magistrat distrait ? A-t-il fait preuve d'une touchante pudeur ? Ou bien a-t-il péché par omission volontaire ? On n'ose le croire. Et pourtant c'était bien, de toutes les explications juridiques pouvant être données aux jurés, la seule qui les eût éclairés sur le fond de l'affaire.

Le président passe ensuite à l'interrogatoire des accusés.

C'est l'inspecteur Benquet qui répond le premier.

« Une bande de cambrioleurs, explique-t-il, avait été arrêtée et certains objets avaient pu être récupérés, sauf une montre en platine. L'un des malfaiteurs me signala que la montre avait été confiée à Grangé. Je l'ai interrogé. Il m'a dit que la montre était effectivement passée entre ses mains, mais qu'il l'avait vendue. Il m'a affirmé qu'il pourrait la récupérer. Je l'ai donc relâché pour qu'il puisse aller la chercher. Deux jours plus tard il est revenu, mais les mains vides. Mon collègue Cazenave et moi, nous l'avons fait descendre en cellule pour le garder à vue. Nous sommes remontés et c'est tout.

— C'est exact, c'est tout », confirme le collègue Cazenave.

A 14 heures, Grangé fut interrogé par les deux inspecteurs.

« Grangé, indique Benquet, s'est contenté de nous déclarer qu'il n'avait pas retrouvé la montre et qu'il ne savait pas le nom de celui qui l'avait achetée. Ça s'est borné là.

— C'est exactement cela. Ça s'est borné là », reprend en écho Cazenave.

Le président n'insiste pas. Il plonge son nez dans le volumineux dossier posé devant lui et en vient au deuxième interrogatoire subi par Grangé, à 16 heures 30, en présence de Bolloch, le tenancier de maison close cambriolé.

« Grangé a offert de rembourser, dit Benquet, approuvé d'un signe de tête par Cazenave, mais Bolloch n'a pas voulu. Il ne voulait pas d'argent, mais sa montre. La confrontation n'a pas duré plus de quatre ou cinq minutes. Elle s'est passée très normalement. Nous avons laissé Grangé et nous sommes remontés dans les services.

— Aucun incident ne s'est donc produit ? demande le président.

— Aucun, monsieur le président, répond Benquet.

— Aucun, monsieur le président », confirme Cazenave.

Le président rapporte alors le témoignage d'un nommé Dubos qui a déclaré à l'instruction que Bolloch avait dit aux inspecteurs : « Frappez-le jusqu'à ce qu'il avoue ! » Il a même précisé qu'il avait ensuite entendu Grangé crier : « Assez ! Assez ! Ne me frappez plus ! »

« Je me permets de faire remarquer, intervient Benquet, que Dubos était l'un des cambrioleurs arrêtés. »

Les choses en restent là pour l'instant.

« En remontant, poursuit Benquet, j'ai rencontré le commissaire Nardon. Je lui ai dit que Grangé n'avait pas avoué. Il a dit : « Bon, je vais y aller. Peut-être qu'avec moi il parlera. » Il était 17 heures. Le commissaire a dit à Grangé qu'il avait intérêt à indiquer où se trouvait la montre volée, qu'on le laisserait en liberté. Mais Grangé a dit qu'il ne connaissait pas l'acheteur. Cela a duré deux ou trois minutes, et c'est tout. »

Le président : « En somme, il n'y a eu aucun incident ? »

Le chœur des accusés : « Non, il n'y a eu aucun incident. »

Bref, on n'a pas touché un seul cheveu de la tête de Grangé. On l'a interrogé et s'il est mort au commissariat, il ne faut voir là que le fait du hasard. Peut-être avait-il un ulcère à l'estomac, à moins qu'il n'ait été sujet à des crises d'épilepsie ou d'alcoolisme.

« J'ai bien remarqué qu'il suait beaucoup, déclare le commissaire Nardon. Oui, cela m'a même frappé *(sic)*. Un moment il a laissé tomber son mouchoir et il ne parvenait pas à le ramasser. »

Telle est la version des policiers. Seulement, il y a les témoins. « Evidemment ce ne sont, et ce ne pouvaient être, ainsi que le note Jean-Marc Théolleyre dans *le Monde*, que des suspects, également détenus dans les services de sécurité au moment des faits. Dès lors, le jeu de la défense consiste à mettre en doute la valeur de leurs dépositions, à parler de leurs condamnations ou de leur activité antérieure, à proclamer qu'il n'est pas surprenant d'entendre de pareilles gens sauter sur une aussi belle occasion pour discréditer la police. Cependant, on peut se demander pourquoi de tels témoins, qui connaissent fort bien la puissance des services policiers, qui savent avec quelle facilité on pourra les inquiéter à la moindre occasion, se risqueraient à de pareilles dépositions si elles ne correspondaient pas à la vérité ? »

Or, tous sont formels. Ils ont entendu des cris, des bruits sourds de coups. Ils ont même entendu les questions et les réponses, ce qui leur permet d'affirmer que c'est bien de Grangé qu'il s'agissait. Tout cela se passait dans la cave où ils étaient enfermés, dans ce sous-sol extrêmement sonore où les minces cloisons, qu'on y a disposées pour le diviser en cellules et en salles d'interrogatoires, permettent de tout entendre, de n'importe quelle pièce à n'importe quelle autre.

Ils ont donc entendu et ils rapportent cette scène entre les deux inspecteurs et le commissaire Nardon : « Alors, Grangé a-t-il avoué ? » demandait le commissaire. « Non », lui répondait-on. « Alors, dans ce cas, je vais m'y mettre et je vous garantis qu'avec moi il faudra bien qu'il parle. »

S'y est-il mis ? Tout le problème est là. Le président interroge les accusés.

« Le commissaire Nardon n'a jamais dit ça, répond Benquet.

— Le commissaire Nardon n'a jamais dit ça, confirme Cazenave.

— Je n'ai jamais prononcé de telles paroles », dit Nardon en plissant un front indigné.

Quand on lui parle des cris que les témoins ont entendus, il hausse les épaules et avance cette explication pour le moins inattendue :

« Cela devait provenir de la salle d'escrime de la police, qui est contiguë au sous-sol. C'étaient les éclats de voix, les exclamations, les rires, les ferraillements... »

Du coup l'avocat général Robert, qui était resté jusqu'ici silencieux, se lève.

« C'est la première fois, s'étonne-t-il, que vous parlez de cette salle d'escrime. Depuis huit ans, tout de même... »

Nardon pourrait s'en tirer en baissant la tête et en bredouillant une vague excuse. Mais non, il joue au bravache.

« C'est que nous ne sommes pas, explique-t-il, des inculpés comme les autres. Nous n'avons pas eu d'avocats. Nous étions témoins et nous répondions spontanément, alors qu'un inculpé est informé par ses avocats et peut s'expliquer en connaissance de cause. J'avais pour ma part refusé l'assistance d'un défenseur : je me serais senti déshonoré (grimace de Me Floriot). Je ne pensais pas que pour des faits pareils commis dans le service, on aurait pu nous amener ici... »

L'avocat général : « Cela se passait au début, lorsque vous étiez témoins. Mais lorsque vous avez été inculpés, ne vous êtes-vous pas inquiétés ?

— Absolument pas, répond Nardon.

— Vous n'avez donc pas cherché à savoir la cause du décès de Roger Grangé ?

— Pas du tout. Nos chefs nous avaient dit de ne pas nous inquiéter, qu'ils faisaient de tout cela une affaire personnelle.

— Mais vous n'avez pas demandé à faire consigner sur le procès-verbal du juge d'instruction ce que vous nous dites aujourd'hui, que Grangé était souffrant, qu'il suait beaucoup et que les cris pouvaient provenir de la salle d'escrime ? Cela est vraiment surprenant de la part d'un commissaire de police.

— Non, répond Nardon, j'ai signé ce qu'on m'a fait dire, de confiance, sans le lire. »

On entend ensuite les témoins. D'abord le professeur Landé, le médecin légiste qui procéda à l'autopsie du corps de Grangé. Il releva des ecchymoses sur la face et le crâne, des traces contuses sur l'ensemble du corps et surtout un traumatisme crânien ayant provoqué l'hémorragie qui entraîna la mort. « Mais on peut se demander, ajoute-t-il, si Grangé n'avait pas une fragilité particulière des vaisseaux capillaires. J'ai remarqué qu'il avait une calotte crânienne peu épaisse et les méninges molles. J'ai été étonné de constater qu'un traumatisme aussi peu important ait pu avoir des conséquences aussi graves... »

Les journalistes ont du mal à en croire leurs oreilles. Pour un peu, Grangé, faute d'avoir pu supporter les coups, serait responsable de sa mort.

Me Floriot se lève alors et demande au médecin légiste : « L'hémorragie vous semblant avoir été provoquée par des heurts ou des coups, voulez-vous nous dire si l'on peut survivre plusieurs heures à des coups reçus ? »

Tout le monde a parfaitement compris où veut en venir le grand maître. Grangé serait mort au commissariat de coups reçus à l'extérieur. C'est la fameuse théorie de « l'intervalle libre » entre coups reçus et apparition du coma, car un traumatisme n'entraîne pas forcément des conséquences immédiates.

Le médecin légiste, visiblement ravi, s'empresse de répondre : « Mais bien sûr ! »

L'avocat général veut essayer de sauver ce qui peut l'être encore et indique que, lorsque Grangé est arrivé au commissariat, il était en bon état de santé. Le médecin légiste répond que des personnes gravement atteintes peuvent mener, pendant plusieurs jours, une existence normale.

Soulagé, le public des policiers respire plus largement. On voit même certains jurés esquisser un sourire.

Voilà que défile maintenant à la barre la cohorte serrée des policiers de tous grades et de toutes espèces qui n'ont de témoins que le nom.

Deux témoignages seulement méritent quelque attention. Celui d'abord de M. Rodière, chef de la Sûreté de Toulouse qui fut chargé de l'enquête administrative après la mort de Grangé. « Les témoins que j'ai entendus, déclare-t-il, étaient tous favorables aux accusés. Etant donné ces témoignages et le peu d'importance de l'affaire, j'en ai conclu que ceux-ci n'étaient pas coupables. D'ailleurs, je les connais, les policiers ne sont pas des brutes. Ce sont des garçons calmes, pondérés... »

Me Daninos, l'avocat bordelais des policiers, demande alors au témoin « s'il pourrait éclairer messieurs les jurés en donnant quelques précisions sur l'action de la brigade des cambriolages à laquelle appartenaient les accusés ».

Suit un bilan des plus élogieux. Mais il faut croire que le témoin n'a pas suffisamment bien appris sa leçon, car Me Daninos éprouve le besoin de rappeler que lors de l'arrestation d'un nommé Castaing à la Bastide, l'un des accusés a essuyé six coups de feu.

Arrive ensuite l'agent de police Sébastia, qui était de service au commissariat le jour de la mort de Grangé. Le président lui demande : « Vous n'avez pas entendu de cris suspects ? » Et il répond ingénument : « Oh ! non. D'ailleurs, on est tellement habitué à entendre des cris... (Puis très vite il se reprend.) Je veux dire des éclats de rire, des exclamations... »

Après une courte suspension d'audience, voici que s'approche de la barre un curieux personnage qu'Alex Ancel, l'envoyé du *Parisien libéré*, décrit ainsi : « Un quinquagénaire au teint couperosé, à l'œil averti, qui porte un complet de sport anglais et des chaussures de daim. » Une manche du veston est vide. Il s'agit de « Paulo le Manchot » appelé aussi « Paul le Tatoué ». Sa profession : commerçant à Paris.

Tout le monde a compris qu'il s'agit de l'honorable Bolloch, le tenancier de maison close, réduit à une semi-reconversion après la loi Marthe Richard.

« J'ai parlé tranquillement à Grangé, comme je vous parle, monsieur le président, déclare-t-il. Je n'ai jamais dit aux policiers de taper dessus. Ce n'était pas mon rôle.

— Mais un témoin vous a cependant entendu crier : « Frappez-le jusqu'à ce qu'il avoue ! », glisse l'avocat général.

— Ce n'est pas possible, répond Bolloch, je ne pouvais pas crier, je sortais de clinique et j'étais très faible... »

Et le « commerçant » se retire, très digne dans son complet de sport anglais.

C'est Dubos qui lui succède à la barre. Enfin un véritable témoin. Ce petit homme maigre, docker de son état, a été impliqué dans le cambriolage de l'appartement de Bolloch et arrêté le même jour que Grangé. Il se trouvait détenu au sous-sol quand Grangé a été interrogé. Il raconte :

« J'ai entendu Roger qui criait : « Vous me tuez ! Assez ! Pitié ! Je ne sais rien ! » Vers 17 heures, on l'a emmené. J'ai entendu le bruit du corps qu'on traînait. Je dis qu'il n'est pas mort de maladie. On l'a assassiné. Moi-même j'ai été frappé par l'inspecteur Cazenave comme avec un marteau-pilon. Pire que du temps des Allemands ! »

Le président lui demande comment il se fait qu'il n'a jamais déclaré jusqu'ici qu'il avait été frappé.

« On ne me l'a jamais demandé », répond Dubos.

Me Floriot se lève alors à nouveau et ironise sur ces témoignages qui « comme le bon vin de Bordeaux, dit-il, s'améliorent en vieillissant ». Cette idée ne l'a même pas effleuré quand son client Nardon a parlé pour la première fois à l'audience de la fameuse salle d'escrime et des sueurs de Grangé.

Le président demande aux policiers ce qu'ils ont à répondre aux accusations de Dubos. L'inspecteur Benquet essaie alors de prendre un air indigné et s'écrie :

« C'est faux à tous les points de vue ! Nous n'avons pas frappé Grangé. D'ailleurs Dubos n'a pu entendre, il est sourd comme un pot ! »

Dubos, qui a l'ouïe aussi fine que n'importe qui, réplique aussitôt :

« Même un sourd aurait entendu, tellement il criait sous les coups... »

C'est alors que Me Daninos se dresse, une feuille à la main. « N'avez-vous jamais été condamné pour vol ? » demande-t-il. Dubos proteste, mais le président décide de passer au témoin suivant, non sans avoir laissé Me Daninos donner lecture aux jurés du casier judiciaire de Dubos.

Le prétoire connaît une certaine animation quand Yvonne Gaudin s'approche. C'est une forte femme, la quarantaine, un peu lourde. Elle était, elle aussi, détenue au sous-sol du commissariat au moment où l'on interrogeait Grangé. On lui reprochait une affaire de trafic de faux bons d'essence. Elle jouissait d'une certaine liberté d'allées et venues dans le commissariat, car la police l'utilisait couramment comme « policière de complément », c'est-à-dire comme indicatrice. Elle a vu Grangé à son arrivée ; elle a entendu ses cris, elle a recueilli son dernier soupir.

« Quand le commissaire est arrivé, déclare-t-elle, il a dit : « Alors, il a avoué ? Non ? Eh bien, je vais m'y mettre. Avec moi, il faudra bien qu'il parle. » J'ai entendu des cris. Grangé suppliait : « Assez ! Assez ! Je ne peux rien vous dire. Je ne connais pas son nom ! » La scène a duré assez longtemps. J'entendais le bruit sourd des coups. J'ai vu sortir un inspecteur tout échevelé, qui a dit : « Le salaud ! Il se défend. Il a fallu l'attacher. Si je ne m'étais pas retenu, je l'aurais tué. » C'est après que Benquet m'a demandé d'aller trouver Grangé et de lui conseiller, dans son intérêt, d'avouer. J'ai vu, dans la cellule, Grangé assis sur le banc, la tête dans ses mains. Il y avait du sang sur le ciment. Je lui ai dit : « Tu vas pas te laisser crever pour une montre. » Il m'a répondu : « C'est trop tard, ils m'ont déjà crevé. » Il était pâle, plein de sueur. Tout son corps tremblait. Il m'a demandé : « Est-ce que tu sors aujourd'hui ? » J'ai répondu : « Peut-être. » « Alors, tu diras à ma femme que je l'aimais bien. »

En prononçant ces mots, Yvonne Gaudin pleure et les larmes coulent sur son visage en faisant de grosses traînées blanches qu'elle ne songe même pas à essuyer.

« Il ne pouvait plus tenir debout, continue-t-elle. Je l'ai pris par les épaules. Il y avait une bouteille d'eau, je lui ai humecté les lèvres. Il a essayé de se lever, mais il s'est écroulé entre le banc et la table.

J'ai appelé l'un des gardes. Il a ouvert la porte et il a crié aux autres : « Votre type en bas, il est raide ! » Nardon a alors été appelé au téléphone. Il est arrivé aussitôt. On a jeté des pots d'eau à la figure de Grangé, mais rien n'a pu le ranimer. J'ai vu arriver ensuite le docteur Jourdan et j'ai entendu Nardon qui disait : « Alors, docteur, c'est bien d'une crise de delirium tremens qu'il est mort ? »

— Drôle de crise ! ai-je dit à Benquet qui, inquiet, m'a répondu : « Tu ne vas tout de même pas dire que c'est la petite branlée qu'il a reçue qui lui a fait du mal ? »

C'est alors que se produit un incident. Me Daninos, cherchant visiblement une diversion, se lève et d'une voix tonitruante, s'écrie :

« Cette femme est venue hier soir, en mon absence, à mon cabinet. En partant, elle a dit à mon secrétaire : « Si j'avais su, je n'aurais pas suivi le conseil qu'on m'a donné de venir ici. » Cette démarche d'un témoin est inqualifiable. Je demande une enquête... »

Yvonne Gaudin ne se laisse pas intimider et répond : « Si je suis venue, c'est parce qu'on m'avait demandé de sauver Benquet.

— Qui, « on » ? demande l'avocat général.

— Ça, je ne peux pas le dire. Mais j'ai accepté, parce que Michel Benquet s'est toujours montré un chic type vis-à-vis de moi... »

Me Daninos ne s'en tient pas quitte pour autant. Il hurle à nouveau :

« Je ne comprends pas qu'on entende comme témoin des repris de justice. Cette femme a été condamnée à plusieurs reprises pour vol. De plus, au moment des faits, elle couchait avec un Nord-Africain.

— Ce n'est pas un argument », réplique Yvonne Gaudin.

Me Daninos l'injurie alors avec une grossièreté que noteront la plupart des journaux. C'est le tumulte dans le prétoire. Des policiers se lèvent dans la salle et se mettent à crier. On ne s'entend plus. Le président s'époumone vainement à essayer de ramener un peu de calme. Me Floriot tire son confrère par la robe pour le faire rasseoir.

Les invectives de Me Daninos cessent enfin et l'audience peut reprendre. Mais très rapidement le ton monte à nouveau lorsque Yvonne Gaudin brandit une lettre que Benquet lui a adressée quelque temps après la mort de Grangé. C'est cette lettre qu'elle a présentée la veille en arrivant chez Me Daninos.

Il s'agit d'une correspondance par laquelle Benquet annonce à Yvonne Gaudin qu'il a payé ses impôts pour elle. Le récépissé est attaché à la lettre.

« Pourquoi, demande Me Odin (l'un des avocats de la partie civile), l'inspecteur Benquet a-t-il payé les impôts de cette femme ?

— Il s'agissait de 140 francs, bredouille Benquet. Elle avait reçu un commandement...

— Ce n'est tout de même pas une raison », réplique Me Odin.

Benquet baisse la tête et ne répond pas.

« J'ai trouvé ça si gentil ! reprend Yvonne Gaudin. Il avait toujours des gestes comme cela... »

Benquet ne sait plus où se mettre. Il est rouge comme une pivoine.

Me Daninos le tire d'embarras en provoquant un nouvel incident. Sa voix rugissante monte à nouveau. On ne sait au juste pourquoi. Le président, dépassé par les événements, laisse faire.

Yvonne Gaudin en vient à expliquer les obstacles qu'elle a rencontrés pour se porter témoin dans cette affaire.

D'abord son avocat lui a conseillé de se taire pour ne pas se mettre mal avec la police, puis le juge d'instruction lui a dit : « Vous connaissez vos fables : le pot de terre n'a jamais cassé le pot de fer. »

« Et cependant, conclut-elle, croyez-vous que je me mettrais toute la police à dos, si je ne disais pas la vérité !

— Personne ne vous est à dos, vous n'avez plus l'âge ! » riposte Mᵉ Daninos avec une incroyable vulgarité qui fera écrire au journal *Franc-tireur,* aujourd'hui disparu : « On ne sait plus décidément de quel côté sont les truands. La justice gagnerait à réviser ses conceptions en la matière. »

Suit un nouvel échange de mots aigres-doux. Le brouhaha reprend. Yvonne Gaudin est prise d'un brusque évanouissement. Le président en profite pour suspendre l'audience.

A la reprise, c'est le tour des témoins cités par la partie civile. Deux voisines viennent certifier l'excellente moralité de Mme Grangé « que les policiers ne laissent pas tranquille ». N'ont-elles pas reçu la visite d'inspecteurs qui voulaient leur faire dire que Mme Grangé « avait été enceinte et s'était faite avorter » ?

D'autres témoins ont rencontré Grangé la veille et même le matin de son décès. Il était en parfaite santé et même riait. De plus, il ne buvait pas et n'a jamais été atteint de crises d'épilepsie ni d'un ulcère à l'estomac.

En fin d'audience, on entendra l'inspecteur Bertaud, qui parle au nom du syndicat de la police, s'indigner que l'on fasse le procès de la police et que l'on traduise devant les Assises des hommes qui veillent à la sécurité de la société.

L'avocat général Robert, que cette audience a visiblement agacé, réplique sèchement : « Ce n'est pas le procès de la police que l'on fait ici, mais celui de trois policiers qui sont accusés de faits particulièrement graves. Je ne crois pas qu'il soit de l'intérêt de la police de se solidariser avec eux. »

Le président Roux ne veut pas laisser passer l'occasion de rendre hommage au corps de la police « qui a donné maintes preuves de son courage et de son dévouement »

Mᵉ Daninos ne peut mieux faire que de s'associer à ce vibrant hommage. Sur ce, l'audience est levée jusqu'au lendemain où l'on entendra le réquisitoire de l'avocat général et les plaidoiries.

Quelles sont les réactions de la presse à l'issue de cette première journée ? Si l'on excepte les deux quotidiens régionaux, *la Nouvelle République de Bordeaux* et *Sud-Ouest* qui ont cru voir chez les témoins de l'accusation des contradictions et insistent sur la déposition du médecin légiste, aucun des autres journaux ne doute de la culpabilité des policiers et de la façon dont le procès est mené à leur avantage.

Le Figaro titre : « Les trois policiers de Bordeaux ont choisi de nier tout en bloc et jusqu'à l'évidence. » *Le Parisien libéré* intitule son compte rendu : « Un "passage à tabac" qui aboutit aux Assises : les trois policiers de Bordeaux jurent qu'ils n'ont pas touché à un cheveu du brocanteur Grangé... qui fut pourtant transporté moribond du commissariat à l'hôpital ! »

Jean-Bernard Derosne, l'envoyé spécial de *l'Aurore,* est encore plus net : « Trois policiers nient des faits qui semblent indiscutables. » Madeleine Jacob se penche, elle, dans *Libération,* sur les « effarantes révélations du procès de Bordeaux » et ironise sur la déposition du médecin légiste. « Si Grangé est mort, écrit-elle, il faut imputer ce décès prématuré d'un vigoureux homme de vingt-huit ans à la fragilité de sa boîte crânienne, à son foie mou, à ses méninges molles, qui n'ont pas résisté aux chiquenaudes, sans doute. Faut-il insister, se demande-t-elle, sur la rapidité de l'interrogatoire des accusés ? Nous nous y attendions bien un peu. Qu'il suffise que l'on sache que, pour parler de la scène au cours de laquelle Grangé trouva la mort, on dit : "la scène litigieuse". »

Même préoccupation chez *Franc-tireur,* qui note : « Le président, lui, connaît son métier. Il sait comment on oriente le débat en choisissant judicieusement les mots. Il suffit de dire : le témoin « prétend » au lieu de « déclare ». Il suffit de préciser : des coups « auraient » été portés, « en tout cas d'après l'accusation », pour qu'en quelques heures d'audience se dessine la forme du futur verdict. »

Pierre Scize du *Figaro* a été impressionné, lui, par le courage des témoins de l'accusation. « Dubos, écrit-il, est un petit faisandeau comme il s'en prend à toutes les souricières, soit. Mais il brave toute la police de France pour le plaisir de dire la vérité. Là où des infirmières, des internes, des docteurs qui soignèrent Grangé quelques heures ou l'autopsièrent après sa mort, demeurent prudents, se réfugient dans le vocabulaire scientifique, parlent de chocs sans vouloir préciser qu'il s'agit de coups reçus ou de chute accidentelle, Dubos, lui, est formel. « Il se mouille », comme on dit dans son monde. C'est ne rien dire : il s'inonde... »

L'envoyée spéciale de *Paris-Presse,* Claire Gonon, a été scandalisée par l'attitude de Me Daninos, l'avocat bordelais des policiers. « Me Floriot, écrit-elle, dut souffrir terriblement de son coéquipier dont les outrances, les éclats de voix, les interventions intempestives ne purent que compromettre l'acquittement auquel il prétend. Cette algarade d'une violence inouïe aurait été grotesque si elle n'avait été scandaleuse. »

Combat, lui, ne se fait pas de doute sur l'issue du procès. « Nous sommes, écrit René Héricotte, dans une affaire où, pour une fois, on ne demande pas mieux que d'acquitter au bénéfice du doute. »

Quant à Jean-Marc Théolleyre, dans *le Monde,* rappelant les conseils du juge d'instruction à Yvonne Gaudin : « Vous connaissez vos fables : le pot de terre n'a jamais cassé le pot de fer », il tire en quelque sorte la moralité de cette première audience. « On saura demain soir, écrit-il, si la cour d'assises de la Gironde fonde sur des fables sa jurisprudence. »

Deuxième jour d'audience. La salle est encore plus remplie que la veille. Toujours autant de policiers, mais aussi des curieux qui essaient tant bien que mal de trouver une place et débordent jusque dans l'embrasure des fenêtres.

C'est Me Odin qui prend le premier la parole. Quelle différence avec les hurlements de Me Daninos la veille ! Une plaidoirie vigoureuse, claire et nuancée.

« Je ne me préoccuperai pas, indique-t-il dès l'abord, de la peine que pourra demander M. l'avocat général. Je plaiderai pour défendre la mémoire de Roger Grangé, mais aussi et surtout pour défendre l'individu et dénoncer certaines méthodes qui, si elles se généralisaient, nous feraient vivre sous l'oppression sociale la plus odieuse : l'oppression policière.

Que l'on ne vienne pas nous dire que ces méthodes n'existent pas. Dans le passé, il s'est trouvé des jurés d'Assises pour s'en indigner. Je n'en veux pour preuve que cet arrêt rendu par la cour d'assises d'Aix-en-Provence qui dénonce « des procédés qui déshonorent la police ». Je rappellerai aussi l'affaire Deshayes, ce docker innocent, qui fut condamné parce qu'il avait « avoué » sous les coups.

Il faut, s'écrie Me Odin, que les policiers perdent l'habitude de frapper. Un adage dit : « La torture interroge et la douleur répond. » C'est une erreur et une faute que nous ne pouvons tolérer ; la conscience populaire ne comprendrait pas qu'un tel crime restât impuni. »

De quoi est mort Grangé ? L'avocat examine une à une les hypothèses. Grangé est-il tombé ? Mais alors, pourquoi portait-il des ecchymoses des deux côtés de la tête ? Les policiers auraient souhaité pouvoir affirmer que le corps ne portait aucune trace de coups. C'est d'ailleurs ce qu'a avancé le docteur de l'administration qui n'a même pas pris la peine de déshabiller la victime. Malheureusement pour les accusés, la fiche d'admission à l'hôpital et les résultats de l'autopsie ont révélé qu'il y avait eu des coups et que ces coups avaient entraîné la mort.

« On viendra, poursuit Me Odin, vous expliquer tout à l'heure que Grangé a reçu des coups dans les jours qui ont précédé sa mort. Si cette hypothèse était exacte, il faudrait dire alors que lorsqu'on a reçu une correction mortelle, on se sent d'abord tout à fait à l'aise. On a l'œil clair, la jambe agile. On ressent une intense joie de vivre, puis tout d'un coup on tombe à jamais dans la nuit éternelle.

Je veux bien le croire puisque c'est, paraît-il, scientifique. Je remarque seulement que Grangé ne portait aucune trace de coups en entrant au commissariat. Après, il en portait. Et d'ailleurs, quels indices avez-vous sur une rixe possible ? Où s'est-elle passée ? Comment se fait-il que l'on n'ait aucun renseignement sur cette bagarre ? »

Me Odin parle ensuite des mensonges qui se sont accumulés autour de cette affaire. On a essayé de l'étouffer en usant de tous les moyens de procédure possibles et imaginables. On a cherché à intimider Mme Grangé en la menaçant de poursuites. On a tenté de donner mille explications à la mort de son mari. Toutes se sont révélées fausses.

« Je vais examiner avec vous, dit-il aux jurés, un certain nombre de ces mensonges. On a dit d'abord que Grangé était mort d'un ulcère à l'estomac. Ce n'était pas vrai. On a dit qu'il était alcoolique. C'est faux. Epileptique. Ce n'est pas plus vrai. Enfin on a soutenu que le « milieu » avait organisé une collecte en faveur de la veuve de Grangé pour intenter un procès et se venger ainsi de la police. C'est une infamie. Il y a bien eu une collecte, mais c'était pour les funérailles. Je peux vous donner les noms de ceux qui ont versé. Ce sont tous des voisins qui étaient indignés de la mort de Grangé. Quand on est obligé de mentir aussi bassement, c'est que l'on n'a pas la conscience tranquille.

Les témoins de l'accusation sont douteux, a affirmé la défense. Mais si c'était nous qui avions envoyé un mandat à un témoin, n'aurait-on pas dit que nous voulions le suborner ? Or, l'inspecteur Benquet a payé les impôts d'Yvonne Gaudin.

Je ne dirai pas que les accusés sont des sadiques qui ont frappé par plaisir un homme qui était sans défense. Ils n'ont pas voulu tuer, je l'admets. Mais ils ont eu un coup malheureux. Ils ne fallait pas le porter. Ils voulaient avoir un renseignement, ils pensaient qu'ils pourraient l'obtenir en frappant. Ils ont obéi à ce sentiment d'orgueil professionnel qui fait dire : « Les autres n'ont pas réussi, moi je réussirai. »

Que l'on ne vienne pas nous dire, comme l'a fait le juge d'instruction qui rendit dans cette affaire le premier non-lieu, qu'il est impossible de délimiter la responsabilité individuelle de chacun des policiers. Il existe une théorie juridique, celle des « co-auteurs », que l'on applique journellement devant les tribunaux. En vertu de quoi ne serait-elle pas applicable aux accusés ? »

Me Odin se tourne alors vers les trois policiers :

« Si l'un d'entre vous n'a rien fait, pourquoi ne se désolidarise-t-il pas des autres ? Ce faisant, il se rend complice, car il essaie de sauver les coupables parce qu'il les aide à échapper à un châtiment. Il est comme celui qui fait le guet pendant que se produit une agression.

Il n'est pas dans mes intentions d'attaquer la police. Ainsi que le disait hier M. l'avocat général au représentant du syndicat de la police, ce n'est pas ici le procès de la police, mais celui de trois policiers qui se sont rendus coupables de faits particulièrement graves. Ce qui est sûr, c'est qu'on s'honore beaucoup plus en dénonçant les abus qu'en essayant de les couvrir.

Supposez, dit Me Odin aux accusés, que nous vous racontions, à vous policiers, toutes les petites histoires que vous nous avez racontées, par exemple celle de la salle d'escrime. Vous nous demanderiez si nous ne vous prenons pas pour des imbéciles. »

Se tournant alors vers le jury, il conclut :

« Messieurs les jurés, il vous reste à condamner ces hommes. Jugez-les comme vous savez qu'ils vous jugeraient si vous étiez à leur place. Et n'oubliez pas que nous sommes tous à la merci d'un soupçon, d'une dénonciation. La police peut, si elle le veut, nous garder vingt-quatre heures et nous déshonorer pour le restant de nos jours. En condamnant ces hommes, vous affirmerez clairement que vous ne voulez pas que la police aille plus loin et qu'elle inflige, en plus du déshonneur, des châtiments corporels. Nous voici devant la justice. Aucun citoyen n'est intouchable. La justice comme la mort ne doit épargner personne. »

Dans son réquisitoire, l'avocat général Robert, qui lui succède, reprend les mêmes arguments. Il dénonce toutes les manœuvres qui ont entouré cette affaire pour qu'elle ne soit jamais jugée publiquement. Il dénonce également les odieuses tentatives faites par la police pour discréditer Mme Grangé, dont la vie est pourtant exemplaire.

Il aborde ensuite les circonstances de la mort de Grangé. « Cette affaire, dit-il, peut se résumer d'une façon très simple : Grangé est entré en bonne santé dans les locaux de la police, il en est ressorti mourant. Les accusés ont affirmé qu'à aucun moment ils ne l'avaient frappé. Mais le médecin légiste, dans son rapport, a fait état de contusions très récentes et de traces de coups à droite et à gauche de la tête, ce qui exclut l'hypothèse d'une chute. Les accusés nous ont dit aussi qu'ils ne s'étaient pas préoccupés des raisons de la mort de Grangé. Or, c'est faux. Deux jours après le drame, le parquet recevait un rapport émanant des policiers qui affirmait que Grangé était mort d'une hémorragie cérébrale au cours d'une crise de folie. L'autopsie devait faire justice de ces mensonges. »

Se penchant sur la valeur du témoignage d'Yvonne Gaudin, l'avocat général pose la question : « Yvonne Gaudin est-elle de bonne foi ? On a dit que son témoignage était sujet à caution. Mais quel genre de témoins vouliez-vous que nous trouvions dans les locaux de la police ? Pourquoi n'aurait-elle pas fait une déposition impartiale ? Rien ne nous permet de mettre en doute son témoignage, d'autant plus qu'il est confirmé par celui de Dubos et étayé par des constatations matérielles. La conversation entre Nardon et ses inspecteurs pouvait-elle être entendue ? Oui, le juge d'instruction et le substitut en ont fait l'expérience sur les lieux mêmes.

Nous sommes parfaitement d'accord, poursuit-il, ces trois hommes n'ont pas voulu tuer Grangé. Tout le monde est néanmoins unanime à convenir qu'il est mort après le troisième interrogatoire mené par Nardon et les deux inspecteurs.

La difficulté est de savoir qui a frappé. Tous les trois ?

Deux seulement ? Un seul ? Il n'y a pas eu de témoins visuels. Mais la chambre d'accusation a tranché le problème. Elle a renvoyé les trois policiers devant la cour d'assises comme « co-auteurs ». On ne peut qu'approuver cette décision, car le système de défense des accusés est fondé sur la mauvaise foi. Ils savent ce qui s'est passé et ne veulent pas le dire. Dès lors ils sont tous trois coupables.

Les sévices infligés au cours d'interrogatoires ne sont pas tolérables. Des aveux arrachés dans ces conditions sont la cause d'erreurs judiciaires graves. Un homme avoue pour éviter les coups. Il va se rétracter, mais il sera condamné et l'on apprendra plus tard qu'il est innocent.

Il est une règle absolue qui doit être respectée : en aucun cas, un homme, fût-il coupable, ne doit être frappé. Sinon comment croire en la réalité des aveux ? Sur quoi s'appuyer pour condamner quelqu'un ? »

En conséquence, l'avocat général requiert une peine de prison ferme pour les trois accusés, plus lourde cependant pour le commissaire Nardon, qui doit être considéré comme le « grand coupable », car c'est lui qui dirigeait l'interrogatoire.

« Que cette affaire soit une leçon et que cette leçon ne soit pas perdue, ajoute-t-il en s'adressant à tous les policiers présents dans la salle. Qu'il n'y ait plus de coups, de ces coups qui déshonorent ceux qui les portent ! »

L'avocat général referme son dossier. Dans leur box, les policiers n'en mènent pas large. La salle est devenue silencieuse. Les jurés font grise mine. Vont-ils être obligés de condamner ? Pour atténuer un peu l'effet produit par la plaidoirie de Me Odin et le réquisitoire de l'avocat général, le président décide une suspension d'audience.

A la reprise, c'est Me Daninos qui plaide pour les policiers.

« C'est un scandale, s'écrie-t-il, de voir ces hommes accusés par ceux-là mêmes qu'ils avaient arrêtés ! Messieurs les policiers, dit-il en se tournant vers le box, vous êtes les victimes du « milieu » bordelais, vous êtes les victimes de votre devoir... »

Aussitôt après, il se met à parler de l'affaire Marie Besnard jugée quelques semaines plus tôt par cette même cour d'assises. A ce propos, il s'improvise le défenseur de la magistrature qui avait été malmenée par certains articles de presse. Il s'en prend violemment aux journalistes et plus particulièrement à Pierre Scize, l'envoyé spécial du *Figaro.*

Pour décrire la scène qui suit, laissons la parole à Jean-Bernard Derosne, le reporter de *l'Aurore :*

« Ce fut insupportable. La presse n'a pas l'habitude de troubler les audiences. Elle est là pour rendre compte du déroulement des débats et pour proposer une opinion à ses lecteurs. C'est là sa mission, son droit et son devoir. Mais il n'est pas d'usage qu'abrité derrière sa robe, un avocat insulte aussi grossièrement des hommes qui ne sont pas partie au débat et ne peuvent pas répondre. Nous avons tous été patients. Nous sommes demeurés silencieux, mais cela devint vite intolérable. L'orage se concentra dans le prétoire. Le président tenta d'intervenir, mais l'avocat était déchaîné. Appelé en hâte, le bâtonnier ouvrit la bouche, mais nul n'entendit ce qu'il disait pour la bonne raison que le tumulte s'était déchaîné dans un grand bruit de chaises et d'imprécations. Il ne restait plus au président qu'à interrompre cette belle plaidoirie et à suspendre l'audience. Il ne fallut pas moins de trente-cinq minutes pour ramener un peu de calme, car on se provoqua longtemps dans les couloirs, de la voix et du geste. Le témoin Yvonne Gaudin s'en mêla et se fit expulser *manu militari.* La foule, bien entendu, participa à l'action. Avocats et magistrats étaient désolés. Et les policiers, donc ! Après ce joli coup, ils craignaient le pire pour leurs collègues accusés et si curieusement défendus. »

L'audience reprend enfin dans un calme relatif, mais pas pour longtemps. Me Daninos s'en prend cette fois-ci au conseiller Patin de la Cour de cassation et le malmène sans ménagement. L'avocat général proteste, le président ne peut faire autrement que de l'imiter.

« Décidément, dit l'avocat, je suis dans un mauvais jour...

— J'aime vous l'entendre dire », réplique sèchement l'avocat général.

Bref, une plaidoirie qui demeurera célèbre et que Madeleine Jacob, dans son style direct et incisif, décrira ainsi dans *Libération :* « Me Daninos ne plaide pas, il insulte. Il ne crie pas, il éructe. Il retrousse moralement parlant ses manches. Il invective la presse. Il se lance dans la mêlée qu'il crée lui-même. Il transforme le prétoire en champ de foire. »

Après un tel lever de rideau, il reste à plaider pour les trois policiers. C'est Me Floriot qui s'en charge.

« Je n'arriverai jamais à vous prouver, commence-t-il, que ces hommes sont innocents, de la même façon qu'il est tout aussi impossible de prouver qu'ils sont coupables... Bien sûr qu'on donne des coups à la police. Vous n'espériez pas que j'allais dire qu'on n'a jamais passé un suspect à tabac dans un poste de police ? Les coups, vous ne les empêcherez jamais... Mais les cogneurs, à la police, on les connaît. Interrogez n'importe quel commissaire, qu'il s'agisse de la police nationale, municipale, judiciaire ou autre. Les cogneurs, ce sont ceux qui ont la religion de l'aveu. Mais ce que je peux vous affirmer, c'est que ni Nardon, ni Cazenave, ni Benquet ne figurent sur la liste des cogneurs. (Les policiers respirent. Ils avaient craint un instant d'être trahis.)

Alors, poursuit Me Floriot avec aplomb, si vous voulez bien, les coups, nous n'en parlerons pas. »

C'est énorme et l'argument jette un froid parmi les journalistes, tandis que dans la salle, comme le note Madeleine Jacob, « le corps de ballet policier boit de l'ambroisie ».

« L'inspecteur Benquet a été bien gentil avec Grangé, dit Me Floriot, en le laissant courir à la recherche de son acheteur, alors qu'il aurait pu l'arrêter aussitôt. Non, il a voulu lui laisser une chance.

Malheureusement pour lui, les choses ne se sont pas passées aussi bien qu'il l'avait espéré. Pendant deux jours et deux nuits, il a cherché à retrouver dans le « milieu » bordelais l'acheteur de la montre. Il fut mal reçu. Il y eut bagarre et lorsqu'il revint au commissariat, il portait déjà à la tête des coups invisibles, mais mortels, dont il devait mourir à retardement et sans avoir été frappé par les policiers. »

Pour soutenir cette théorie dite de « l'intervalle libre », Me Floriot fait appel à ses archives personnelles et cite un traité de médecine légale. Les policiers dans la salle sont admiratifs. « C'est un fortiche », dit en connaissance de cause un commissaire blanchi sous le harnais. Il est vrai qu'il faut avoir un certain talent pour escamoter ainsi les vérités gênantes mises en lumière par les débats.

« Bref, conclut Me Floriot, les accusés ne sont pour rien dans la mort de Grangé. Peut-on d'ailleurs supposer un seul instant qu'ils aient frappé pour obtenir des aveux dans une affaire de troisième ordre, le recel d'une montre ? C'est impensable.

Déclarerez-vous coupables ces policiers, parce que la femme Gaudin l'a dit pour se venger ? Non, vous ne tomberez pas dans ce piège. Les hommes qui sont devant vous, tout le monde connaît leur pondération et leurs beaux états de service. Leur passé plaide en leur faveur. Vous ne pouvez pas les condamner sans preuves formelles. C'est pourquoi je suis sûr qu'en votre âme et conscience vous répondrez « non » à toutes les questions qui vous seront posées sur leur culpabilité. »

Les accusés n'ont rien à ajouter à ce morceau de bravoure. Il ne reste plus aux jurés qu'à se retirer pour délibérer. Une heure plus tard, ils sont de retour. Le président lit de sa voix fluette le verdict. Les jurés ont répondu « non » à toutes les questions. Les trois policiers sont acquittés.

Aussitôt, c'est une salve d'applaudissements. Toute la police bordelaise est en fête. Comme des acteurs après le baisser du rideau, les trois accusés sourient à la foule. Vers eux, c'est une véritable ruée de spectateurs-policiers qui, bousculant service d'ordre, journalistes et avocats, se précipitent pour féliciter les heureux acquittés. Le box bourdonne comme une loge d'artiste. C'est du délire, on s'embrasse, on saute de joie.

Il y a mieux. L'un des jurés se lève, s'approche de Benquet et lui serre la main.

« Tu es content ? » demande-t-il.

L'autre sourit de toutes ses dents.

Sur son estrade, le président Roux attend, en souriant lui aussi, que l'enthousiasme se calme pour commencer l'audience civile.

Mme Grangé avait demandé un million de dommages-intérêts. Elle est bien sûr déboutée. C'est tout juste si elle obtient que les frais du procès ne soient pas mis à sa charge. Dans l'euphorie générale, la Cour fait preuve de mansuétude. Mme Grangé n'aura à payer que les frais qu'elle a engagés personnellement. L'arrêt est bien obligé de faire état du décès de Grangé. Pudique, il parle de la « mort prématurée du sieur Grangé ».

Nardon, Cazenave et Benquet sont ramenés au fort du Hâ où ils avaient été détenus le temps du procès. Les voitures de leurs collègues bordelais leur font un cortège avec concert d'avertisseurs, comme pour célébrer les réaccordailles de la justice et de la police.

Quelques instants plus tard, les formalités de lever d'écrou rapidement expédiées, les acquittés franchissent la porte de la prison sous un tonnerre d'applaudissements. Histoire de se faire la main, deux policiers veulent faire un mauvais sort à un photographe qui a immortalisé la scène du juré félicitant chaleureusement Benquet. C'est Nardon qui les arrête en s'écriant : « Vous n'êtes pas fous, vous trouvez que nous n'avons pas eu assez d'ennuis comme ça ! »

Ce sera le mot de la fin.

L'acquittement est accueilli par la presse avec une indignation à peu près générale.

« Verdict stupéfiant à Bordeaux » titre *Paris-Presse,* qui écrit : « En acquittant le commissaire Nardon et les inspecteurs Cazenave et Benquet, les jurés de la cour d'assises de Bordeaux ont-ils bien compris la portée de leur verdict ?

Le passage à tabac va-t-il être légalisé ? On peut se le demander après ce procès étonnant. Les trois accusés ont gagné leur procès devant le jury, il ne semble pas qu'ils l'aient gagné devant l'opinion. Celle-ci montre moins d'enthousiasme que les collègues des policiers bordelais. On entend à Bordeaux des commentaires indignés. »

« Voilà, c'est fini. Affaire réglée, écrit *l'Aurore*. Les jurés ont dit non. En conséquence, les trois policiers sont acquittés. C'est dans la logique des choses et des rapports sociaux. »

« Scandaleux verdict à Bordeaux », titre *Franc-tireur*, tandis que son envoyée spéciale, Irène Allier, écrit : « L'acquittement des policiers bordelais n'est intervenu qu'après une heure de délibération. Il est difficile de croire que ce temps a été employé à la réflexion. Il a sauvé les apparences, à peine. La comédie est finie. Elle a été menée avec brio... Le scandale de Bordeaux montre une fois de plus que la police est tabou dans le moindre de ses policiers, fût-ce au mépris d'une élémentaire équité. Cet acquittement nous apparaît comme l'une des grandes erreurs judiciaires de notre temps. »

« Est-ce la plaidoirie de Me René Floriot, est-ce le doute, est-ce toute autre raison qui ont entraîné l'acquittement des trois policiers de Bordeaux ? se demande Jean-Marc Théolleyre dans *le Monde*. On n'en saura jamais rien, puisque les arrêts de cour d'assises ne sont pas motivés. Tout ce que l'on peut dire, c'est que la décision rendue à Bordeaux montre que les recours donnés à un justiciable passé entre les mains de la police, si cette dernière a outrepassé ses pouvoirs, sont fort illusoires... « Que cette affaire soit une leçon et que cette leçon ne soit pas perdue », avait conclu l'avocat général. Après le verdict rendu, on a pourtant le droit de redouter le pire. »

« Il n'est même pas possible de s'y tromper, s'écrie Madeleine Jacob dans *Libération*, l'acquittement des trois policiers bordelais est un scandale monstrueux ! Mais ce n'est pas que cela. Cet acquittement n'est-il pas un encouragement au maintien de certaines mœurs en usage dans la police ? Il peut être considéré comme l'entérinement de procédés exécrables contre lesquels la justice a le devoir et le besoin de s'élever. Que représente-t-il au juste, cet acquittement ? Une erreur judiciaire ? Non. Une erreur judiciaire dérive de la méconnaissance d'un fait, de sa fausse interprétation. Ici c'est plus grave. Nul ne peut dire ignorer comment est mort le brocanteur Grangé, après son interrogatoire serré dans les locaux de la police judiciaire... Il importe que cette affaire n'en reste pas là. Nous voulons croire qu'il se trouvera dans le pays des voix autorisées pour demander compte de ce triple acquittement qui révolte les consciences. Si ce procès n'était pas cassé, il faudrait en inférer que nul ne peut en France obtenir justice quand il est victime d'abus de police. Il faudrait en inférer qu'il existe une sorte de coalition, d'association, de solidarité entre ceux qui jugent et ceux qui cognent... »

Quant à Pierre Scize, dans *le Figaro,* il tire les premières conclusions de ce procès. « Il faudrait, écrit-il, que les policiers qui désapprouvent les brutalités de certains de leurs collègues aidassent à les dénoncer, rendant en cela service à l'administration à laquelle ils appartiennent. Mais l'esprit de corps vient ici comme ailleurs brouiller les notions les plus claires. Il semble que rien ne soit plus difficile aux honnêtes gens que de se désolidariser de ceux qui les discréditent. »

Par la plume de René Héricotte, *Combat* réclame un nouveau procès. « Si ce procès était cassé et jugé par une autre cour, écrit-il, on acquerrait plus de certitude de le voir juger en toute équité. Car l'avoir fait juger à Bordeaux, devant une cour où depuis huit ans on a tout fait pour l'étouffer, c'est vraiment donner à l'opinion publique les meilleurs motifs de “suspicion légitime” ».

Rappelant l'avertissement de l'avocat général : « Que cette affaire serve de leçon », Aline Alquier, l'envoyée spéciale de *l'Humanité,* écrit : « De leçon ? Certes, les policiers peuvent en retenir une : c'est que tout, désormais, leur est permis. Ils ont failli avoir peur, car l'arrêt de renvoi de la Cour de cassation avait révélé au public une sale histoire qu'ils croyaient à jamais enfouie aux oubliettes. Enfin ils respirent. Il y a quand même une justice en France et la police est assurée désormais de pouvoir, comme elle dit si bien, « faire son travail » en paix... La lecture du verdict d'acquittement a provoqué une joie intense parmi le gratin de la P.J. qui trônait en grand nombre dans tous les coins et recoins du palais comme aux premiers rangs du public. Tous ces vieux messieurs gras, aux yeux lourdement « pochés », ces petits jeunes gens en veston de fantaisie, reconnaissables à leurs regards fureteurs, à la façon de se déplacer par bancs comme les maquereaux, s'étaient insensiblement rapprochés du box afin, sans doute, de former autour de leurs trois amis un touchant cercle de famille. Les applaudissements ont crépité. Les mains se sont tendues. Accolades, sourires. Enfin leurs frères recouvraient la liberté perdue pendant quarante-huit heures. Bien sûr, il y a huit ans, un certain Roger Grangé, un brocanteur de rien du tout, avait eu l'inélégance de s'effondrer d'une hémorragie méningée dans les caves de la P.J. bordelaise. Bien sûr, l'homme sortait d'un interrogatoire conduit par le commissaire Nardon assisté des inspecteurs Cazenave et Benquet. Qui oserait désormais voir dans cette succession de faits autre chose qu'une désastreuse coïncidence ? »

Seul de toute la presse nationale, *le Populaire*, le quotidien de la S.F.I.O., ne souffle mot de l'affaire. On y chercherait vainement une seule ligne. Par contre, on peut y lire un long article intitulé : « Ce qu'il faut savoir de l'appareil policier en U.R.S.S. »

Quant à la presse de Bordeaux, elle fait preuve, elle aussi, d'une surprenante discrétion. Une exception, le journal de gauche, *les Nouvelles de Bordeaux et du Sud-Ouest*, qui se montre particulièrement virulent à l'encontre des policiers. Dans un éditorial intitulé « De Crainquebille à Grangé », ne lit-on pas :

« Le commissaire Nardon et les inspecteurs Cazenave et Benquet ont donc été acquittés. Grand bien leur fasse ! Le petit brocanteur Grangé, lui, est mort parce qu'il avait tenu une montre dans sa main. Le commissaire et ses deux inspecteurs pourront, malgré cela, reprendre leurs activités.

Peut-être même seront-ils décorés par M. Martinaud-Déplat, le ministre de l'Intérieur ?

En somme, ce verdict est conforme à la « raison d'Etat ». Il fallait que les policiers fussent acquittés, l'honneur de la police était en jeu, paraît-il. Nous pensons avec M. le conseiller Patin qu'il est plus que jamais en danger...

Bah ! nous dira-t-on, voilà bien du bruit pour un brocanteur ! A cela nous répondrons que les brocanteurs sont des hommes comme les autres et qu'ils doivent avoir droit aux égards que prévoient la Constitution et le Code pénal. Ni la Constitution ni le Code pénal n'ont jamais stipulé que l'on devait abattre un homme parce qu'il possédait une montre, cette possession eût-elle une source impure.

La mort du brocanteur Grangé souligne tout le chemin parcouru depuis le jour où Anatole France écrivit *Crainquebille.* Il y a cinquante ans, la bourgeoisie française se contentait d'humilier Crainquebille, elle ne le tuait pas. Maintenant elle est acculée de toutes parts et elle tue n'importe qui et n'importe comment. Et elle tient à ses hommes de main. Ils lui sont précieux. Elle en a besoin. Me Floriot a présenté le matraquage comme un apostolat. Il exagère. Sans doute a-t-il défendu trop de « collabos », ça lui a monté à la tête. Mais c'est vrai que le matraquage est toute une politique. »

Dans les jours qui suivent, les commentaires ne se ralentissent pas. Les plus grands noms de la presse, du barreau et de la littérature se penchent sur l'affaire pour crier leur indignation.

Dans les colonnes du *Monde,* Me Maurice Garçon, de l'Académie française, tire la « Moralité d'un verdict » :

« Comme toutes les comédies et tous les drames qui se déroulent dans les locaux de la police se jouent toujours à bureau fermé, et comme il n'est jamais procédé à un interrogatoire par un policier seul, on peut s'en donner à cœur joie. On ne saura jamais qui a frappé et l'impunité est garantie.

Il ne faut pas être hypocrite. En dépit des dénégations effrontées des intéressés et du voile pudique dont la magistrature couvre trop souvent leurs sévices, il n'est pas niable que les violences sont devenues un procédé d'instruction policière courant. Les feuilles rapportent que Me Floriot a déclaré sans s'émouvoir :

— Vous n'empêcherez jamais la police de frapper ! C'est fâcheux, c'est regrettable, mais c'est ainsi...

Nous estimons très fermement que ce ne doit pas être ainsi et que si nous voulons garder à la justice française une élémentaire dignité, il faut empêcher la police de frapper. Mais nous croyons d'autre part qu'en l'état actuel de la législation, c'est en effet malheureusement impossible. C'est pourquoi il nous paraît d'une grande urgence de modifier par une loi un système qui est contraire à l'honneur de l'humanité.

Le mal, nous l'avons souvent dit, est qu'on a perdu de vue que depuis que l'on a solennellement aboli la torture, l'interrogataire d'un accusé est un non-sens. S'il a le droit de se taire, à quoi bon l'interroger ? Comme on s'obstine à vouloir le faire parler, le seul moyen de le faire sortir de son mutisme est d'exercer sur lui des contraintes physiques ou morales. La torture est le seul procédé efficace connu pour obliger à parler un homme qui veut se taire. A la vérité, il faut bien comprendre que depuis l'abolition de la torture, l'interrogatoire n'est plus un moyen d'instruction, mais un moyen de défense. Le suspect parle s'il veut et pour se défendre. Il faut donc interdire à la police de pouvoir faire autre chose que prendre des renseignements pour éclairer le juge. Le mal commence lorsqu'elle interroge des témoins sans contrôle et leur fait signer des déclarations.

On perd trop souvent de vue que c'est au juge de faire l'instruction, que la police n'est qu'une collaboratrice chargée de le renseigner, mais qui ne peut pas se substituer à lui. Chez nous, la loi, qui voudrait que l'instruction soit contradictoire, est violée chaque jour dans la succursale du cabinet d'instruction que constituent les locaux de la police. Pendant des heures, parfois des jours et des nuits, on peut se livrer à tous les abus. Quelquefois ils entraînent mort d'homme, d'autres fois ils conduisent à commettre des erreurs ; toujours l'action judiciaire en sort suspecte. Pour notre honneur, il faut que cela finisse. »

Roger Stéphane, dans un article de *l'Observateur* intitulé « La police cognera-t-elle toujours ? » se penche, lui, sur la plaidoirie « diaboliquement habile » de Me Floriot.

« Vous connaissez, écrit-il, l'histoire de ce mari qui soupçonnait sa femme. Il pria un détective privé de la suivre et ce policier amateur fit quelques jours plus tard, au mari anxieux, le rapport suivant : « Votre femme a pris un taxi, elle est allée retrouver dans un bar un jeune homme blond qu'elle entraîna dans un hôtel. Je pus monter derrière eux et mettre mon œil à la serrure de leur porte : je les vis se déshabiller... ensuite, ils éteignirent la lumière. » « Le doute, toujours le doute », murmure le mari angoissé. Si l'on ricane devant ce mari, j'espère que l'on manifestera la plus grande admiration à l'égard de l'avocat qui, face à des présomptions semblables, suscite un doute dans l'esprit d'un jury. »

Morvan Lebesque consacre sa chronique hebdomadaire du *Canard enchaîné* à l'affaire. Dans un article intitulé « L'Ordre, c'est la Justice », il rappelle le mot de Gœthe : « Je préfère une injustice à un désordre », et écrit :

« Un siècle et demi a passé et ce terrible choix de Gœthe demeure inscrit dans nos habitudes et dans nos mœurs. Depuis toujours, deux races d'hommes n'ont cessé de se défier, de l'un et de l'autre côté de ce choix. Ennemis inapaisables, ils se reconnaissent au premier coup d'œil, et le premier incident suffit à les affronter. Tels, après le verdict de Bordeaux, les voici — nous voici — de nouveau face à face.

Ce n'est pas sur ces trois fonctionnaires-cogneurs que notre attention doit se fixer. Ce qui insulte ici à notre raison et à notre cœur, ce qui bafoue en chacun de nous le meilleur de lui-même, c'est que pour les protéger, les arracher coûte que coûte à la loi, les empêcher, innocents ou non, de répondre de leur acte devant la justice, l'Ordre, incarné par ses plus éminents représentants, ait, pendant huit années, et jusqu'à la dernière minute du procès, patiemment et subtilement recouru à toutes les armes du Désordre, la dissimulation, l'intimidation, le mensonge et la peur.

Aujourd'hui, c'en est fait, l'ordre règne à Bordeaux. Aujourd'hui, oui, la vie à Bordeaux continue, les affaires publiques suivent leur cours, les honnêtes gens s'endorment chaque soir en paix et les patrons de bordels ne craignent plus pour leur montre en platine. Il n'y a qu'un malheur: c'est que cet ordre-là a été payé et payé si cher qu'il s'est défiguré lui-même. Il s'appelle encore l'ordre et il en porte le masque, mais il n'y a plus rien dessous. Ou plutôt si : il y a un mufle, le mufle énorme de l'Ordre-qui-règne-à-Bordeaux...

Mais est-ce cela l'ordre ? Il est possible que l'ordre règne à Bordeaux dans les rues et dans les maisons. Mais il n'y a d'ordre que celui qui règne dans les consciences. Le reste est conformisme et sottise, et ceux qui croient à cet ordre-là sont les mêmes pour qui Dieu est une église, le pays un drapeau, le grand homme une légion d'honneur et le savant un diplôme.

L'ordre règne à Bordeaux, mais l'air y est irrespirable. L'ordre règne à Bordeaux, mais ce n'est pas celui qui permet de vivre, d'aimer, d'espérer. Car il n'y a et il n'y aura jamais qu'une définition de l'ordre : l'Ordre, c'est la Justice. »

Dans *Témoignage chrétien,* c'est l'écrivain Gilbert Cesbron qui commente l'acquittement des trois policiers.

« Ce pauvre type, ce pseudo-receleur, écrit-il en parlant de Grangé, méritait d'être condamné : sinon pour l'affaire de la montre, du moins pour le scandale qu'il a soulevé en mourant, comme un imbécile, des suites de la bonhomie policière. Le jugement qui vient d'être rendu le condamne à mort, en quelque sorte. C'est déjà fait, me direz-vous. Eh bien, mais voici un progrès de plus dans la procédure : il existait déjà la prison préventive ; désormais, nous avons l'exécution anticipée. La montre volée (et peut-être revendue) bat imperturbable, en ce moment même, au poignet d'un inconnu, du rythme tranquille dont bat, en ce moment même, le cœur de chacun des Trois, de chacun des Juges... L'histoire ne dit pas si Hérode et Pilate ont eu de l'avancement. Peut-être pas : ils étaient moins coupables, donc moins sûrs. »

De son côté, *Réforme,* l'hebdomadaire protestant, écrit :

« Là-dessus, le simple citoyen réfléchit. Il sait que la police assure sa sécurité et lui évite de s'encombrer d'une rapière ou d'un revolver. Est-il connu honorablement dans sa ville, qu'il peut goûter la courtoisie du commissaire. Mais une crainte lui vient : et si, un jour, il devenait suspect ? Un ennemi lui a tendu un piège ; les apparences sont contre lui. Le voilà convoqué dans les locaux de la police judiciaire. Une porte qui se ferme, quatre murs qui l'enserrent et deux ou trois inspecteurs persuadés de sa culpabilité... »

L'austère *la Croix* a curieusement choisi le mode humoristique pour parler de l'affaire. Sous le titre « Une société policée », elle publie une série de petites histoires. Nous en extrayons trois :

« Mon ami Tontaine est un original. Je viens de le rencontrer. Il était revêtu d'une armure tout aussi moyenâgeuse que tout acier.

— Où vas-tu ? lui dis-je. Ce n'est pas carnaval !

Il ouvrit prudemment le guichet de son bassinet :

— Chut !... Tu ne devines pas ?... Je suis convoqué au commissariat.

— Ah ! Ah !

— Et tiens, rends-moi un service. Porte ça à mon notaire.

— Qu'est-ce que c'est ?

— Mon testament. »

« Vous n'empêcherez jamais la police de frapper », a dit le grand avocat qui défendait les policiers. « C'est fâcheux, c'est regrettable, mais c'est ainsi. Vous n'y pourrez jamais rien. »

Nous voilà « prévenus », c'est bien le mot. On a l'esprit qu'on peut. La police l'a plutôt frappeur. »

« Ah ! Vous ne comprenez rien ? On ne fait pas la police avec des enfants de chœur. »

Bien sûr ! Les enfants de chœur ne viennent qu'après. Pour l'enterrement. »

La chronique du « rayon Z » dans *l'Aurore* est intitulée « Une bonne leçon ». « Que M. l'avocat général du procès de Bordeaux n'ait crainte, y lit-on, cette affaire, ainsi qu'il le désire, restera pour nous une leçon, et qui ne sera pas perdue, oh non !

Si notre mauvaise étoile veut qu'une convocation de police s'abatte sur nos têtes infortunées, nous commencerons par prendre la fuite, en évitant soigneusement le département de la Gironde, où le « bénéfice du doute » atteint en faveur des gardiens de l'ordre des proportions de profit illicite.

Si la malchance voulait que nous fussions néanmoins arrêtés et conduits dans une de ces mystérieuses chambres d'interrogatoire où les témoins sont mystérieusement repris par d'anciennes douleurs et emportés en une heure par un mal qui les minait depuis longtemps en secret, nous demanderions à nos hôtes la permission de rédiger rapidement (le mal court vite, dirait Audiberti) un bout de testament. A seule fin, bien entendu, de dissuader notre famille d'engager les frais d'un procès ridicule et perdu d'avance. »

Le procès de Bordeaux a donné à François Mauriac, originaire de cette ville, l'occasion d'écrire une page admirable sur « la torture », qui reste malheureusement toujours d'actualité.

« Il ne faut pas regretter cet acquittement des trois policiers de Bordeaux, écrit-il. Une condamnation légère pour sauver la face eût entretenu le mensonge dont nous voilà délivrés. Il y a beau temps que la torture est rétablie chez nous. Nul ne pourra plus feindre de l'ignorer, puisque la jurisprudence bordelaise suppléera désormais au silence de la loi. Le commissaire Nardon, les inspecteurs Cazenave et Benquet ont été victimes d'un accident du travail. Ce n'est pas leur faute si le brocanteur qu'ils interrogeaient à leur manière était de faible constitution et s'ils l'ont « crevé ». Ce n'est pas la faute de ces bons serviteurs de l'ordre s'ils ne pouvaient disposer que de leurs poings.

Peut-être leurs chefs qui les avaient couverts d'éloges

avaient-ils négligé de leur enseigner la technique, si répandue aujourd'hui, d'un traitement électrique appliqué aux bons endroits pour faire avouer les prévenus entêtés. Peut-être les Allemands, en quittant Bordeaux, avaient-ils emporté leur baignoire. Mais le fait est là : le commissaire Nardon et les inspecteurs Cazenave et Benquet ne pouvaient disposer que de leurs poings.

C'est une arme dangereuse qu'un poing. Ces mains qui ont été créées pour tenir un outil, pour étreindre d'autres mains, pour caresser, pour se joindre, pour panser les blessures, ces mains ouvertes, qu'elles deviennent dures et mauvaises quand elles se ferment et s'abattent sur un homme ligoté ! Le commissaire Nardon et les deux inspecteurs n'ignorent plus aujourd'hui que la torture est un art et qu'il consiste précisément à ne pas tuer les gens, mais à leur faire dire ce que la police souhaite qu'ils disent et à avouer ce qu'elle désire qu'ils avouent. Le tout est d'arrêter le traitement assez tôt. Il nous faudrait un docteur Paul « préventif », si j'ose dire : un spécialiste de cadavres vivants. Du temps de Molière, M. Purgon surveillait de près ce genre d'opération : il n'aurait pas permis au petit brocanteur bordelais de jouer un si mauvais tour à cet honnête commissaire, à ces honnêtes inspecteurs, et, en faisant un saut dans l'éternité, de nuire à leur avancement.

A la décharge des trois policiers, rappelons qu'il s'agissait de retrouver une montre en platine qu'un tenancier de maison close s'était offerte à lui-même avec son bel argent sans odeur. Il assistait à l'opération. « Tapez dessus jusqu'à ce qu'il parle ! » criait ce noble industriel. Oui, la police à ses ordres avait quelque excuse pour ne pas se ménager : un bijou de valeur, songez donc ! En revanche, ce sont des aveux sans valeur que les mêmes méthodes s'efforcent parfois d'obtenir des patients qui, comme on sait, poussent presque tous la malignité jusqu'à revenir sur leurs aveux dès qu'on ne les torture plus... Des aveux sans valeur ? Ce serait à voir. Ils figurent bel et bien dans les dossiers que M. le président de la République étudie scrupuleusement, j'imagine, sous les ombrages de Vizille ou de Rambouillet.

Oui, les aveux figurent toujours au dossier, mais non les traitements qui peut-être les ont arrachés à des bouches sanglantes.

Cette barbarie n'est point la règle ? Beaucoup de commissaires et d'inspecteurs ont su s'en garder ? Je l'espère et je le crois. Elle se manifeste ailleurs que chez nous ? Cela est vrai. Il y eut en d'autres temps une élite européenne, une culture qui ignorait les frontières, une société des esprits. Ce monde est mort. Ce qui demeure commun à l'Europe, désormais, ce sont les mœurs politiques. Guépéou, Gestapo ont donné le ton. Dans l'ordre de la torture aucun progrès technique ne s'est perdu, d'autant que les prévenus politiques, si nombreux aujourd'hui et si divers, exigent d'autres méthodes et de plus subtiles, que le gibier de droit commun.

Arrêtons-nous ici. A quoi bon assombrir davantage les esprits qui ont assez sujet d'être accablés ! Mieux vaut ignorer ces choses. Il faut pouvoir vivre, aimer, regarder jouer les enfants ; il faut pouvoir mettre un disque, rire avec des amis, ouvrir un livre. Tout de même, relisez le compte rendu du procès de Bordeaux : « Ils m'ont crevé. Dites à ma femme que je l'aimais bien. » Ce sont les dernières paroles du petit brocanteur de Bordeaux. »

Au lendemain même du procès de Bordeaux éclate l'affaire Marguerite Marty, une jeune femme accusée de l'empoisonnement au gardénal de sa cousine et emprisonnée depuis le 16 octobre 1953 à la prison de Perpignan.

Son avocat, Me Christian Talairach, rend publiques deux lettres qu'il a adressées au juge d'instruction les 17 et 19 octobre 1953. Il y dénonçait les méthodes employées par les policiers de Perpignan pour tenter de faire avouer sa cliente.

« Le mardi 13 octobre 1953, Mme Marty, écrivait-il, fut convoquée par le commissaire de police de Bourg-Madame sous prétexte d'une vérification de la carte grise de son automobile. Elle fut placée sous la garde des C.R.S. et, à 6 heures du soir seulement, fut prise en charge par des inspecteurs de police, qui la conduisirent à Perpignan en voiture.

Ceux-ci ne cessèrent de l'injurier et refusèrent de s'arrêter malgré les malaises qu'elle éprouvait au cours du trajet. De 9 heures du soir à 2 heures du matin elle fut interrogée rue Mailly par les inspecteurs qui la frappaient chaque fois qu'elle ne faisait pas à leurs questions les réponses désirées. Ils la jetèrent à terre, la traînèrent et la relevèrent en la tirant par les cheveux. Elle resta ensuite sur un banc de 2 heures à 6 heures du matin. Elle n'avait pris depuis la veille qu'une tasse de café. A 6 heures, un agent de la police municipale lui fit la charité d'une tasse de café au lait qu'elle fut dans l'impossibilité d'absorber.

Le lendemain, Mme Marty subit, de 9 heures du soir à 5 heures du matin, un nouvel interrogatoire accompagné de nouvelles violences. Un policier la saisit à la gorge avec une telle force qu'un autre s'écria : « Tu es fou, elle devient violette ! » Un autre lui dit : « Si tu n'avoues pas, je t'enfoncerai un tube dans le derrière et tu seras bien obligée d'avouer ! » Pendant la journée, elle ne reçut aucune nourriture, sous cette réserve qu'une femme lui apporta, à 3 heures de l'après-midi, une infusion qu'elle vomit aussitôt et, à 4 heures, un café crème.

Au cours de l'interrogatoire du jour suivant, le 15 octobre, les injures et les gifles ne lui furent pas épargnées. Le 16 octobre, elle fut conduite dans le cabinet du juge d'instruction pour y être entendue comme témoin. Pendant la suspension de l'interrogatoire, à l'heure du déjeuner, elle n'eut comme nourriture que les restes, qu'elle avait conservés dans sa poche, d'un sandwich qui lui avait été donné la veille. Ses gardiens lui refusèrent une boisson chaude. Complètement épuisée, elle perdit connaissance et s'effondra au cours de son audition de l'après-midi. Elle fut mise sous mandat de dépôt et conduite à la maison d'arrêt vers 9 heures du soir.

Le médecin de la prison, commis par le procureur de la

République, déposa, le 20 octobre 1953, un rapport dans lequel il précisait notamment : « L'examen général de la détenue, très affaiblie et choquée, confirme ses affirmations. La présence des ecchymoses et de la douleur enlèvent toute idée de simulation. Mme Marty a été l'objet de violences. Elle porte des traces de coups... »

(...)[1]

(...)

Quelques jours plus tard, cependant, certains policiers réagissent. Dans son numéro du 1er juin 1954, la Fédération nationale C.G.T. des syndicats de police, organisation minoritaire, traite dans son éditorial du procès de Bordeaux.

« Notre Fédération, y lit-on, n'entend pas discuter cet acquittement, décision qui a l'autorité de la chose jugée.

1. Passage relatif à l'affaire Saulnier ayant fait l'objet d'une condamnation sur plainte en diffamation du ministre de l'Intérieur. Pour la compréhension de cette affaire, voir annexe, p. 235.

Mais elle constate que cette affaire et sa solution n'ont guère réussi à convaincre l'opinion publique que nul en France n'est jamais frappé dans les services de police, ou que, si quelque citoyen y a été victime de violences illégitimes, il lui sera aisé de faire condamner les coupables et d'obtenir réparation.

L'affaire de Bordeaux, à laquelle s'ajoutent d'ailleurs nombre d'affaires, les unes toutes récentes, les autres en cours de développement, laisse subsister dans l'opinion un grave malaise et peser sur la police une suspicion générale que les fonctionnaires honnêtes ressentent cruellement.

Certes, le pays aurait tort de croire que toute la police actuelle, dans son ensemble, méprise la légalité républicaine et la dignité humaine. Mais il n'est que trop évident que les fonctionnaires irrespectueux de la loi et irrespectueux des citoyens sont aujourd'hui assez nombreux et assez agissants dans les corps de la police pour la déconsidérer tout entière aux yeux de la nation par des abus évidents qui font à juste titre scandale. C'est un fait que trop de policiers de tous grades restent profondément marqués par la licence policière et les mœurs dictatoriales qui sévirent sous Vichy ; que trop, surtout parmi les chefs de service, n'ont qu'une connaissance très insuffisante du droit qu'ils sont chargés d'appliquer, notamment des dispositions protectrices de la liberté individuelle, et dissimulent leur ignorance sous les gestes d'une routine prétentieuse qui commande souvent contre la loi à des subordonnés timorés qui parfois la connaissent ; que trop, enfin, même informés de leurs pouvoirs, n'hésitent pas à les excéder par esprit de zèle, dans un parti pris d'efficacité, de « rendement » qui ne veut considérer que la fin sans préoccupation des moyens, encouragés qu'ils sont dans cette dangereuse voie par une administration qui prétend toujours les « couvrir », une justice qui ne cherche guère à leur faire de peine, et des victimes si bien accoutumées, chez nous, à l'arbitraire et à l'irresponsabilité et si convaincues de leur impuissance, qu'elles s'abstiennent presque toujours de réagir.

Ce sont ces mauvais policiers, trop nombreux, qui, un

peu partout, en France métropolitaine comme dans les territoires d'outre-mer, multiplient actuellement les illégalités et les exactions et font à toute la police honnête une honte imméritée. Ce sont eux notamment qui, sans le moindre motif, matraquent ou « passent à tabac » les personnes au moment de l'arrestation ou exercent sur elles divers sévices dans l'interrogatoire, afin d'obtenir plus facilement des aveux.

Pourtant, tous les policiers, même ces argousins, savent parfaitement que l'arrestation et l'interrogatoire n'admettent aucunes violences autres que celles que légitimerait, dans un certain respect des proportions, la rébellion violente de la personne appréhendée...

La Fédération nationale des syndicats de police est sûre d'exprimer le sentiment de l'unanimité de ses adhérents, ainsi que de l'immense majorité des fonctionnaires de police, en blâmant avec force tout acte contraire aux principes essentiels qui sont le fondement de la liberté individuelle et le signe distinctif d'une nation civilisée. Elle dénonce comme des malfaiteurs publics, comme des ennemis de nos institutions républicaines et comme des fauteurs de honte pour la police française, les fonctionnaires qui emploient encore, plus ou moins, même occasionnellement, des méthodes que la Milice et la Gestapo avaient illustrées. Elle dénonce également ceux qui, dans la police ou l'administration, encouragent et tolèrent de telles pratiques, ou qui, dans la magistrature, hésitent à les réprimer avec la rigueur qui convient. Elle estime que c'est principalement à la police elle-même qu'il appartient de prendre en main la défense de son honneur et de s'épurer des éléments indignes qui la discréditent.

C'est pourquoi notre Fédération conseille les règles de conduite suivantes que tout fonctionnaire de police, soucieux du respect de la loi et des intérêts moraux de la police française, devrait, à notre avis, adopter :

1. Porter secours, par une intervention persuasive, aux personnes qu'on verrait être l'objet de violences illégitimes sur la voie publique ou dans les locaux de police à l'occasion d'arrestations ou d'interrogatoires.

2. Signaler aux chefs hiérarchiques et surtout à l'autorité judiciaire les actes de cette nature dont on aurait été le témoin, quel que soit le grade de leurs auteurs.

3. Eventuellement, révéler à l'autorité judiciaire la preuve ou les présomptions d'innocence qu'on pourrait posséder en faveur d'un inculpé qu'on aurait vu ne passer des aveux que sous l'effet des coups ou de divers sévices.

Notre Fédération ne sous-estime pas le courage que peut exiger, dans l'état actuel des choses et des esprits, la mise en œuvre de tels impératifs. Mais ceux-ci sont les seuls salutaires.

Pour sa part, notre Fédération s'engage à soutenir, avec tous les moyens dont elle dispose, tous les fonctionnaires lucides et courageux qui, dans tel ou tel cas, auront dû affronter certaines difficultés pour faire prévaloir le respect de la loi et de la personne humaine. Notre Fédération donnera elle-même l'exemple en se constituant désormais partie civile aux côtés de la victime, ainsi qu'elle en a le droit, dans les procès où il s'avérera que des policiers indignes ont porté une atteinte grave aux intérêts moraux de la fonction. »

Parallèlement à cet article, la Fédération nationale des syndicats de police annonce l'envoi par son secrétaire général Sauvalle d'une lettre au directeur de la Sûreté nationale pour lui demander de rappeler à tous les policiers les règles et la légalité qu'ils doivent respecter dans l'accomplissement de leurs fonctions. La Fédération demande en outre que des sanctions exemplaires soient désormais prises à l'encontre de ceux qui se seraient rendus coupables de violences lors des arrestations et des interrogatoires.

Cette lettre ne recevra jamais aucune réponse.

Nous sommes le 26 juillet 1961. Dans un restaurant de Clamart, un industriel, M. André Préteux, cinquante-cinq ans, achève un copieux déjeuner avec des amis.

Il a garé sa voiture devant le restaurant. Or, le stationnement y est interdit. L'agent de police Morel entre pour demander à qui appartient la voiture. M. Préteux se lève et propose de déplacer le véhicule. Mais l'agent, estimant qu'il est en état d'ébriété, refuse de le laisser monter dans sa voiture. Il lui arrache ses clés des mains et appelle un car de Police-Secours.

M. Préteux est emmené à l'hôpital le plus proche, où une prise de sang révèle une teneur en alcool de 2,41 grammes par litre ; puis il est conduit au commissariat de Vanves.

Là, on veut lui retirer sa cravate et ses chaussures et le garder en détention. Il proteste. Il est alors roué de coups de poing et de pied. Il tombe à terre, les coups ne cessent pas pour autant. Quand on le jette en cellule, il est dans un piteux état et ne peut même plus se tenir debout.

Pendant toute la nuit il hurle de douleur. A 6 heures 30 du matin, le brigadier Chais, qui reprend son service, entre dans la cellule et lui crie : « T'as pas fini de gueuler ? », le tout accompagné d'un violent coup de pied dans la jambe.

A midi enfin, M. Préteux est relâché. Il ne peut presque plus parler et a du mal à marcher. Il souffre de multiples contusions et a deux côtes fracturées, celles qu'un agent lui a enfoncées d'un coup de coude.

Il reste un mois couché et un autre sans pouvoir travailler. Aujourd'hui, il est atteint d'une incapacité permanente de 4 %. Les médecins experts qui l'ont examiné ont été formels : les blessures ne pouvaient provenir que de coups.

« L'affaire n'aurait sans doute pas attiré l'attention, écrit *le Monde*, si M. Préteux n'avait été le patron d'une importante entreprise industrielle d'électricité d'Arcueil. Le parquet a d'ailleurs manifesté une certaine répugnance à soutenir les poursuites. Le juge d'instruction ayant renvoyé les policiers en correctionnelle, le procureur fit appel devant la chambre d'accusation, qui confirma l'ordonnance du magistrat instructeur. »

Toujours est-il qu'après cinq ans de procédure, cinq policiers se retrouvent le 3 mars 1966 devant la 17e chambre du tribunal correctionnel de la Seine. Ce sont le brigadier-chef Jules Chais et les agents Maurice Hodan, Paul Martin, Jacques Morel et Paul Lagier. Ils sont inculpés de coups et blessures volontaires dans l'exercice de leurs fonctions.

Comme de bien entendu, ils soutiennent qu'ils n'ont pas touché un seul cheveu de M. Préteux.

« Il a dû se blesser en tombant, se risque à expliquer l'un des policiers. D'ailleurs, il avait bu...

— Si je suis tombé, réplique M. Préteux, c'est uniquement parce que vous m'avez frappé. L'un d'entre vous m'a même fauché les jambes d'un coup de pied.

— Pouvez-vous nous indiquer qui vous a frappé ? » demande le président.

M. Préteux regarde longuement les cinq hommes et en désigne trois : Martin, Lagier et Hodan.

« Ceux-là, dit-il, j'en suis sûr.

— Et Morel ? demande le président.

— C'est lui qui m'a arrêté et a appelé Police-Secours. Mais je ne suis pas sûr qu'il m'ait frappé.

— Et le brigadier Chais ? poursuit le président.

— Il n'est intervenu que le lendemain matin et m'a juste donné un coup de pied.

— Pourquoi n'avez-vous pas été aussi formel pendant l'instruction ?

— J'ai été frappé par des gardiens de la paix en uniforme, explique M. Préteux. Or, j'ai été confronté avec des civils. Cela change un homme, l'uniforme. Et puis, surtout, je ne voulais pas me tromper ; j'aurais préféré abandonner ce procès, plutôt que de risquer de faire condamner un innocent. »

C'est Me Matouk qui plaide pour M. Préteux et réclame

9 000 francs de dommages-intérêts. Le substitut Charbonnier lui succède et c'est avec une certaine surprise qu'on l'entend demander la relaxe pure et simple des inculpés.

Ses arguments ne sont pas nouveaux, ce sont ceux que l'on a invoqués lors du procès des policiers de Bordeaux et dans de multiples affaires de brutalités policières.

M. Préteux n'a pu désigner avec précision celui qui lui a porté le coup ayant provoqué les fractures des côtes. Il a seulement reconnu trois agents qui avaient participé au « passage à tabac ».

« On ne peut retenir en l'espèce, conclut le substitut, une « responsabilité collective ». S'il s'était agi de simples particuliers, ils pourraient être considérés comme « co-auteurs », ainsi que l'a fait par erreur la chambre d'accusation à l'égard des prévenus. Mais la situation n'est pas la même pour des policiers. Force doit rester à la loi. Et des représentants de l'ordre ont le droit d'user de la violence pour maîtriser les citoyens qui commettent l'imprudence de résister. Tout ce qui est arrivé est incontestablement de la faute de M. Préteux. Il s'est débattu. Il a bien fallu employer la force. »

« C'est incroyable, notera Jean-François Dominique dans *l'Humanité*. On n'a jamais entendu devant un tribunal une pareille justification du passage à tabac. »

Quant au *Monde,* il manie adroitement l'euphémisme et parle de la « théorie assez audacieuse » avancée par le représentant du parquet.

Pour une fois, ce n'est pas Me Floriot qui plaide pour les policiers, mais l'un de ses confrères, Me Teiller-Laborie. Il ne peut faire moins que de s'engouffrer dans la trouée faite par le substitut Charbonnier et réclamer lui aussi l'acquittement.

Prudent, le tribunal préfère s'accorder trois bonnes semaines de réflexion avant de prendre une décision.

C'est le 24 mars 1966 que le président Bracquemont donne lecture du jugement. Les agents Hodan, Martin et Lagier sont condamnés à huit mois de prison... (« avec sursis », s'empresse-t-il d'ajouter). L'agent Morel et le brigadier

Chais sont relaxés. M. Préteux obtient 6 000 francs à titre de dommages-intérêts.

Quelques semaines plus tard, le 30 avril 1966, trois agents de police comparaissent devant la 14ᵉ chambre du tribunal correctionnel de la Seine pour violences et outrages à la pudeur commis sur une jeune fille de vingt-six ans dans un car de police au cours de la nuit du 9 au 10 décembre 1964.

Ils sont condamnés à des peines allant de six à huit mois de prison, mais là aussi ils bénéficient du sursis malgré la gravité des faits.

Autres exemples récents de clémence :

Le 12 novembre 1970, M. Martial Tena-Gomez, manœuvre, âgé de 43 ans, fut conduit à la gendarmerie de Vizille (Isère) pour y être interrogé par le gendarme Serge Jolliet. La veille, celui-ci avait cru reconnaître en M. Tena-Gomez — à tort d'ailleurs ainsi que devait par la suite l'établir l'enquête — l'auteur de plusieurs vols dans des voitures en stationnement.

Il était 20 heures 30. Il ne regagna son domicile que le lendemain vers 1 heure 30. Sa femme s'aperçut alors qu'il « pleurait et saignait du nez ». Il fut examiné par deux médecins qui constatèrent « une fracture du nez, des hématomes dans la région épigastrique, ainsi que de violentes nausées ».

M. Tena-Gomez porta plainte. Le gendarme fut inculpé de coups et blessures volontaires. Il comparut le 22 juin 1971 devant le tribunal correctionnel de Grenoble et fut condamné à une simple amende de *1 000 francs.*

Le 3 mars 1971, dans une affaire comparable, la 16ᵉ chambre du tribunal correctionnel de Paris a assorti, là encore, du sursis la peine de six mois de prison qu'elle a prononcée à l'encontre du gardien de la paix Roland Camus qui, dans la nuit du 14 au 15 septembre 1969, avait frappé deux personnes avec son bâton qu'il avait lesté de plomb, car il trouvait que le plastique n'était « pas assez efficace ».

Plus récemment encore, le 3 octobre 1971, un bal était organisé à la salle omnisports d'Evreux. Des bagarres se produisirent et les organisateurs firent appel à la police. Que se passa-t-il exactement ? Toujours est-il qu'un gardien de la paix tua d'un coup de revolver un jeune soldat en permission. Il fut inculpé de coups et blessures volontaires et comparut le 22 février 1972 devant le tribunal correctionnel d'Evreux.

Lors de l'enquête menée par la gendarmerie, trois témoins dont M. Josset, conseiller municipal d'Evreux, avaient indiqué que le gardien de la paix aurait dit, immédiatement après les faits : « J'ai paniqué. J'ai tiré. » Cependant, à l'audience, le policier soutint qu'il n'avait jamais voulu tirer, mais que c'était en frappant avec la crosse de son revolver que le coup était parti accidentellement de haut en bas, alors qu'une balle était engagée dans le canon. Il fut condamné à six mois de prison *avec sursis.*

Parler d'indulgence ou de sévérité ne signifie rien, si l'on ne se réfère pas aux condamnations généralement infligées par les tribunaux. Or, on est bien obligé de constater que les peines prononcées à l'encontre de particuliers dans des cas infiniment moins graves n'ont aucune commune mesure avec les peines assorties de sursis et toujours effacées par l'amnistie dont bénéficient les policiers qui d'aventure sont traduits en justice.

On m'accusera peut-être de choisir pour cette comparaison des cas extrêmes, mais cela apparaît nécessaire pour bien montrer comment, dans les faits, la même « Justice » peut fermer paternellement les yeux devant le cas de certains bourreaux de commissariats, mais se montrer inflexible lorsqu'un vagabond a volé quelques bouteilles de vin.

L'un des deux exemples que j'ai retenus est celui d'un Nord-Africain condamné avec une particulière sévérité. Il est inutile d'insister à ce propos sur le racisme dont témoignent certaines décisions de justice. Ce n'est pas l'une de ses caractéristiques propres : le racisme est présent partout dans notre société inégalitaire où chacun tient à se réserver un inférieur à écraser.

Le 12 septembre 1964, à 14 heures 10, au commissariat du XIIIe arrondissement de Paris, se présente un homme qui déclare :

« Je suis propriétaire d'un camion Berliet que je gare sur un terrain vague près de chez moi. Tous les soirs, mon camion stationne avec un chargement de bouteilles vides ou pleines.

Très fréquemment, le matin, je constate la disparition de casiers de bouteilles.

Cet après-midi, vers 13 heures 30, alors que j'allais chercher mon camion, j'ai été accosté par une bossue qui m'a dit : « Un gars est en train de voler vos bouteilles. » J'ai couru vers le terrain vague et j'ai constaté qu'il me manquait dix bouteilles vides. Je suis ressorti dans la rue du Banquier accompagné de la bossue qui m'a montré le gars qui s'en allait tranquillement en descendant la rue Oudry. Je l'ai rattrapé presque en face de chez moi. Il a été incapable de me dire d'où provenaient les bouteilles vides qu'il avait dans son sac. Il a balbutié et a eu un geste menaçant avec le sac dans lequel se trouvaient les bouteilles.

Il a essayé de s'enfuir, je l'ai rattrapé boulevard Saint-Marcel. Je lui ai donné des gifles et l'ai ramené de force ici. Dans la bagarre il a laissé tomber le sac et des bouteilles se sont cassées.

Je demande la restitution des bouteilles vides, du moins celles qui sont intactes.

Je dépose plainte en vol de bouteilles. Je précise toutefois que je n'ai pas vu cet homme voler les bouteilles. »

Cet homme, c'est Robert H., quarante-trois ans, sans profession régulière et sans domicile fixe. Bref, un vagabond. Il est là dans un coin du commissariat, les vêtements usés et rapiécés.

Le commissaire lui fait savoir qu'il est gardé à vue, ce qui signifie qu'il va passer la nuit au « violon ».

Le lendemain, il est interrogé par un officier de police et sur le procès-verbal d'interrogatoire, on peut lire ceci :

« Je me nomme Robert H. Je suis né le 15 septembre 1921. Je me suis engagé dans l'armée à dix-sept ans. Je suis resté soldat pendant seize ans. J'ai fait la Corée et l'Indochine. J'ai la médaille militaire et la croix de guerre. J'ai également passé trois ans au camp de concentration de Buchenwald.

Actuellement, je suis sans domicile depuis le 23 juin 1964, date de ma sortie de la prison de la Santé. Je couche dans une cave de la rue Pinel. Je sors les poubelles et le concierge accepte. Depuis quelques jours, je suis employé comme manutentionnaire à l'entreprise R. à Paris. Je gagne 2,75 F de l'heure. »

En ce qui concerne les faits, il reconnaît qu'il a été arrêté alors qu'il était en possession d'un sac à provisions contenant dix bouteilles vides, mais il ne les avait pas volées. Elles lui avaient été remises par un couple de clochards qui lui avait demandé d'aller les vendre dans une épicerie de la rue Geoffroy-Saint-Hilaire qui les reprend à 30 centimes pièce. Avec l'argent, il devait acheter un litre de vin qu'ils devaient boire tous les trois.

Arrêté à son tour, le couple de clochards, dont la femme n'est autre que la bossue qui a prévenu le camionneur, proteste de son innocence. Ils ont seulement prêté à Robert H. le sac à provisions.

Ils seront cependant inculpés de vagabondage, de même qu'un autre couple qu'on a trouvé sur le terrain vague dans une vieille carcasse de voiture.

Le camionneur maintenant sa plainte, Robert H. est inculpé, lui, de vol et écroué à la prison de la Santé.

Le 17 décembre 1964, il est jugé par la 10e chambre du tribunal correctionnel de la Seine qui le condamne pour le vol de dix bouteilles vides, soit 3 francs, *à trois années d'emprisonnement plus la relégation,* c'est-à-dire une peine de prison perpétuelle, car Robert H. a déjà été condamné à trois reprises pour vols.

Il fait aussitôt appel de cette effarante condamnation et, le 22 février 1965, la cour d'appel ramène sa peine à six mois de prison, mais maintient la peine de la relégation.

Arrêté le 12 septembre 1964, il ne sera libéré que quatre ans plus tard, en juillet 1968, après avoir bénéficié d'une mesure de faveur.

Quatre ans de prison pour dix bouteilles vides ! Le moins que l'on puisse dire, si l'on se réfère aux verdicts d'indulgence que nous avons énumérés précédemment, c'est qu'en France le verre peut avoir infiniment plus de prix que la vie d'un homme.

Le 27 janvier 1968, une jeune femme, Mme K., âgée de vingt ans et demi, se présentait avec son mari au commissariat de Lens. Elle expliquait que la nuit précédente, vers 23 heures, alors qu'elle regagnait son domicile à Loos-en-Gohelle et qu'elle passait le long du terrain de football de la fosse 14 à Lens, un homme s'était jeté sur elle et avait tenté de la violenter. Elle avait reconnu son agresseur comme étant un Nord-Africain demeurant près de chez elle et travaillant dans la même usine que son mari.

Un Algérien du nom de Driss Brahimi, âgé de trente-trois ans et père de quatre enfants, était identifié comme étant l'auteur de l'agression. Il niait d'abord, mais « pressé de questions » (c'est l'expression employée par le rapport de police), il reconnaissait les faits, mais soutenait, malgré les dénégations de celle-ci, que Mme K. était sa maîtresse et qu'il ne s'agissait que d'une dispute entre eux.

Il n'en était pas moins inculpé d'attentat aux mœurs et écroué à la prison de Béthune. L'instruction menée par M. Henri Pascal devait aboutir le 23 mars 1968 à l'abandon des poursuites pour attentat aux mœurs, qui étaient aussitôt remplacées par une inculpation pour coups et blessures.

La question était de savoir si ces coups avaient entraîné pour Mme K. une incapacité de travail supérieure ou non à huit jours. Dans le premier cas, la peine encourue pouvait aller jusqu'à cinq ans de prison. Dans le second, il ne s'agissait que d'une contravention de simple police dont le maximum était d'un mois de prison.

En portant plainte le 27 janvier 1968, Mme K. avait indiqué que Brahimi, « au cours de cette dispute », l'avait « frappée à coups de gifles avec le revers de sa main ». Elle avait alors présenté un certificat émanant d'un médecin de Loos-en-Gohelle qui indiquait que son état de santé nécessitait « un arrêt de travail de huit jours ». Brahimi était donc justiciable du tribunal de simple police.

Mais le 24 février 1968, soit un mois après, Mme K. apportait au juge d'instruction un second certificat émanant du même médecin, mais faisant curieusement état d'un « arrêt de travail supérieur à huit jours », expression essentiellement juridique, mais n'ayant pas grande signification médicale. Toujours est-il que, du fait de ce certificat, Driss Brahimi devait comparaître devant le tribunal correctionnel.

Alors que le passage d'un policier devant un tribunal demande, nous l'avons vu, plusieurs années, pour Brahimi les choses allèrent infiniment plus vite, puisqu'il fut jugé le 11 avril 1968, soit dix semaines après les faits, par le tribunal correctionnel de Béthune.

Le rapport de police émanant du commissariat de Béthune indiquait que Driss Brahimi résidait en France depuis une dizaine d'années, qu'il vivait de son travail de manœuvre, n'avait jamais été condamné, n'était pas alcoolique et que sa conduite et sa moralité étaient bonnes.

Tenant compte de ces renseignements, le tribunal le condamna à six mois de prison avec sursis et 300 francs d'amende, « attendu qu'il existait en la cause des circonstances atténuantes ; que des renseignements favorables avaient été recueillis sur le prévenu, qui, père de quatre enfants en bas âge, vivait de son travail et que son casier judiciaire ne mentionnait aucune condamnation ».

Driss Brahimi fut donc remis en liberté ; mais six jours plus tard, le procureur de la République de Béthune, estimant la peine trop faible, fit appel de ce jugement.

Le 5 juin 1968, Brahimi comparut donc devant la cour d'appel de Douai. Ses revenus modestes ne lui permirent pas de se faire assister par un avocat.

Le procureur, craignant que la publicité des débats « ne portât atteinte à la morale publique », demanda le huis clos et la Cour s'empressa de lui donner satisfaction en faisant évacuer la salle.

Ce qui se passa dans cette salle où un homme seul comparaissait devant ses juges relève du cauchemar. Lorsque le public fut autorisé à reprendre place, le président lut un arrêt qui condamnait Brahimi à *cinq années d'emprisonnement*, soit le maximum de la peine prévue par le Code pénal.

Cette condamnation était assortie d'une interdiction de séjour de cinq ans et Brahimi était immédiatement mis en état d'arrestation.

Il déposa un pourvoi en cassation, mais la Cour de cassation le rejeta le 18 février 1969.

Désespéré, il tenta de se suicider en avalant une fourchette cassée. Il fut transporté d'urgence à l'hôpital de Douai où les chirurgiens le sauvèrent de justesse.

Il demanda à un de ses camarades d'écrire à la Ligue des droits de l'homme et celle-ci intervint en sa faveur auprès du ministre de la Justice. Ce dernier accorda le 17 mai 1969 l'aumône d'une remise de peine de six mois de prison, mais s'empressa d'indiquer qu'il ne fallait pas compter sur une autre faveur avant l'année suivante.

De son côté, le ministre de l'Intérieur décida le 22 décembre 1969 que Brahimi, à l'expiration de sa peine, serait expulsé de France, « compte tenu de la gravité de ses agissements et dans l'intérêt de la sécurité et de l'ordre public ».

Finalement, Driss Brahimi fut libéré le 25 juillet 1970 et immédiatement expulsé.

Comment, devant ces faits, ne pas parler de racisme ? Peut-on imaginer un Français frappé de cinq ans de prison pour s'être disputé avec une voisine et lui avoir donné quelques gifles ? Quand on compare pareille sentence avec les peines infligées à des policiers qui « passent à tabac » un suspect et le jettent inanimé dans une cellule, l'injustice apparaît encore plus flagrante.

Il est vrai que l'encouragement vient de haut. Lorsqu'un abus de la police est révélé, le ministre de l'Intérieur, loin de tenter d'y mettre fin, part en croisade contre les journalistes ou les cinéastes et s'en va clamer que la police — toute la police — est au-dessus de tout soupçon et qu'elle est même « l'honneur de la France ». Ne vaudrait-il pas mieux se demander parfois si les Français, eux, à la lumière des faits dénoncés ici et ailleurs, se reconnaissent véritablement dans leur police ?

Annexe

Les procès des « dossiers noirs »

La première édition des *Dossiers noirs de la police française* est parue en février 1971 dans la collection « Combats ».

Dans un article que *le Canard enchaîné* leur consacrait le 17 février 1971, Jean-Paul Grousset se montrait particulièrement bon prophète en écrivant : « Compulsez d'urgence ces *Dossiers*. Des dossiers aussi noirs que la bouteille à l'encre où M. Marcellin va encore tenter de les noyer. »

Moins d'un mois plus tard, le 11 mars 1971, le ministre de l'Intérieur faisait en effet savoir dans un communiqué adressé à la presse qu'il avait décidé de porter plainte contre ceux qui avaient entretenu une « suspicion odieuse » à l'égard des policiers mis en cause dans l'affaire Thévenin et le journal *l'Aurore* indiquait qu' « un livre récent, *les Dossiers noirs de la police française*, qui contient des passages mettant en cause de façon précise les fonctionnaires de police pourrait ne pas être à l'abri de cette plainte ».

Quant à M. Grimaud, préfet de police, dans une lettre publiée le 30 mars 1971 par *le Figaro*, il s'attaquait directement à l'auteur des *Dossiers noirs* en écrivant : « Il faut être rigoureusement honnête quand on s'érige en justicier. Or, d'un bout à l'autre de son ouvrage, Me Langlois parle en polémiste politique et non pas comme le juriste scrupuleux qu'il prétend être. »

Le 8 avril 1971, un nouveau communiqué du ministère de l'Intérieur annonçait qu'à la suite de la plainte de M. Marcellin, le parquet venait de charger M. Galmiche, premier juge d'instruction à Paris, d'une information contre les *Dossiers noirs de la police française* pour diffamation envers la police.

« Notre confrère Denis Langlois, écrivait le bulletin de l'Union des jeunes avocats, ne pouvait espérer meilleur soutien que celui du ministre de l'Intérieur lui-même. C'est chose faite : celui-ci vient de le lui apporter en demandant l'ouverture d'une information à la suite de la publication du livre. »

L'officier de police principal Pierre Paraud était chargé de l'enquête. Il procédait à l'interrogatoire de Denis Langlois et aussi de Paul Flamand, directeur des Editions du Seuil, puisque la loi de 1881 considère comme responsable principal des délits de presse ou d'édition le directeur de publication, l'auteur n'étant que le complice de l'infraction.

Fort de ces renseignements, le juge Galmiche convoquait le 10 juin 1971 Paul Flamand et Denis Langlois et leur notifiait cinq inculpations de diffamation envers la police pour cinq passages différents des *Dossiers noirs*, représentant 4 pages environ sur 227 et concernant 5 affaires sur les 36 signalées dans le livre. (Il s'agissait des affaires Martin-Ponge, Lacombe, Saulnier, Fromage et Thévenin.)

« L'intérêt immédiat pour le ministre de l'Intérieur de déposer une plainte contre tout écrit qui lui paraît attenter à l'honneur de la police, notait Jean-Pierre Clerc dans *le Monde*, est d'exercer une dissuasion envers les lecteurs éventuels de l'ouvrage : "Ce livre n'est pas sérieux, la preuve, la justice poursuit son auteur." Cette dissuasion peut également avoir un effet rétroactif, les lecteurs ayant tendance, en vertu d'un raisonnement analogue, à repousser les impressions que leur avait d'abord procurées la lecture de l'ouvrage. Cependant, lorsque — c'est le cas pour les *Dossiers noirs* — la justice ne retient que certains courts passages du livre attaqué, tout le reste peut en retirer, *a contrario*, une puissance de conviction considérable. »

« Pourquoi cinq plaintes ? se demandait Roger Dosse dans *Politique-Hebdo*. Probablement pour multiplier les condamnations en évitant le risque d'évoquer tous les cas cités par l'auteur, le plaignant étant dans l'obligation, du fait des dispositions de la loi de 1881, de viser et de citer chacun des passages reprochés dans les poursuites. »

« En fait, écrivait Michel Varnal dans *Lutte ouvrière*, tout le livre de Denis Langlois est accablant pour la police et personne n'a osé démentir ce qu'affirmait l'auteur. M. Marcellin semble avoir trouvé les petits détails qui lui permettraient d'attaquer D. Langlois en justice et, pourquoi pas, d'obtenir que le livre soit retiré du commerce. Pourtant quelque astuce légale que trouve M. Marcellin, il ne pourra pas faire que les abus (et le mot est faible) dénoncés par l'auteur n'aient pas existé. »

Quant à Yvon Toussaint, il notait dans *le Soir* de Bruxelles : « On comprendra tout l'intérêt que présente cette série de procès à un moment où il est évident qu'il existe en France un problème — pour ne pas dire un malaise — de la police. En dénonçant les abus qui peuvent être commis, en attirant l'attention sur des faits isolés, certes, mais qui, hélas ! paraissent être de plus en plus fréquents, des hommes comme Me Denis Langlois font-ils preuve d'un manque de civisme devant lequel le ministre de l'Intérieur se doit de réagir ? Le magistrat éminent qui signe Casamayor écrivait récemment : "C'est à la police et à la justice d'être les premières à montrer leurs défauts et à ne pas en avoir honte. Elles ne se mettront pas ainsi en position d'accusées. La politique qui croit "limiter les dégâts" est funeste. Déclarer par exemple : "Il y a des policiers brutaux, mais ils sont rares", tend à minimiser la brutalité, à la faire admettre. Il ne s'agit pas de faire des procès, il s'agit de faire en sorte qu'il y ait moins de mauvaises actions". »

L'AFFAIRE MARTIN-PONGE
(pages 87 et 88)

L'instruction judiciaire ouverte sur plainte de M. Marcellin était close en décembre 1971. Paul Flamand et Denis Langlois étaient alors renvoyés devant le tribunal correctionnel. Pour assurer leur défense, ils firent respectivement appel à Me Georges Kiejman, avocat à la cour de Paris, et au bâtonnier Raymond Filippi d'Aix-en-Provence, avocat par ailleurs des parents de Jean-Pierre Thévenin.

La première affaire fut jugée le 4 février 1972 par la 17e chambre correctionnelle de Paris présidée par M. Hennion.

Il s'agissait de l'affaire Martin-Ponge. Le 10 avril 1969, la brigade des recherches de la gendarmerie de Nîmes avait appréhendé, à la suite d'un cambriolage, un ouvrier charpentier, M. René Martin-Ponge, âgé de 38 ans. Interrogé une bonne partie de la nuit, il avoua être non seulement l'auteur du cambriolage, mais encore le meurtrier d'une institutrice en retraite, Mme Lucienne Gibelin, qui avait été assassinée deux ans et demi auparavant dans sa villa de Nîmes.

René Martin-Ponge revint presque aussitôt sur ces aveux qui étaient d'ailleurs entachés de plusieurs erreurs concernant la disposition des lieux et l'heure à laquelle s'était déroulé le crime ; mais, remis entre les mains des policiers du service de la police judiciaire de Montpellier, il renouvela ses aveux en donnant une version sensiblement différente.

Il devait se rétracter une nouvelle fois le 17 avril 1969, lors de sa seconde comparution devant le juge d'instruction chargé de l'affaire, M. Riveslange, et maintenir par la suite ses dénégations. Il n'en fut pas moins placé en détention préventive, et cela en dépit des réserves formulées par son avocat, Me Roland Sorlin.

Cependant, au cours de l'instruction, son innocence apparut

de plus en plus probable et, le 19 décembre 1968, il fut remis en liberté. Il devait bénéficier le 25 juin 1970 d'une ordonnance de non-lieu. Le juge y précisait qu'en se rétractant définitivement, Martin-Ponge avait affirmé « n'avoir passé ses aveux à la gendarmerie et à la police que par crainte des enquêteurs et ne les avoir réitérés devant le magistrat instructeur que par peur d'être remis entre les mains des policiers au cas où il n'aurait pas confirmé ses précédentes versions. Il assurait avoir, en fait, inventé tout le récit du crime ».

L'ordonnance de non-lieu notait encore à ce propos que « les cheveux trouvés dans la main de Mme Gibelin n'avaient rien de commun avec ceux prélevés sur la personne de Martin-Ponge » ; qu'il était en outre démontré que la « barre de tord » dont Martin-Ponge avait prétendu s'être servi ne correspondait pas à l'arme du crime plus effilée et d'un diamètre plus réduit, ainsi que l'avaient établi les experts.

Martin-Ponge, soumis à un examen psychiatrique, avait par ailleurs été reconnu « exempt de toute tendance à la mythomanie » et les experts avaient estimé « vraisemblables, sinon vraies » les explications qu'il donnait de ses aveux et de ses rétractations.

La presse de l'époque avait largement évoqué cette affaire. *France-Soir* avait titré « Il était en prison pour un meurtre qu'il n'avait pas commis : huit mois pour le vol d'un transistor. » (C'était effectivement la peine qui avait finalement été infligée à Martin-Ponge pour le cambriolage.) De son côté, *l'Humanité* s'était servie largement des guillemets pour indiquer que « le "meurtrier" clamait son innocence depuis ses "aveux" devant la police ». Quant à Jean Grandmougin, dans un journal aussi peu subversif que *Bonnes Soirées,* il faisait part de ses inquiétudes en ces termes : « De quelle manière fut-il interrogé ? Toujours est-il qu'il avoua non seulement son cambriolage, mais le meurtre. »

Les différentes coupures de presse, de même que l'ordonnance de non-lieu dont avait bénéficié Martin-Ponge, furent versées au dossier par le bâtonnier Filippi et Me Kiejman, afin de prouver la vérité des faits rapportés dans les *Dossiers noirs.* De nombreux témoins cités par la défense vinrent par ailleurs apporter leur soutien à Paul Flamand et Denis Langlois. Ce fut le cas du bâtonnier Paul Arrighi, de Pierre-Henri Simon de l'Académie française, de l'éditeur Claude Gallimard, de Michel Foucault, professeur au Collège de France, de Paul-André Lesort représentant le comité d'entreprise des Editions du Seuil, de Denis Perier-Daville, président du syndicat des journalistes, du professeur Pierre Vidal-Naquet et du père Robert Boyer, qui vint exposer dans quelles conditions le jeune Jean-Marie Deveaux avait lui aussi avoué un crime qu'il n'avait pas commis.

M. Hubert Beuve-Méry, ancien directeur du *Monde*, qui n'avait pu se déplacer, avait envoyé au président du tribunal une lettre où il déclarait notamment : « Si j'avais eu à prendre la responsabilité d'insérer dans *le Monde* des textes tels que ceux qui sont aujourd'hui incriminés, sans doute aurais-je pensé, en toute volonté de respecter la loi et en toute bonne foi, que mon devoir était de ne pas en refuser la publication. Pour l'éditeur, comme pour le journaliste, la pire faute ne serait-elle pas d'invoquer trop complaisamment la loi pour couvrir une lâcheté et d'observer un silence finalement complice quand peuvent se trouver mises en jeu la dignité, la liberté, la vie même de chaque citoyen ? »

De la même façon, le professeur Laurent Schwartz et le journaliste Jean Grandmougin, qui n'avaient pu être présents à l'audience, avaient tenu à témoigner par écrit.

Dans leurs plaidoiries, Mes Kiejman et Filippi, en réponse au réquisitoire du procureur Fontaine, s'attachèrent à prouver qu'il n'y avait pas diffamation, car les faits rapportés étaient exacts. Le bâtonnier Filippi devait notamment citer des extraits d'une interview que M. Gérard Monate, secrétaire général de la Fédération autonome des syndicats de police, avait accordée en janvier 1972 à la revue *Pan :* « La position du syndicat est très nette : nous condamnons aussi fermement que Me Langlois les faits qu'il signale... On ne peut pas couvrir des fautes de ce genre. »

Le jugement fut mis en délibéré jusqu'au 2 mars 1972.

Au lendemain de cette première audience, la presse mit surtout l'accent sur la procédure employée à l'encontre des *Dossiers noirs*. C'est ainsi que sous le titre « le Procès Marcellin », Irène Allier écrivait dans *l'Express :* « En 232 pages, Me Denis Langlois, conseiller juridique de la Ligue des droits de l'homme, avait brossé une danse macabre aux trente-six figures ensanglantées. M. Raymond Marcellin, ministre de l'Intérieur, en a récusé cinq, éparses sur huit feuillets. Du même coup, les 224 autres pages et les trente et un autres épisodes reçoivent le plus inattendu et le plus officiel des labels d'authenticité. C'est plus qu'il n'en fallait au livre pour poursuivre son œuvre de salubrité publique, donc plus qu'il n'en fallait pour traduire Me Langlois et son éditeur, M. Paul Flamand, en correctionnelle... L'étrange procédure qui consiste à intenter à Me Langlois cinq procès différents, indépendants les uns des autres, pour des extraits d'un même livre, voire d'un même chapitre, prend sous cet éclairage un sens bien précis : elle interdit d'ouvrir l'ensemble du dossier. Me Langlois et M. Flamand seront peut-être condamnés cinq fois, peut-être moins, peut-être pas. Mais le plus grave, c'est que le vrai procès n'aura pas eu lieu. »

De son côté, Jean-François Dominique notait dans *l'Humanité :* « Pour ce premier procès des *Dossiers noirs de la police,* on attendait un débat grave, sérieux : le sujet en vaut la peine. Les prévenus et leurs avocats, Mes Filippi et Kiejman, étaient prêts à le faire. Toutes les conditions étaient réunies pour discuter enfin de certaines méthodes qui déshonorent les policiers qui s'y prêtent. Eh bien ! dans la mesure où un débat suppose un dialogue, celui-ci a été escamoté... Le substitut Fontaine, dont les interventions ne coulent pas de source, a singulièrement pipé les dés. Il s'est — tout en étant fort long dans ses explications — dérobé à la confrontation des idées. Ou plutôt, il a tenté de substituer à celles-ci la technique de la discussion du "café du Commerce"... Dans ce procès où quand même la seule question qui importe est de savoir si l'on accepte ou si l'on condamne les méthodes bien connues de certains interrogatoires policiers, lui il a choisi d'ignorer purement et simplement le problème... »

Quant à Katia Kaupp, dans *le Nouvel observateur,* elle analysait longuement les conditions dans lesquelles Martin-Ponge avait passé ses « aveux ». « L'interrogatoire des gendarmes, écrivait-elle notamment, s'est passé, selon le procès-verbal, "en partie dans les bureaux, en partie dans la chambre de sûreté". Première question : pourquoi la chambre de sûreté ? René Martin-Ponge ne s'est jamais montré violent et il a avoué d'emblée le vol qu'on lui reprochait. "C'est dans une chambre de sûreté qu'est mort Jean-Pierre Thévenin !" rappelle Me Filippi. C'était celle du commissariat de Chambéry. Mais, de commissariat en gendarmerie, il y a trop de chambres de sûreté où meurent des prévenus, dans *les Dossiers noirs de la police française...* Une seule chose est vraiment sérieuse dans ce procès, concluait-elle, c'est le livre de Denis Langlois. Onze pages, sur deux cent trente-trois, lui valent d'être traîné en justice : et Me Filippi de se livrer à une soustraction facile : "233 — 11 = 222 pages de vérité." Serait-ce une vérité trop noire ? »

Le jugement fut rendu le 2 mars 1972. Ce fut une décision de relaxe, les passages poursuivis n'étant pas considérés comme de nature à porter atteinte à l'honneur et à la considération des policiers.

« Attendu que, notait le tribunal, dans le premier paragraphe argué de diffamation, c'est la première proposition qui est essentielle : "*Les policiers de Montpellier l'interrogèrent de telle façon qu'il avoua"*, proposition que l'accusation estime diffamatoire à l'égard des policiers de Montpellier.

« Attendu que, dans les deux autres paragraphes retenus par la prévention, il est exposé le détail des aveux passés au cours de son interrogatoire par le sieur Martin-Ponge et il est dit ensuite : "Pour le malheur des policiers, satisfaits d'avoir réglé une affaire restée jusqu'alors impunie, tous ces détails ne concordaient pas..." ; que là aussi l'expression "*pour le malheur des policiers*" est considérée par l'accusation comme diffamatoire.

« Attendu qu'il ne peut être statué sur la nature diffamatoire de ces phrases ou membres de phrases sans se rapporter à l'information judiciaire ouverte au parquet de Nîmes, à la suite de l'assassinat, fin 1966, d'une dame Gibelin et notamment à l'ordonnance de non-lieu intervenue le 25 juin 1970 en faveur de Martin-Ponge ; attendu que cette pièce de justice relate par le menu, en sa page 2, les aveux recueillis par l'officier de police principal Soncin, du SRPJ de Montpellier, puis explique, en sa page 3, les raisons pour lesquelles ces aveux, rétractés huit jours après avoir été passés, ne pouvaient entraîner à l'encontre de leur auteur charges suffisantes pour être traduit en cour d'assises ; attendu que notamment l'ordonnance du juge d'instruction portait, dans l'analyse faite du comportement de Martin-Ponge, cette phrase : "prétendait n'avoir passé ses aveux à la gendarmerie et à la police que par crainte des enquêteurs" ; attendu enfin que, toujours selon ce document, une expertise avait conclu à la vraisemblance de cette explication donnée par Martin-Ponge.

« Attendu, dans ces conditions, que les mots "l'interrogèrent de telle façon", reprochés à Paul Flamand et à Denis Langlois, pourraient revêtir le caractère d'une diffamation envers les services de police s'ils alléguaient, ou seulement sous-entendaient qu'il y ait eu l'emploi de moyens coercitifs pour amener Martin-Ponge à passer des aveux mensongers ; qu'au contraire, en écrivant : "l'interrogèrent de telle façon qu'il avoua", Denis Langlois demeure très en retrait sur les phrases de l'ordonnance de non-lieu et n'impute aux policiers aucun acte susceptible d'être contraire à leur honneur ou à leur considération ; attendu que le paragraphe "Là aussi les aveux étaient des plus circonstanciés" ne peut, en lui-même, contenir d'imputation diffamatoire.

« Attendu qu'il reste la phrase "*Pour le malheur des policiers...*" et qu'ici encore une analyse s'impose ; attendu que la constatation de l'impunité d'un meurtre est de nature à affliger tout citoyen et plus particulièrement tout policier conscient de la grandeur de sa mission ; attendu qu'il faudrait, pour rendre injurieuse la phrase attaquée, ajouter que les policiers, plutôt que de laisser un crime impuni, aiment mieux faire avouer un innocent, mais que ni expressément, ni implicitement, Denis Langlois n'a franchi ce pas dans le texte soumis à la censure du tribunal.

« Attendu qu'aucun des trois paragraphes relevés par l'ordonnance de renvoi dans la page 93 [1] des *Dossiers noirs de la police* n'est constitutif du délit de diffamation.

« Par ces motifs, le tribunal, après en avoir délibéré conformément à la loi... relaxe les sieurs Paul Flamand et Denis Langlois et les renvoie des fins de la poursuite sans peine ni dépens. »

« Va-t-on devoir réhabiliter la justice ? s'écria Jérôme Gauthier dans *le Canard enchaîné* après ce premier acquittement. Une justice qui ne boite pas, cela fait toujours plaisir. Pas à tout le monde, bien sûr ! Ainsi, M. Marcellin doit garder un poulet de sa chienne aux magistrats de la 17e chambre correctionnelle, qui viennent de relaxer Me Denis Langlois... Même s'il garde l'espoir de gagner ses quatre autres procès, M. le ministre doit sentir la moutarde lui chatouiller le museau... »

Effectivement, M. Marcellin ne semble guère satisfait de cette décision puisque par l'intermédiaire du procureur de la République, il s'empresse quatre jours plus tard de faire appel « a minima » de cette décision.

L'affaire est donc renvoyée devant la 11e chambre de la cour d'appel de Paris présidée par M. Courtois qui l'examine lors de son audience du 21 juin 1972. Là, les débats sont beaucoup plus sommaires, puisque devant la cour d'appel les témoins ne sont généralement pas réentendus, la Cour se contentant des notes prises par le greffier du tribunal correctionnel.

Après un délibéré de trois semaines, la décision est rendue le 12 juillet 1972. Il s'agit cette fois-ci, pour Denis Langlois et Paul Flamand, d'une condamnation à 1 500 francs d'amende chacun.

Dans cet arrêt, le raisonnement est totalement différent de celui tenu par le tribunal correctionnel. Alors que celui-ci estimait qu'il importait d'examiner chaque paragraphe indépendamment du reste du livre, en écartant « toute analyse basée sur une prétendue tendance de l'ouvrage entier », la Cour, elle, fait référence à l'ensemble du livre « dans lequel l'auteur s'élève contre l'usage de la violence pratiquée, selon lui, au cours de certains interrogatoires, par des fonctionnaires de police ou des militaires de la gendarmerie ».

Les deux pages consacrées à l'affaire Martin-Ponge sont notam-

1. Voir p. 87 de la présente édition.

ment rapprochées des pages précédentes consacrées à une autre affaire, l'affaire Deshayes.

Le lien entre les deux textes se trouve, selon la cour d'appel, dans la phrase « Là aussi, les aveux étaient des plus circonstanciés » (début d'un paragraphe qui, d'après le tribunal correctionnel, ne pouvait « en lui-même contenir d'imputation diffamatoire »).

« Considérant, précise la cour d'appel, que l'expression *"là aussi"* employée dans cette phrase institue une comparaison exprimant la similitude qui se rapporte manifestement à ce qui est écrit dans les pages précédentes au sujet d'un nommé Deshayes "victime d'une erreur judiciaire [1]" et que l'auteur présente comme ayant été frappé par les gendarmes et n'ayant passé des aveux détaillés que sous la dictée de ces derniers.

« Considérant que le rapprochement ainsi opéré entre les aveux de Deshayes et ceux de Martin-Ponge suggère nettement que ce dernier a été interrogé dans des conditions identiques à celles de Deshayes en sorte que le lecteur se trouve nécessairement conduit à croire que Martin-Ponge a également été frappé et que ses "aveux circonstanciés" ont été faits sous la dictée des policiers de Montpellier qui l'interrogeaient...

« Considérant qu'en présentant au surplus ces policiers comme satisfaits d'avoir réglé dans de telles conditions une affaire restée jusqu'alors impunie, les textes incriminés imputent par voie d'insinuation aux membres du SRPJ de Montpellier, ainsi mis en cause à raison d'actes de leurs fonctions et facilement identifiables, des faits contraires à l'honneur et à la considération de ces fonctionnaires ; que ces textes sont dès lors diffamatoires contrairement à ce qu'ont estimé les premiers juges...

« Considérant qu'il est établi que Martin-Ponge a passé ses aveux devant les gendarmes et non au SRPJ où contrairement à ce qu'énonce le livre, il n'a fait que les réitérer ; qu'il n'a d'autre part jamais prétendu avoir été frappé au cours de ses interrogatoires et que rien n'autorise à conclure que les craintes qu'il a exprimées devant le juge d'instruction sans d'ailleurs en préciser la cause aient été motivées par des violences dont il

1. Il convient de rappeler que Jean Deshayes fut condamné en décembre 1948 à dix ans de travaux forcés par la cour d'assises de Nantes pour un crime qu'il n'avait pas commis. Les véritables coupables furent retrouvés quatre ans plus tard et condamnés. Innocent, Jean Deshayes avait donc subi à tort un emprisonnement de quatre ans. N'est-ce pas le type même de l'erreur judiciaire ?

Dans ces conditions, il est permis de se demander la raison de la présence dans l'arrêt de la cour d'appel des guillemets qui accompagnent les termes « victime d'une erreur judiciaire ». Un innocent condamné à tort serait-il encore considéré comme un coupable ?

aurait fait l'objet de la part des fonctionnaires du SRPJ notamment ; que s'il n'a pas enfin été possible d'éclaircir les circonstances qui lui avaient permis de fournir sur certains points des indications relativement conformes à la réalité, il n'en résulte pas nécessairement et il n'est nulle part allégué que ces informations lui aient été communiquées par les fonctionnaires mis en cause.

« Considérant que, contrairement à ce qu'ont estimé les premiers juges, Flamand et Langlois se sont ainsi rendus coupables de diffamation publique envers des fonctionnaires publics à raison de leurs fonctions ou de leur qualité... les condamne à 1 500 francs d'amende. »

Dans le délai de trois jours fixé par la loi, Denis Langlois et Paul Flamand déposèrent à l'encontre de cet arrêt un pourvoi en cassation. A ce jour, la Cour suprême ne s'est pas encore prononcée. La condamnation n'a donc pas de caractère définitif. Cependant, soucieux de ne laisser planer aucun doute dans l'esprit du lecteur, nous avons décidé de supprimer, dans cette nouvelle édition, les quatorze lignes litigieuses et de les remplacer par un blanc.

L'AFFAIRE LACOMBE
(pages 104 à 106)

La seconde plainte du ministre de l'Intérieur visait 25 lignes consacrées à l'affaire Lacombe.

Le 30 août 1969, Jean Lacombe, détenu à la prison de la Santé sous l'inculpation de vols, adressait à la Ligue des droits de l'homme une lettre où il exposait dans quelles conditions, durant la nuit du 21 au 22 août 1969, il avait été interrogé dans les locaux du quai des Orfèvres.

Dans les deux pages qu'il consacra à l'affaire Lacombe, Denis Langlois publia la lettre de Jean Lacombe longue de 18 lignes et la réponse longue de 22 lignes du procureur de la République à la Ligue des droits de l'homme. Il ajouta une courte indication sur l'état de santé de Lacombe au moment où le livre était publié.

Ces deux pages figuraient dans un chapitre consacré aux « aveux ». Elles étaient immédiatement précédées par le récit des tortures infligées en mai 1969 à trois jeunes cambrioleurs par des policiers du quai des Orfèvres, qui furent d'ailleurs par la suite inculpés de coups et blessures volontaires par le juge Zollinger. Elles précédaient elles-mêmes deux pages consacrées aux sévices subis en janvier 1969 par deux jeunes gens, toujours dans les locaux du quai des Orfèvres, de la part de policiers appartenant à la même brigade que ceux qui avaient interrogé Lacombe. Dans ce même chapitre, on trouvait encore la lettre d'un détenu de la prison de Versailles racontant comment des policiers d'Argenteuil lui avaient fait subir le supplice de la baignoire. Le chapitre se terminait par le récit des sévices subis par une autre personne dans un commissariat parisien.

Aucun de ces récits ne fit l'objet de la moindre plainte du ministre de l'Intérieur, alors que les sévices relatés étaient d'une gravité comparable ou même supérieure à ceux auxquels Lacombe affirmait avoir été soumis. De plus, dans au moins deux de ces affaires, il ne s'agissait pas de la publication de lettres émanant de prisonniers, mais d'affirmations de l'auteur du livre.

L'examen de la plainte de M. Marcellin fut fixé à l'audience du 18 février 1972. Mes Raymond Filippi et Georges Kiejman avaient fait citer neuf témoins : le principal intéressé Jean Lacombe ; quatre autres personnes ayant subi des tortures au quai des Orfèvres, Bernard Marcoccia, Georges Louchkevitch, Alain Delaplane et Edmond Colin ; la femme d'un autre détenu ayant lui aussi été « interrogé » au quai des Orfèvres, Francette Blanchard ; un ancien médecin de la Santé, le docteur Charles Dayant ; un policier du quai des Orfèvres, Jacques Salmon, inculpé à deux reprises de coups et blessures, et M. Raymond Marcellin, ministre de l'Intérieur, auquel la défense souhaitait demander pour quelles raisons il n'avait porté plainte que pour un seul récit de sévices imputés à des policiers.

En fait, deux seulement de ces témoins furent entendus par le tribunal. Le procureur de la République fit savoir que M. Marcellin n'avait pas été autorisé par le Conseil des ministres à venir témoigner. Le policier Jacques Salmon dont le bureau ne se trouvait pourtant qu'à deux cents mètres de la salle d'audience ne put être touché à temps par la convocation et le président du tribunal ne jugea pas opportun d'aller le faire chercher, ainsi qu'il en avait le pouvoir. Le détenu Alain Delaplane, qui se trouvait depuis près de trois ans à la prison de Fleury-Mérogis, fut brusquement transféré à Fresnes, puis à Dijon l'avant-veille du procès. L'adresse de la femme de l'autre détenu ne put être retrouvée, bien qu'elle ait répondu à la convocation d'un juge d'instruction une dizaine de jours auparavant.

Cinq témoins seulement se trouvaient donc présents pour déposer à la barre ; mais le président du tribunal, suivant en cela l'avis du procureur de la République, décida d'en éliminer encore trois : Marcoccia, Louchkevitch et Colin.

Cette décision, qui privait la défense de ses meilleures armes, ne fut pas sans provoquer de vives protestations. La presse devait se faire l'écho de cet incident et le mieux est sans doute de citer certains des articles qui lui furent consacrés.

« Atmosphère orageuse, cet après-midi, à la 17e chambre correctionnelle... », commente *la Nouvelle République,* tandis que *la Dépêche du Midi* titre : « Incidents au procès de l'auteur des *Dossiers noirs de la police française.* »

Quant à Irène Allier dans *l'Express,* elle parle de « ce surprenant spectacle d'une justice enfin en possession du "dossier noir de la police" qui ne poursuit pas le crime mais celui qui l'a dénoncé... Le président de la 17e chambre, note-t-elle, l'a dit en toute simplicité : "Nous ne sommes pas ici pour faire le procès des violences policières, car nous n'en sommes pas saisis. Mais pour savoir si 26 lignes des pages 110 et 111 sont ou non diffamatoires." Va-t-on donc chercher à savoir si M. Jean Lacombe, héros des 26 lignes poursuivies, cette fois, a été torturé à l'électricité dans les locaux de la Brigade de la voie publique ?... Pour démontrer sa bonne foi, Me Langlois a cité trois témoins qui, dans des conditions analogues, affirmaient avoir subi le même sort et dans le même lieu. Mais voilà, ceux-là, M. Marcellin s'est bien gardé de les accuser de mensonges. Alors ? "Ces témoins ne seront pas entendus !" tranche le président. "La question ne sera pas posée", avait dit son prédécesseur au procès Zola... »

« Depuis l'affaire Dreyfus et le célèbre "La question ne sera pas posée", il y a des formulations dont les magistrats devraient pourtant se méfier... », renchérit Jean-François Dominique dans *l'Humanité* [1].

« Triste procès en vérité, écrit Katia Kaupp dans *le Nouvel Observateur,* mais exemplaire de la justice de Pleven. Quand le président Hennion écarte délibérément de son audience les gêneurs de Raymond Marcellin, il ne fait guère que suivre les réquisitions du parquet. Dommage. Car de cette parfaite démonstration d'une justice entravée, on sort avec le sentiment de la justice manquée. »

Seuls Jean Lacombe et le docteur Charles Dayant seront donc entendus. Jean Lacombe confirmera à la barre le contenu de la lettre qu'il a envoyée à la Ligue des droits de l'homme et relatera

1. Alors qu'il sortait de la salle d'audience, Jean-François Dominique fut accosté et menacé par deux « inconnus » qui n'avaient pas apprécié ses commentaires de l'affaire Martin-Ponge. « Ceci ne l'empêchera néanmoins pas de continuer à faire son métier comme il l'entend, honnêtement », déclara *l'Humanité.*

dans quelles conditions il fut interrogé au quai des Orfèvres durant sa garde à vue. A ce propos et en ce qui concerne la durée de cette garde à vue, le procureur Fontaine reconnaîtra qu'il y a eu une « petite entorse » à la règle des quarante-huit heures, maximum prévu par le Code de procédure pénale. « C'est parce que ce samedi-là, expliquera-t-il, il n'y avait pas de navette entre le Dépôt et le palais de Justice que Lacombe n'a été présenté que le lendemain, dimanche, au substitut du procureur. »

Quant au docteur Charles Dayant, auteur de *J'étais médecin à la Santé* (Editions Presses de la Cité), il indiquera qu'il lui est arrivé assez souvent de constater des ecchymoses, des traumatismes, des brûlures et même des fractures sur les nouveaux arrivants de la prison de la Santé. Le procureur Fontaine ne lui posera qu'une seule question : « Combien de temps les traces de "traitements électriques" sur les testicules persistent-elles ? » Au moment où il fut examiné par les médecins Jean Lacombe ne présentait, en effet, aucune trace de brûlures. Le docteur Dayant répondra qu'il n'est pas un spécialiste des « traitements électriques » et qu'il ne peut dans ces conditions apporter de réponse précise. A quoi Me Kiejman répliquera que le général Massu, selon ses propres dires, s'est personnellement infligé ce traitement et qu'il ne semble plus en souffrir aujourd'hui, ce genre de supplice étant d'ailleurs justement utilisé parce qu'il a la particularité, s'il est bien appliqué, de ne laisser aucune trace.

Le jugement fut mis en délibéré et rendu le 10 mars 1972. Comme on pouvait s'y attendre après le refus par le président d'entendre des témoins qui auraient pu établir, sinon la vérité des faits relatés par Jean Lacombe, du moins la bonne foi des prévenus, ce fut un jugement de condamnation : 2 000 francs d'amende chacun pour Paul Flamand et Denis Langlois.

Après avoir considéré que les phrases poursuivies avaient un caractère diffamatoire, « Denis Langlois n'ayant pas même admis de mettre au conditionnel certaines des affirmations d'un correspondant particulièrement intéressé à porter tort à ses propres accusateurs (les policiers) », le jugement précise que « Jean Lacombe, cité comme témoin, est venu redire au tribunal les détails donnés par lui dans les lettres adressées à Denis Langlois, ajoutant toutefois que le médecin commis pour l'examiner dès le lendemain de son incarcération ne l'avait "même pas regardé" ».

Or, poursuit le tribunal, « le parquet présente les trois examens successifs auxquels Jean Lacombe a été soumis aux dates des 26 août 1969, 10 novembre 1969 et 22 mars 1971 (soit un mois après la sortie des *Dossiers noirs*) ;

« Attendu que le premier examen spécifie qu'il n'existe aucune lésion traumatique... au niveau de la région abdominale, des bourses et de la face interne des cuisses ; que le deuxième examen, consécutif à un traitement entamé à la prison le 25 septembre 1969, conclut "qu'aucun élément médical ne permet d'attribuer une origine traumatique quelconque à l'affection dont souffre le détenu" ; attendu qu'après dix-huit mois de détention provisoire, Jean Lacombe sollicita du magistrat instructeur une nouvelle expertise, que cette mesure fut ordonnée et que les spécialistes les plus éminents furent ainsi conduits à affirmer que l'affection constatée chez le détenu avait une origine infectieuse et ne pouvait résulter de l'action éventuelle du courant électrique ; attendu dans de telles conditions que le tribunal ne peut que reconnaître l'inefficacité de l'offre de preuve.

« Attendu que Paul Flamand et Denis Langlois soutiennent avoir agi de bonne foi, ajoutant qu'il est de l'intérêt général de dénoncer les brutalités policières ; que ceci serait pertinent si une objectivité scrupuleuse avait dans ce domaine guidé l'auteur du livre ; attendu que les réponses données à Denis Langlois par M. le procureur de la République révélaient le peu de crédit mérité par les assertions de Jean Lacombe et privaient donc les prévenus de la ferme croyance en la vérité du fait exposé.

« Attendu que Paul Flamand et Denis Langlois ne peuvent donc, pour la publication des lettres de Jean Lacombe, prétendre avoir agi de bonne foi ; qu'en fait ils ont contribué, par le renom qui s'attache à leurs brillants états de service ou aux organismes dont ils sont les collaborateurs, à discréditer dans l'opinion publique plusieurs fonctionnaires de police, ce que relève avec pertinence la plainte de M. le ministre de l'Intérieur... »

Paul Flamand et Denis Langlois firent aussitôt appel de cette condamnation. L'affaire fut examinée le 21 juin 1972 par la cour d'appel et un arrêt fut rendu le 12 juillet 1972.

La défense avait déposé des conclusions visant à l'annulation du jugement de condamnation, car le président du tribunal correctionnel avait, nous l'avons vu, refusé d'entendre trois des témoins qu'elle avait fait citer. C'est sur ce point de droit que la Cour devait d'abord se prononcer. Elle le fit en ces termes :

« Considérant qu'il n'est pas contesté que ces trois témoins étaient appelés à déposer sur des faits dont les prévenus entendaient se prévaloir au soutien de leur bonne foi prétendue...

« Considérant que la présomption de mauvaise foi qui s'attache de plein droit aux imputations diffamatoires peut être combattue par des faits justificatifs dont il appartient aux prévenus d'administrer la preuve ; qu'en s'opposant comme en l'espèce à l'exercice de ce droit, le tribunal a violé de façon substantielle les droits de la défense. »

En conséquence, le jugement de condamnation est annulé et

la Cour ordonne l'audition des témoins Marcoccia, Louchkevitch et Colin à une prochaine audience.

Le parquet ayant demandé à plusieurs reprises le renvoi de cette audience, celle-ci fut finalement fixée au 7 mars 1973, c'est-à-dire entre les deux tours des élections législatives.

Une semaine avant son audition, le 28 février 1973, l'un des témoins, Edmond Colin, le seul qui était libre, fut arrêté par les gendarmes de Saint-Ouen dans le hall de l'école maternelle où il venait chercher sa petite fille âgée de cinq ans. Officiellement il s'agissait de lui faire purger une condamnation à 6 mois de prison prononcée par défaut en juin 1968 pour un délit remontant à 1964 : circulation sans assurance et sans carte grise. Devant les multiples protestations et les nombreux articles de presse, il put toutefois témoigner devant la cour d'appel [1], de même que Marcoccia et Louchkevitch. Tous trois confirmèrent qu'ils avaient bien été torturés au quai des Orfèvres et que, dans ces conditions, le récit de Lacombe leur apparaissait plus que vraisemblable.

La cour d'appel suivit le même raisonnement et rendit, le 28 mars 1973, une décision de relaxe.

L'AFFAIRE SAULNIER

(page 204)

L'affaire Saulnier remonte au 27 janvier 1954. Ce jour-là, la police arrêtait à son domicile M. René Saulnier, afin de l'interroger au sujet de vols commis dans une entreprise de quincaillerie. Il était conduit dans les locaux de la 9e brigade territoriale à Paris et, durant son interrogatoire, selon les inspecteurs qui le questionnaient, pris d'un malaise il glissait de sa chaise et allait heurter du front la plinthe d'un mur. Il était transporté à l'hôpital de la Pitié où il décédait le 5 février 1954.

A la demande de la famille, une autopsie était pratiquée par le docteur Paul, médecin-légiste, qui établissait que la mort était due à un traumatisme crânien, dont il ne pouvait toutefois établir l'origine de façon certaine. La famille déposait une plainte, mais l'information était close par un non-lieu. Un procès civil fut alors intenté et, en mars 1962, le tribunal, estimant que les expertises médicales précédentes avaient été faites « avec une légèreté non qualifiable », ordonna une nouvelle expertise.

1. Le 15 mars 1973, à la suite d'une intervention de l'Association de défense des droits des détenus, Edmond Colin a bénéficié d'une mesure de grâce et a été définitivement libéré.

Mais, lassées et démunies de ressources, la mère et la veuve de M. Saulnier y renoncèrent, après huit ans de procédure.

Dans un chapitre intitulé « l'Impunité », Denis Langlois, après avoir exposé longuement l'affaire des policiers de Bordeaux, avait voulu montrer qu'aussitôt après le verdict d'acquittement dont ils bénéficièrent en mai 1954, deux autres affaires, présentées par la presse comme des « affaires de violences policières », avaient été révélées au public : l'affaire Marguerite Marty, une jeune femme accusée d'avoir empoisonnée sa cousine, qui affirmait avoir subi des sévices graves de la part des policiers chargés de son interrogatoire, et l'affaire René Saulnier.

Denis Langlois consacra 17 lignes à cette dernière affaire. Il suffit d'examiner la plainte de M. Marcellin et les phrases qu'il a soulignées dans celle-ci pour constater que ce n'est pas l'exposé de cette affaire qui est contesté, puisqu'il ne reprend qu'une seule version des faits, celle de la police ; mais la présentation que l'auteur en fait : « Vers la fin du mois de mai 1954, *nouvelle affaire de violences policières :* l'affaire Saulnier. »

A l'audience du 10 mars 1972, il appartenait à la défense, non pas de prouver la vérité des faits considérés comme diffamatoires, puisque la loi de 1881 sur la presse et l'édition l'interdit pour les faits qui remontent à plus de dix ans, mais la bonne foi de l'auteur et de l'éditeur.

Pour cela un témoin avait été cité, en dehors de M. Marcellin, à nouveau absent : il s'agissait de l'avocat de la famille Saulnier, Me Charles Libman.

Sans aborder le fond de l'affaire, ce qui lui était interdit en raison des dispositions concernant le secret professionnel et le secret de l'instruction, Me Libman précisa que les journaux de l'époque avaient effectivement interprété l'affaire Saulnier « comme une affaire de violences policières ». Il ajouta que Denis Langlois avait écrit à ce sujet « avec une très grande modération et une très grande réserve ». « A l'époque des faits, conclut-il, la presse avait été infiniment plus sévère pour la police. »

Dans sa plaidoirie, Me Georges Kiejman devait ajouter qu'il était selon lui normal d'écrire qu'il s'agissait d'une « affaire de violences policières », tout comme on parle des « affaires de drogue » ou des « affaires de fraude fiscale », sans que la réalité des faits de trafic de stupéfiants ou de fraude soit pour autant établie avec certitude.

Le jugement fut mis en délibéré et rendu le 13 avril 1972. Ce fut une seconde décision de relaxe, le tribunal estimant que « Denis Langlois, dans la façon très concise dont il évoque le cas de Saulnier, se contente de rapporter la thèse des inspecteurs, lorsqu'ils affirment que "Saulnier, pris d'un malaise, a glissé de sa chaise" et n'explicite aucune hypothèse opposée à cette relation des faits ; qu'il ne peut donc être soutenu par l'accusation un parti pris délibéré d'écarter la thèse de l'accident ; qu'ainsi, et même sous la présentation qu'il en a faite, les cinq phrases consacrées par l'auteur des *Dossiers noirs* à la mort du sieur Saulnier, le 5 février 1954, ne peuvent être considérées comme constituant pour l'éditeur le délit de diffamation publique envers la police et pour l'écrivain le délit de complicité de ladite infraction ».

La presse ayant annoncé ce second acquittement, les services de M. Marcellin transmirent dès le lendemain à l'agence France-Presse un communiqué où ils faisaient savoir que « le ministère public avait interjeté appel du jugement de relaxe ».

L'affaire fut donc examinée à nouveau le 4 octobre 1972 par la 11e chambre de la cour d'appel de Paris.

L'arrêt mis en délibéré devait être rendu le 25 octobre 1972 et comme pour l'affaire Martin-Ponge la cour d'appel revint sur la décision de relaxe pour prononcer une nouvelle condamnation à 500 francs d'amende.

La Cour avait en effet estimé que le passage incriminé devait être examiné dans son contexte et compte tenu de sa place dans l'ensemble de l'ouvrage. Or, précisait-elle, « le récit de la mort de Saulnier est le troisième d'une suite de récits réunis sous le titre « l'Impunité » dans le dernier chapitre du livre. Les récits qui le précèdent et qui le suivent sont en totalité consacrés à l'évocation d'affaires de violences imputées à des policiers dont la culpabilité est présentée comme indéniable et qui viennent illustrer la thèse selon laquelle ces violences demeureraient généralement impunies. Il n'est pas dès lors concevable qu'en incluant l'affaire Saulnier dans cette énumération, l'auteur ait entendu la considérer comme une exception à ce qui constituerait, selon lui, une règle générale... »

« Il est ainsi établi, conclut l'arrêt, que l'écrit reproché, apprécié dans son contexte, suggère que le traumatisme crânien auquel succomba René Saulnier a été la conséquence des violences que lui infligèrent les policiers et qui demeurèrent impunies. Au-delà de la personne des policiers mis en cause, ces allégations atteignent la police et constituent à l'égard de cette administration l'imputation d'un fait de nature à nuire à son honneur et à sa considération ; elles sont diffamatoires. »

Là aussi un pourvoi en cassation a été déposé par Paul Flamand et Denis Langlois, mais aucune décision n'a encore été rendue.

L'AFFAIRE FROMAGE
(pages 112 et 113)

Les débats concernant la quatrième affaire eurent lieu le 18 mai 1972 devant le tribunal correctionnel.

Il s'agissait de savoir si en relatant l'arrestation d'un jeune voleur de cyclomoteur, Denis Langlois avait diffamé deux policiers, non désignés nommément dans le texte, mais qui avaient cru s'y reconnaître.

Pour la première fois l'accusation avait jugé bon de faire citer des témoins, en réponse à l'offre de preuve faite par les prévenus. Il s'agissait de six policiers composant, du moins pour cinq d'entre eux, l'équipage du car de police ayant participé à l'arrestation litigieuse.

Outre M. Marcellin, cité une nouvelle fois en vain, les témoins de la défense étaient au nombre de quatre. Le principal intéressé, Jean Fromage, peintre-décorateur, âgé de 20 ans au moment des faits, vint tout d'abord confirmer que, dans la nuit du 3 au 4 juillet 1969, rue des Ecoles à Paris, il avait été interpellé en compagnie d'un camarade qui avait volé un cyclomoteur. Tous deux avaient pris la fuite dans deux directions opposées. En ce qui le concernait, un policier s'était lancé à sa poursuite et, profitant du fait qu'il s'était pris les pieds dans la laisse d'un chien que sa maîtresse promenait, l'avait rapidement rattrapé et ramené à l'endroit où le car de police s'était arrêté. Là, il avait été remis entre les mains d'un autre policier qui avait voulu lui donner une gifle ou un coup de poing. Il avait levé la main droite pour parer le coup, le policier l'avait alors saisi par les pieds et lui avait cogné la tête contre le pavé. Il avait perdu connaissance et avait dû être conduit à l'Hôtel-Dieu où il était resté plusieurs jours.

Le second témoin, Mlle Hélène Védrine, professeur de philosophie à la Sorbonne, avait assisté à la scène. Elle rentrait chez elle quand, expliqua-t-elle, elle avait aperçu deux policiers qui se lançaient à la poursuite d'un jeune homme. L'un des agents avait crié « Tire, tue-le ! » à l'adresse de son collègue.

Le garçon avait été ramené près du car de police et frappé par les agents. L'un d'entre eux l'avait pris par les pieds et lui avait cogné à plusieurs reprises la tête contre le sol. Elle avait entendu distinctement le bruit que faisait la tête sur le pavé. Le garçon s'était évanoui. Plusieurs touristes étrangers étaient présents sur les lieux. Ils avaient été indignés par la façon dont cette arrestation s'était effectuée. Des policiers en civil étaient arrivés, mais avaient refusé le témoignage de Mlle Védrine et d'une amie qui se trouvait avec elle.

Celle-ci, Mme Denise Chevroton, maître-assistant à la faculté des lettres de Paris, vint confirmer ce témoignage. Elle avait entendu un policier crier « Tire, tue-le ! » et vu deux agents saisir Fromage par les pieds pour lui frapper plusieurs fois la tête contre le pavé. Le garçon était resté inerte, étendu sur la chaussée. Par la suite, un car de police était venu le chercher.

Le quatrième témoin cité par la défense, l'abbé Dominique Michelet, ancien éducateur du foyer des Epinettes, devait préciser qu'à plusieurs reprises il avait eu connaissance d'arrestations mouvementées au cours desquelles des jeunes gens avaient reçu des coups. L'un d'entre eux avait même eu les deux joues traversées par une balle de revolver.

On entendit ensuite le brigadier Le Caer, qui dirigeait ce soir-là le car de police et s'estimait personnellement visé par le récit contenu dans les *Dossiers noirs.*

Il confirma qu'il avait bien participé à l'arrestation de Fromage, mais qu'ayant été blessé à la main par le camarade de celui-ci qui, avant de prendre la fuite, avait lancé le cyclomoteur dans sa direction, il était resté près du car. C'est le gardien Plisson qui s'était lancé à la poursuite de Fromage et l'avait ramené. Il avait alors envoyé Plisson téléphoner pour avoir du renfort et était resté seul avec Fromage. Il le tenait par le col de sa chemise, quand brusquement Fromage s'était baissé, comme pour lui donner un « coup de boule ». Il l'avait alors attrapé par les deux jambes ; Fromage était tombé en arrière, sa tête avait heurté le sol et il était resté inanimé.

Confrontées avec le brigadier Le Caer, Mlle Védrine et Mme Chevroton devaient maintenir leurs déclarations. Selon elles, la tête de Fromage avait été cognée plusieurs fois et volontairement sur le pavé, alors que rien ne justifiait cette brutalité. Par ailleurs, un policier avait bien crié « Tire, tue-le ! ».

Interrogé sur ce point précis par la défense, le brigadier Le Caer reconnaissait qu'il était possible que lui ou l'un de ses agents ait crié « Tire, tue-le ! » pour intimider le garçon qui s'enfuyait [1].

Le gardien de la paix Plisson lui succédait à la barre. Il confirmait que c'était bien lui qui s'était lancé à la poursuite de Fromage, l'avait rattrapé et remis au brigadier Le Caer qui

1. Au cours de l'enquête de l'Inspection générale des services, le brigadier Le Caer avait déclaré le 28 juillet 1969 : « C'est bien moi qui ai prononcé les termes “Tire, tue-le !”. Je les emploie souvent pour influencer les personnes que nous poursuivons et leur faire comprendre qu'elles feraient mieux de cesser une fuite inutile. Je ne vois pas d'ailleurs comment un collègue pourrait se laisser influencer par ces mots, les règles de la légitime défense étant assez strictes et connues de tous les fonctionnaires de police... »

l'avait saisi par le col. Il s'était ensuite éloigné pour téléphoner. Quand il était revenu sept minutes plus tard environ, Fromage était allongé par terre. Le brigadier lui avait dit qu'il avait dû « se protéger ».

Quant aux trois autres policiers composant l'équipage du car, ils déclaraient qu'ils n'avaient rien vu de la scène. Ils s'étaient lancés à la poursuite du complice de Fromage. Quand ils étaient revenus, Fromage était étendu sur le sol. Le brigadier Le Caer leur avait dit qu'il avait dû employer la force.

Après le réquisitoire du procureur, ce furent les plaidoiries des avocats : Me Georges Kiejman pour l'éditeur et l'auteur des *Dossiers noirs,* et Me Léo Matarasso pour l'hebdomadaire *Politique-Hebdo* qui avait reproduit en « bonnes feuilles » le passage poursuivi. (Il est à noter à ce sujet que M. Marcellin n'avait pas porté plainte contre *le Canard enchaîné* qui avait pourtant reproduit, lui aussi, l'ensemble du récit de l'arrestation de Fromage dans son numéro du 17 février 1972.)

Mes Kiejman et Matarasso s'attachèrent à montrer que les déclarations des témoins qu'ils avaient fait citer confirmaient bien la réalité des faits rapportés par Denis Langlois. Ils estimaient en outre que le récit ne visait aucun policier en particulier, seules les expressions « deux policiers » et « le plus vieux qui a du mal à suivre son collègue » ayant été employées. Dans ces conditions il ne pouvait y avoir diffamation du brigadier Le Caer et du gardien Plisson, que M. Marcellin estimait visés personnellement.

Ils précisaient que si, en conclusion de son récit, Denis Langlois avait écrit : « Nul ne saura jamais qui était ce garçon, ce qu'il est devenu. Est-il seulement encore en vie ? », c'était parce qu'en dépit de plusieurs demandes de la Ligue des droits de l'homme, le procureur de la République n'avait jamais indiqué le nom du jeune homme qui avait été conduit à l'Hôtel-Dieu ni ce qu'il était devenu depuis. Ce n'est qu'en prenant connaissance de la plainte de M. Marcellin que Denis Langlois avait appris qu'il s'appelait Fromage.

Examinant ensuite le rapport d'enquête de l'Inspection générale des services de police, qui avait été versé au dossier par le parquet à titre de contre-preuve, Me Matarasso s'étonnait qu'aucun plan des lieux ne figurât dans ce rapport, que l'on n'ait en outre procédé à aucune confrontation ni reconstitution sur place et surtout que Fromage n'ait été soumis à aucune expertise médicale qui aurait pu déterminer si sa tête avait seulement heurté une fois le sol en position arrière ou si elle avait été cognée à plusieurs reprises en d'autres positions.

L'affaire fut mise en délibéré et le jugement rendu le 8 juin 1972. Ce fut une seconde condamnation.

Après avoir indiqué que « les détails exacts de la scène, heure, lieu, présence de deux policiers, dont l'un plus âgé "a du mal à suivre" ont eu pour effet de permettre à Le Caer et à Plisson de s'identifier aux protagonistes du récit et de se trouver visés », le jugement note que « neuf témoins ont été entendus, dont les dires ne peuvent être conciliés ; si deux dames ont bien affirmé avoir vu deux agents frapper un jeune homme, le brigadier Le Caer est non moins formel pour préciser qu'il se trouvait seul près de ce jeune voleur, le gardien Plisson étant parti chercher du renfort, lorsque, menacé par un geste agressif, il répliqua en saisissant son antagoniste aux jambes et en le faisant tomber à la renverse sur le trottoir où il demeura inanimé ».

« Attendu surtout que l'audition du principal intéressé, un jeune peintre nommé Fromage, vient pour l'essentiel conforter la déposition de Le Caer, notamment quand il précise avoir été plaqué au sol, sa tête heurtant le trottoir, alors qu'il venait de "lever la main droite pour parer une gifle ou un coup de poing" ; attendu que la vérité des faits argués de diffamation n'est donc nullement rapportée. »

Examinant ensuite si les prévenus ont été de bonne foi en écrivant et publiant le récit, le tribunal note : « Flamand et Langlois prétendent avoir agi de bonne foi et font état du droit reconnu à tout polémiste de ne pas se montrer convaincu lorsqu'une "vérité officielle" se heurte, en l'absence de toute décision de justice définitive, à d'autres éléments d'information ; mais le polémiste n'est en réalité de bonne foi que s'il s'impose, hors de tout parti pris de dénigrement, une objectivité rigoureuse et une totale sincérité... Flamand et Langlois ne peuvent prétendre avoir agi de bonne foi ; ils ont au contraire, par le renom qui s'attache à leurs qualités d'hommes épris de justice, contribué à discréditer dans l'opinion publique les représentants d'un service de police municipale. »

En conséquence, les deux prévenus sont condamnés à 2 000 francs d'amende chacun [1].

1. De son côté, le directeur de *Politique-Hebdo,* Paul Noirot, fut condamné à 1 000 francs d'amende. Outre la reproduction du récit de l'arrestation de Fromage, il lui était reproché le texte par lequel il présentait les *Dossiers noirs* à ses lecteurs. Le tribunal estima que cette présentation était « faite avec une telle malveillance qu'elle porte atteinte à l'honneur et à la considération du corps entier de la police ». Roger Dosse ne manqua pas de faire remarquer dans les colonnes de *Politique-Hebdo* que cette présentation « ne faisait que résumer un livre dont l'essentiel n'était même pas mis en question

Un appel fut aussitôt déposé, mais la cour d'appel confirma le 15 novembre 1972 les condamnations.

Après avoir considéré « qu'on ne saurait accorder plus de crédit à l'une ou à l'autre des deux versions en présence ni par suite tenir la vérité des faits diffamatoires pour établie par les témoignages invoqués, la Cour s'était penchée sur le problème de la bonne foi et avait estimé « qu'en l'espèce Langlois a adopté sans la vérifier la version des faits qui lui a été fournie par Mlle Védrine et Mme Chevroton en l'opposant à la décision de classement sans suite du procureur de la République ; qu'il lui a donné l'apparence d'une scène dont il aurait personnellement été témoin, conférant ainsi aux faits rapportés un caractère de certitude qu'ils ne possédaient pas ; qu'il en a même accentué la gravité en laissant supposer que Fromage pouvait avoir succombé aux violences dont il aurait été l'objet ; qu'ayant ainsi manqué à la circonspection qui s'impose au polémiste, la sincérité de sa conviction et la légitimité de ses intentions ne sauraient suffire à lui permettre de justifier de sa bonne foi. »

Comme ils l'avaient fait pour les précédentes condamnations, Paul Flamand et Denis Langlois déposèrent un pourvoi en cassation. La Cour ne s'est pas encore là non plus prononcée à ce jour.

L'AFFAIRE THÉVENIN
(pages 36 à 69)

« La presse en général s'est faite largement l'écho du malaise qu'avait suscité la mort de ce jeune homme dans les locaux de la police de Chambéry, malaise né de certains éléments pouvant paraître contradictoires à quiconque a pu se poser des questions dans un domaine où l'opinion est à juste titre toujours en éveil. »

C'est en ces termes que la 17ᵉ chambre correctionnelle de Paris présidée par Mme Rozès avait relaxé, le 9 novembre 1971, Charles Michaloux, directeur du journal *Rouge*, poursuivi pour diffamation envers la police à la suite de la publication d'un article consacré au décès de Jean-Pierre Thévenin au commissariat de Chambéry.

Il y avait eu aussi relaxe le 26 avril 1972 pour Guy Bourgeois,

par les poursuites de M. Marcellin. C'est dire que cette condamnation constitue une atteinte directe à la liberté de la presse et au droit du journaliste de rendre compte d'un ouvrage ».

militant du « Secours rouge » de Mâcon [1], poursuivi lui aussi pour diffamation envers la police pour avoir, selon l'accusation, imprimé et diffusé un tract reproduisant les déclarations de Mme Thévenin : « On a tué mon fils. »

Le procès intenté par M. Marcellin aux *Dossiers noirs de la police française* allait-il s'inscrire dans le droit fil de ces décisions d'acquittement ?

La veille du procès, c'est-à-dire le 18 mai 1972, le Comité pour la vérité et la justice dans l'affaire Thévenin avait organisé un meeting dans la grande salle de la Mutualité. L'appel était notamment lancé par Vladimir Jankélévitch, Jean-Louis Barrault, Madeleine Renaud, Jean-Marie Domenach, Nathalie Sarraute, Michel Foucault, Jean-Paul Sartre, Gilles Deleuze et Henri Leclerc.

Près de trois mille personnes étaient présentes pour écouter M. et Mme Thévenin, Pierre Halwachs, Pierre Vidal-Naquet, Alain Jaubert, Denis Langlois, etc. Ce meeting faisait suite à des réunions du même ordre organisées à Chambéry, à Lyon, à Marseille et à Aix-en-Provence.

Ce dernier procès des *Dossiers noirs* ne pouvait donc ressembler exactement aux autres. Du fait de la présence comme témoins de M. et Mme Thévenin, il devait atteindre par moments une intensité dramatique presque insoutenable.

C'est ce que traduisait Jean-Pierre Clerc en écrivant dans *le Monde :*

« "Ce n'est pas aujourd'hui le procès de l'affaire Thévenin ; croyez bien que je le regrette." Par cette déclaration prononcée avec une émotion visible, le président, M. Jacques Hennion, exprimait bien toute l'ambiguïté de ce cinquième procès intenté à l'éditeur et à l'auteur des *Dossiers noirs de la police française*. Car enfin, un jeune homme a perdu la vie, il y a trois ans et demi, au commissariat de Chambéry dans des circonstances qui restent mal éclaircies. Et qui voyait-on, le 19 mai, au banc des prévenus afin que la justice tente de faire apparaître la vérité ? Non pas ceux-là qui avaient été les témoins des derniers instants de Jean-Pierre Thévenin, mais ceux qui se sont inquiétés "qu'un garçon entré à 18 h 30 en pleine santé dans un commissariat de police puisse en ressortir à 23 h 10 sur une civière, mort" ! »

Que reprochait-on exactement à Paul Flamand et Denis Langlois ? Trois passages, représentant 49 lignes, sur un total de 32 pages consacrées à la mort de Jean-Pierre Thévenin.

Cependant, les deux premiers passages étaient en fait des extraits du mémoire déposé, le 22 décembre 1969, par le bâtonnier Raymond Filippi, avocat des parents de Jean-Pierre Thévenin. Il s'agissait donc d'une pièce officielle de la procédure et

1. Voir *Guide du militant,* p. 153-154.

on comprenait mal que sa publication ait pu être reprochée à Denis Langlois. Il faut croire que, faute d'une lecture attentive, les services de M. Marcellin n'avaient pas remarqué la présence de guillemets.

Restaient donc 27 lignes figurant à la fin du chapitre et présentant, après qu'eurent été exposées les différentes thèses officielles, la version la plus généralement retenue par ceux qui s'étaient penchés sur les causes du décès de Jean-Pierre Thévenin.

Pour établir la vérité des faits considérés comme diffamatoires ou la bonne foi de l'auteur et de l'éditeur, la défense avait fait citer douze témoins dont, outre M. et Mme Thévenin, trois représentants de la Ligue des droits de l'homme de Chambéry ; le contremaître de Jean-Pierre Thévenin ; Francis Schull, journaliste à *l'Aurore* qui avait écrit plusieur articles sur cette affaire ; le professeur Michel Fontaine, l'un des principaux animateurs du Comité Thévenin de Lyon ; Me Jean-Jacques de Félice, avocat et membre du Comité central de la Ligue des droits de l'homme ; Jean Planchais, rédacteur en chef du *Monde ;* Jean-Marie Domenach, écrivain et directeur de la revue *Esprit ;* ainsi que Pierre Vidal-Naquet, professeur d'histoire à la Sorbonne et auteur de *la Torture dans la République,* qui apportait son témoignage pour la seconde fois.

De son côté, le parquet n'avait fait citer aucun témoin, ce qui apparaissait pour le moins paradoxal, dans la mesure où, à l'occasion d'une affaire de moindre importance, l'affaire Fromage, il n'avait pas hésité à faire appel à six témoins, tous policiers.

Les trois représentants de la Ligue des droits de l'homme de Chambéry, MM. Maurice Hily, professeur honoraire, Marcel Jans, proviseur, et Gilbert Antonin, ingénieur, vinrent expliquer qu'ils avaient procédé sur place, durant plusieurs mois, à une enquête approfondie. Ils étaient arrivés à la conclusion que le décès de Jean-Pierre Thévenin était des plus suspects et qu'en tout cas les différentes versions données par les autorités policières, administratives et judiciaires étaient contradictoires et ne correspondaient pas à la vérité. M. Antonin n'hésita pas, quant à lui, à déclarer que, comme beaucoup de gens à Chambéry et dans la région, il pensait que Thévenin était mort à la suite de coups.

Le contremaître de Jean-Pierre Thévenin, M. René Garcin, vint à son tour exposer ce qu'il savait de l'affaire. Il n'avait jamais eu à se plaindre de Thévenin qui était un garçon réservé et sérieux. Il avait donc été très surpris d'apprendre dans quelles conditions, selon la police, il avait trouvé la mort. Il avait également été très choqué du retard avec lequel les parents de Jean-Pierre Thévenin avaient été prévenus de ce décès. Lorsqu'il s'était rendu dans les sous-sols du commissariat de Chambéry, personne ne lui avait indiqué que Gouin, le camarade de Thévenin, se trouvait encore dans la cellule voisine. Ce n'est qu'en fin d'après-midi que Gouin avait été libéré. Il l'avait alors rencontré dans une rue de la ville. Il était dans un triste état, marchait difficilement et portait des traces de coups. En le relâchant, les policiers ne lui avaient pas dit que Jean-Pierre Thévenin était décédé la veille.

Mme Thévenin, toute vêtue de noir, rappela en pleurant qu'elle avait vu des marques de coups sur le cadavre de son fils à la morgue et qu'un interne de l'hôpital lui avait dit : « C'est un crime. Il faut porter plainte. Il faut que cela se termine aux assises », ce que par la suite il avait démenti. Elle raconta aussi de quelle façon le commissaire de Chambéry les avait reçus, elle et son mari. Il avait commencé par dire : « Savez-vous que vous étiez les parents d'un ivrogne ? » Elle avait protesté, le commissaire s'était alors écrié : « Je vais vous fiche mon pied quelque part ! » En sortant du commissariat, elle avait cherché avec son mari un avocat, afin de déposer plainte. Ils avaient aperçu une plaque sur un immeuble ; ils étaient entrés. L'avocat les avait écoutés, puis leur avait dit : « Je regrette, mais je ne peux pas plaider contre la police. » Ils lui avaient demandé alors de leur indiquer le nom d'un de ses confrères. Il avait répondu : « Il n'y en a pas un seul à Chambéry qui acceptera. Nous faisons partie d'une grande famille. Personne, ici, ne voudra vous défendre. Essayez à Marseille ou à Lyon. » C'est ainsi qu'ils s'étaient adressés au bâtonnier Raymond Filippi d'Aix-en-Provence qui avait accepté immédiatement de les aider.

M. Louis Thévenin vint confirmer ces propos et indiquer qu'il était impossible que son fils ait encastré sa tête dans la lucarne qui était beaucoup trop étroite et qu'il ne pouvait atteindre, faute de point d'appui.

Francis Schull, journaliste à *l'Aurore*, devait indiquer qu'au cours de l'enquête à laquelle il avait procédé sur place, il avait été frappé par les mensonges et les contradictions qui entouraient cette affaire. Mme Brun-Verollet, la patronne du café où Thévenin avait été arrêté, lui avait révélé qu'elle avait été l'objet de chantage. Les policiers voulaient lui faire dire que Thévenin s'était battu chez elle avec d'autres consommateurs. Elle avait refusé et avait eu, de ce fait, de très graves ennuis.

Michel Fontaine, professeur à Lyon, vint confirmer que la version rapportée par Denis Langlois était très largement répandue dans l'opinion et qu'elle apparaissait la plus vraisemblable.

Cités comme « témoins de moralité », Jean Planchais, Jean-Marie Domenach, Me Jean-Jacques de Félice et Pierre Vidal-Naquet se succédèrent ensuite à la barre.

« Une bonne partie de ce qu'a écrit Denis Langlois a figuré

dans nos colonnes, devait notamment déclarer Jean Planchais, rédacteur en chef du *Monde*. Quand on n'est pas sûr de détenir toute la vérité, faut-il ne rien dire ? Je crois, au contraire, que lorsqu'on a suffisamment d'éléments, il est de notre devoir d'informer le public. Nous devons être une sorte de contre-poids à la vérité officielle. »

« Lorsque Voltaire a parlé de l'affaire Callas, il n'avait pas en main tous les éléments du dossier, déclara à son tour Jean-Marie Domenach. Notre rôle est d'informer l'opinion publique sans rien lui dissimuler, même si cela doit nous amener à prendre certains risques. »

Pierre Vidal-Naquet s'attira ensuite les foudres du président Hennion, lorsqu'il déclara : « Il y a quelque chose de pire qu'un jeune homme mort au commissariat de Chambéry, c'est une justice qui ne veut pas découvrir la vérité [1]. »

Auparavant, Me Jean-Jacques de Félice avait indiqué qu'il était du devoir de l'avocat de dénoncer les injustices qui viennent à sa connaissance et les contradictions qui apparaissent dans certains dossiers.

Tard dans la soirée et après plusieurs suspensions d'audience, le bâtonnier Raymond Filippi et Me Georges Kiejman s'efforcèrent dans leurs plaidoiries de faire le point sur cette douloureuse affaire. Me Filippi exposa notamment les difficultés qu'il avait rencontrées pour porter plainte et se constituer partie civile pour M. et Mme Thévenin. Il indiqua qu'il était illogique de ne pas le poursuivre personnellement pour le mémoire qu'il avait déposé officiellement, alors que Denis Langlois avait été inculpé pour l'avoir reproduit. « Si l'on suivait le parquet en cette affaire, ajouta-t-il, si l'on devait se contenter de la thèse officielle, il serait impossible de polémiquer et de tenter d'approcher la vérité ; le journalisme de combat n'aurait aucune possibilité d'éclore ; si on accuse des livres, en les tronçonnant de surcroît, on arrive à l'impossibilité d'écrire, d'informer et de donner son opinion. »

Me Kiejman mit l'accent sur les obscurités et les contradictions qui continuent d'entourer l'affaire Thévenin. « Fallait-il pour autant se taire ? Non, conclut-il, parce qu'il importe qu'il y ait toujours des individus pour refuser les vérités officielles. »

Le jugement fut mis en délibéré et rendu le 8 juin 1972. Le tribunal relaxait pour la troisième fois Paul Flamand et Denis Langlois.

1. Pierre Vidal-Naquet a développé ce point de vue dans un remarquable article intitulé « La seconde mort de Jean-Pierre Thévenin » qui est paru dans *le Monde* du 28 janvier 1973.

« Attendu, précisait le jugement, que toutes les thèses données de divers côtés sur la mort de Thévenin, y compris les explications successivement formulées par les personnalités responsables, sont évoquées et même analysées avec l'indication de leurs auteurs dans le récit de Langlois...

« Attendu d'ailleurs que le paragraphe figurant dans l'ordonnance de renvoi comme débutant par les mots "une certaine version", commence en réalité par "Ce sont autant de questions que l'on se pose et...", proposition démontrant l'effort de synthèse auquel s'est astreint l'auteur des *Dossiers noirs* dans l'examen du cas Thévenin...

« Attendu qu'ainsi, en regroupant et en présentant eux-mêmes les éléments d'information qu'ils avaient comparés, Flamand et Langlois doivent être considérés comme ayant agi avec prudence, objectivité et sincérité, sans autre intention que celle d'informer le public dans un domaine où il est légitimement soucieux de la vérité ; que le tribunal leur reconnaît donc le bénéfice de la bonne foi et les relaxe. »

« Il faudra que M. Marcellin se fasse une raison, écrivait Jean-François Dominique dans *l'Humanité.* Parmi les cinq procès qu'il a intentés à Me Langlois et aux Editions du Seuil, il attendait, dit-on, avec une attention particulièrement vigilante, le résultat de l'instance visant l'affaire Thévenin. Eh bien, c'est arrivé : les prévenus sont relaxés... Ce jugement rendu, le problème demeure. On ne sait toujours pas — officiellement tout au moins — dans quelles conditions exactes Jean-Pierre Thévenin est mort en décembre 1968 dans un commissariat de police de Chambéry. »

« Un polémiste a le droit de critiquer les vérités officielles, écrivait *l'Aurore.* C'est ce qu'ont reconnu hier les magistrats de la 17e chambre correctionnelle en prononçant la relaxe de Me Langlois. »

« Les passages visés par M. Marcellin représentaient 4 pages environ sur un ensemble de 227, rappelait Roger Dosse dans *Politique-Hebdo,* ce qui signifie qu'en ne poursuivant pas l'ensemble de l'ouvrage, le ministre de l'Intérieur authentifiait 31 des 36 cas rapportés par Denis Langlois. Et sur les cinq cas retenus, c'est à une véritable déconfiture pour le si scrupuleux protecteur de l'honneur de sa police qu'ont abouti les poursuites... Maigre bilan qui confère en définitive à l'ouvrage attaqué une valeur encore plus grande de sérieux et de vérité, s'il en était besoin. »

« Le fond n'a pas été abordé au cours de ces cinq procès, notait J.-P. Lapierre dans *Esprit.* Le fond n'a pas été touché surtout parce que les passages incriminés et pour lesquels l'auteur a été relaxé sont allés rejoindre l'ensemble du livre qui n'est pas contesté et qui relate entre autres des violences qui n'ont pas reçu réparation, dont rien ne garantit qu'elles ne sont pas des précédents. Peut-être tient-on à laisser les bavures en l'état : cela permet d'en parler encore, de ne parler que d'elles, et de cacher la forêt derrière les herbes... »

Dans les milieux de l'édition, on devait enregistrer également de nombreuses réactions. Claude Gallimard était venu, lors du premier procès, témoigner sa solidarité à Paul Flamand. De la même façon, à l'occasion du Congrès international des éditeurs qui se tenait cette année à Paris, plusieurs éditeurs étrangers assistèrent à l'une des audiences du procès. Quant à la revue *Bibliographie de la France,* sous le titre « la Responsabilité de l'éditeur et le Devoir d'informer », elle écrivait : « En matière de diffamation, l'éditeur est directement responsable des ouvrages produits par sa maison. Mais où commence la diffamation ? Où l'information cesse-t-elle d'être utile et devient-elle condamnable ? Cela est probablement difficile à définir, puisque M. Marcellin, ministre de l'Intérieur, vient de s'y tromper... Il est sans doute difficile d'être ministre. Il devient certainement malaisé d'être éditeur. »

Le parquet fit bien sûr appel de ce jugement de relaxe et l'affaire Thévenin revint devant la 11e chambre de la cour d'appel le 25 octobre 1972.

A ce moment-là, la cour d'appel avait prononcé trois condamnations dont deux, dans les affaires Martin-Ponge et Saulnier, étaient venues remettre en cause des décisions de relaxe du tribunal correctionnel. L'audience en prit un ton extrêmement tendu dont le représentant du *Monde* rendit compte en ces termes :

« L'amertume suscitée par ces arrêts dans l'esprit de Me Langlois et dans celui de Me Georges Kiejman, son confrère — défenseur de M. Flamand — s'est manifestée lors des débats qui suivirent... Commentant la sentence que la cour venait de prononcer dans l'affaire Saulnier, Me Langlois, invité à s'expliquer sur l'affaire suivante, déclara : "Je constate une fois de plus que seuls sont condamnés en France ceux qui dénoncent les scandales et que les policiers coupables demeurent impunis. Je continuerai néanmoins à dire la vérité..." De son côté, Me Kiejman, plaidant après le bâtonnier Filippi, défenseur de Me Langlois, exprima la tentation qu'il éprouve aujourd'hui, assure-t-il, de "raccrocher sa robe" et de "claquer les portes du palais" en voyant la vanité de ses efforts... »

Il faut croire que la cour d'appel voulut pour une fois lui donner tort puisque le 15 novembre 1972 elle confirmait l'acquittement rendu en première instance, mais en s'appuyant cette fois sur des motifs totalement différents. Au lieu d'admettre la bonne foi des prévenus, la Cour estimait que les poursuites avaient été mal engagées par M. Marcellin et par le parquet, car il n'y avait pas eu à son avis diffamation envers l'administration de la police, mais diffamation envers des fonctionnaires de police.

L'arrêt, après avoir analysé les paragraphes poursuivis, considérait en effet que « ces imputations manifestement diffamatoires visent des policiers du commissariat de Chambéry aisément identifiables et dont certains sont même nommément désignés dans le contexte des passages incriminés... S'il n'est pas douteux qu'au-delà de la personne des policiers ainsi mis en cause, ces imputations diffamatoires atteignent l'autorité considérée par l'auteur comme responsable de l'impunité dont aurait joui selon lui ces policiers, ce blâme ne s'applique pas en l'espèce à l'administration de la police, les faits imputés ayant été soumis dès l'origine, d'après le contexte, à l'examen de la juridiction compétente pour les apprécier et l'administration de la police n'étant pas dès lors présentée comme ayant été l'autorité qualifiée en l'état pour vérifier le bien-fondé des accusations portées contre ces fonctionnaires et éventuellement y donner suite... »

« Si "ce blâme ne s'applique pas en l'espèce à l'administration de la police", commentait *le Monde*, doit-on comprendre, quelle que soit l'obscurité de l'argumentation de l'arrêt, qu'il vise les magistrats du parquet ? Chargés de contrôler la garde à vue, ils sont en tout cas "l'autorité qualifiée" à laquelle il est fait référence... »

Cet arrêt d'acquittement est, à ce jour, la seule décision qui soit définitive. Paul Flamand et Denis Langlois ont en effet déposé un pourvoi en cassation contre les trois arrêts de condamnation qui ont été prononcés. Quant à l'affaire Lacombe, nous avons vu que la cour d'appel en a annulé le jugement de condamnation et renvoyé les débats à une date ultérieure où seront entendus les témoins que le tribunal correctionnel avait, quant à lui, refusé d'entendre.

Quelles conclusions tirer de cette série de procès qu'un journaliste a qualifiée de « marathon judiciaire » ?

Quand on songe que toutes ces convocations, tous ces interrogatoires, toutes ces audiences, tous ces témoignages, tous ces jugements, tous ces arrêts, tous ces pourvois, ont été provoqués par la plainte d'un ministre à l'encontre de quatre pages d'un livre, il est permis d'être quelque peu inquiet pour la liberté d'expression en France.

S'il est normal que la loi de 1881 sur la presse et l'édition serve à protéger les particuliers des injures, des calomnies et des diffamations, c'est par contre un véritable abus que de l'utiliser dans un but de censure politique. Il ne se passe guère de semaine aujourd'hui sans qu'un ministre ne dépose plainte pour diffamation. Ce genre de procès coûtant fort cher et entraînant le plus souvent des condamnations, du fait de l'imprécision de la notion de diffamation laissée finalement à l'appréciation des tribunaux, il s'est créé quelque chose de plus grave encore que la censure : l'autocensure. Il y a des sujets, et notamment la police, l'armée ou la présidence de la République, que l'on n'aborde plus que sur la pointe des pieds, en vérifiant dix fois ses informations, et qu'on renonce à traiter la plupart du temps, faute d'une certitude absolue.

Sans remonter dans la nuit des temps, il est instructif de consulter à ce sujet les articles que l'on écrivait dans les journaux il y a une vingtaine d'années. La revue des articles de presse consacrés à l'acquittement en 1954 des policiers de Bordeaux est à cet égard significative. On y voit un Maurice Garçon écrivant dans *le Monde :* « Il n'est pas niable que les violences sont devenues un procédé d'instruction courant » ; un François Mauriac s'écriant dans *le Figaro :* « Il y a beau temps que la torture est rétablie chez nous » ; un Gilbert Cesbron constatant dans *Témoignage chrétien :* « Il existait déjà la prison préventive ; désormais, nous avons l'exécution anticipée » ; un honorable rédacteur de *la Croix* déclarant : « On ne fait pas la police avec des enfants de chœur. Les enfants de chœur ne viennent qu'après. Pour l'enterrement... » ; une Madeleine Jacob écrivant dans *Libération :* « L'acquittement des trois policiers bordelais est un scandale monstrueux ! » ; une Aline Alquier concluant dans *l'Humanité :* « Les policiers peuvent retenir une leçon : c'est que tout, désormais, leur est permis. »

Quel journaliste pourrait aujourd'hui se payer le luxe d'écrire cela en espérant être publié dans un journal à grand tirage ? Aujourd'hui, quand un verdict est scandaleux, il faut beaucoup de courage pour se risquer à parler d'indulgence. En quelques années de censure, de pressions, de poursuites systématiques, le pouvoir a fait de la majeure partie de nos journaux une presse aseptisée, muselée, bâillonnée. Ne parlons pas de la presse militante dont les maigres finances sont littéralement mises en coupe réglée par les amendes et les frais de justice.

Force est bien alors de se demander, comme Pierre Viansson-Ponté dans *le Monde,* ce qu'il en est aujourd'hui de l'article 11 de la Déclaration des droits de l'homme : « La libre communication des pensées et des opinions est un des droits les plus précieux de l'homme. Tout citoyen peut donc parler, écrire, imprimer librement, sauf à répondre de cette liberté dans les cas déterminés par la loi. » « En l'occurrence, constate Pierre Viansson-Ponté, les "cas déterminés par la loi" sont devenus, au fil des régimes et des décennies, si nombreux et si larges qu'ils couvrent maintenant tout le champ de la parole et de l'écrit, vidant ainsi de sa substance l'admirable pétition de principe de la Déclaration... Après les cinq inculpations du directeur des Editions du Seuil et de l'auteur des *Dossiers noirs de la police française,* voilà ce qu'il en est aujourd'hui en France d'un "des droits les plus précieux de l'homme". »

	CORRECTIONNELLE	APPEL
Affaire Martin-Ponge	Relaxe	Condamnation
Affaire Lacombe	Condamnation	Relaxe
Affaire Saulnier	Relaxe	Condamnation
Affaire Fromage	Condamnation	Condamnation
Affaire Thévenin	Relaxe	Relaxe

Table

IMP. OFFSET - AUBIN, POITIERS
D. L. 2e TR. 1973 N° 3158-5 (6229).

Collection Points

1. Histoire du surréalisme, *par Maurice Nadeau.*
2. Une théorie scientifique de la culture, *par Bronislaw Malinowski.*
3. Malraux, Camus, Sartre, Bernanos, *par Emmanuel Mounier.*
4. L'Homme unidimensionnel, *par Herbert Marcuse.*
5. Écrits I, *par Jacques Lacan.*
6. Le Phénomène humain, *par Pierre Teilhard de Chardin.*
7. Les Cols blancs, *par C. Wright Mills.*
8. Stendhal, Flaubert, *par Jean-Pierre Richard.*
9. La Nature dé-naturée, *par Jean Dorst.*
10. Mythologies, *par Roland Barthes.*
11. Le Nouveau Théâtre américain, *par Franck Jotterand.*
12. Morphologie du conte, *par Vladimir Propp.*
13. L'Action sociale, *par Guy Rocher.*
14. L'Organisation sociale, *par Guy Rocher.*
15. Le Changement social, *par Guy Rocher.*
16. Les Étapes de la croissance économique, *par W. W. Rostow.*
17. Essais de linguistique générale, *par Roman Jakobson.*
18. La Philosophie critique de l'histoire, *par Raymond Aron.*
19. Essais de sociologie, *par Marcel Mauss.*
20. La Part maudite, *par Georges Bataille*
21. Écrits II, *par Jacques Lacan.*
22. Éros et Civilisation, *par Herbert Marcuse.*
23. Histoire du roman français depuis 1918, *par Claude-Edmonde Magny.*
24. L'Écriture et l'Expérience des limites, par *Philippe Sollers.*
25. La Charte d'Athènes, *par Le Corbusier*
26. Peau noire, Masques blancs, *par Frantz Fanon.*
27. Anthropologie, *par Edward Sapir.*
28. Le Phénomène bureaucratique, *par Michel Crozier.*
29. Vers une civilisation du loisir ?, *par Joffre Dumazedier.*
30. Pour une bibliothèque scientifique, *par François Russo.*
31. Lecture de Brecht, *par Bernard Dort.*
32. Ville et Révolution, *par Anatole Kopp.*
33. Mise en scène de Phèdre, *par Jean-Louis Barrault.*
34. Les Stars, *par Edgar Morin.*
35. Le Degré zéro de l'écriture, *suivi de* Nouveaux Essais critiques, *par Roland Barthes.*
36. Libérer l'avenir, *par Ivan Illich.*
37. Structure et Fonction dans la société primitive, *par A. R. Radcliffe-Brown.*
38. Les Droits de l'écrivain, *par Alexandre Soljénitsyne.*
39. Le Retour du tragique, *par Jean-Marie Domenach.*
40. Keynes, *par Michael Stewart.*
41. La Concurrence capitaliste, *par Jean Cartell et P.-Y. Cossé.*
42. Mise en scène d'Othello, *par Constantin Stanislavski.*

43. Le Hasard et la Nécessité, *par Jacques Monod.*
44. Le Structuralisme en linguistique, *par Oswald Ducrot.*
45. Le Structuralisme : Poétique, par *Tzvetan Todorov.*
46. Le Structuralisme en anthropologie, *par Dan Sperber.*
47. Le Structuralisme en psychanalyse, *par Moustafa Safouan.*
48. Le Structuralisme : Philosophie, *par François Wahl.*
49. Le Cas Dominique, *par Françoise Dolto.*
50. Comprendre l'économie, *par Éliane Mossé.*
51. Trois Essais sur le comportement animal et humain, *par Konrad Lorenz.*
52. Le Droit à la ville, *suivi* de Espace et Politique, *par Henri Lefebvre.*
53. Poèmes, *par Léopold Sédar Senghor.*
54. Les Élégies de Duino, les Sonnets à Orphée, *par Rainer Maria Rilke.*
55. Pour la sociologie, *par Alain Touraine.*
56. Traité du caractère, *par Emmanuel Mounier.*
57. L'Enfant, sa « maladie » et les autres, *par Maud Mannoni.*
58. Langage et Connaissance, *par Adam Schaff.*
59. Une saison au Congo, *par Aimé Césaire.*
60. Une tempête, *par Aimé Césaire.*
61. Psychanalyser, *par Serge Leclaire.*
62. Le Budget de l'Etat, *par Jean Rivoli.*
63. Mort de la famille, *par David Cooper.*
64. A quoi sert la Bourse? *par Jean-Claude Leconte.*
65. La Convivialité, *par Ivan Illich.*
66. L'Idéologie structuraliste, *par Henri Lefebvre.*
67. La Vérité des prix, *par Hubert Lévy-Lambert.*
68. Pour Gramsci, *par Maria-Antonietta Macciocchi.*
69. Psychanalyse et Pédiatrie, *par Françoise Dolto.*
70. S/Z, *par Roland Barthes.*
71. Poésie et Profondeur, *par Jean-Pierre Richard.*
72. Le Sauvage et l'Ordinateur, *par Jean-Marie Domenach.*
73. Introduction à la littérature fantastique, *par Tzvetan Todorov.*
74. Figures I, *par Gérard Genette*

Collection Points

SÉRIE ACTUEL

A1. Lettres de prison, *par Gabrielle Russier.*
A2. J'étais un drogué, *par Guy Champagne.*
A3. Les Dossiers noirs de la police française, *par Denis Langlois.*
A4. Do It, *par Jerry Rubin.*
A5. Les Industriels de la fraude fiscale, *par Jean Cosson.*
A6. Entretiens avec Allende, *par Régis Debray.*
A7. De la Chine, *par Maria-Antonietta Macciocchi.*
A8. Après la drogue, *par Guy Champagne.*
A9. Les Grandes Manœuvres de l'opium, *par Catherine Lamour et Michel Lamberti.*
A10. Les Dossiers noirs de la justice française, *par Denis Langlois.*
A11. Le Dossier confidentiel de l'euthanasie, *par Igor Barrère et Étienne Lalou.*
A12. Discours américains, *par Alexandre Soljénitsyne.*
A13. Les Exclus, *par René Lenoir.*

Collection Points

SÉRIE PRATIQUE

P1. Guide pratique du logement, *Institut national de la consommation*
P2. Guide pratique de l'épargne et des placements, *INC*
P3. Guide pratique de l'automobile et des deux roues, *INC*
P4. Guide des médicaments les plus courants, *par le docteur Henri Pradal*
P5. Donner la vie, *par Jacqueline Dana et Sylvie Marion*
P6. Le Temps qu'il fera, Météo-Glénans.